"中国现当代名家散文典藏"编辑委员会

主　任：阎晶明

副主任：丁　帆

委　员（以姓氏笔画为序）：

　　　　止　庵　孔令燕　何　平　何向阳

　　　　李红强　张　莉　周立民　施战军

　　　　贺绍俊　臧永清

何其芳散文

人民文学出版社

图书在版编目（CIP）数据

何其芳散文/何其芳著. —北京：人民文学出版社，2022
（中国现当代名家散文典藏）
ISBN 978-7-02-015009-0

Ⅰ.①何… Ⅱ.①何… Ⅲ.①散文集—中国—现代 Ⅳ.①I266

中国版本图书馆 CIP 数据核字（2022）第 044124 号

责任编辑　周墨西
装帧设计　陶　雷
责任印制　宋佳月

出版发行　人民文学出版社
社　　址　北京市朝内大街 166 号
邮政编码　100705

印　　刷　河北环京美印刷有限公司
经　　销　全国新华书店等

字　　数　209 千字
开　　本　880 毫米×1230 毫米　1/32
印　　张　9.625　插页 4
印　　数　1—5000
版　　次　2022 年 5 月北京第 1 版
印　　次　2022 年 5 月第 1 次印刷

书　　号　978-7-02-015009-0
定　　价　38.00 元

如有印装质量问题，请与本社图书销售中心调换。电话：010-65233595

作者像

1930年十八岁时摄于上海

1965年夏，全家在北京东单公园合影

1970年12月摄于北京

出版缘起

中国现代文学开启自一百多年前的一场文学革命。从此,与社会现实密切相关,普通大众可以接受、可以欣赏、可以从中得到思想启蒙和艺术享受的新文学,就如雨后春笋般生长,涌现出一篇又一篇、一部又一部影响当时、传之久远的经典作品。自"五四"新文学以来的中国现当代文学发展进程中,散文无疑是耀人眼目的明星。

散文既能直抒胸臆,又能描摹万物,因此被视为自由多样的文体;散文语言贴近日常,最易触动人们的情感,可以直接地陶冶人们的心灵。这也是经典散文被誉为美文、拥有广泛读者、历经岁月更迭仍让人捧读的原因。百余年来的中国现当代散文创作云蒸霞蔚,已莽莽如浩瀚的文学森林,人们若贸然闯入这片森林之中,时有乱花迷眼、茫然难辨之困扰。为了让广大喜爱散文的读者能够更迅捷地读到中国现当代散文的经典性作品,我们精心编选了这套"中国现当代名家散文典藏"丛书。本丛书编选过程中,我们邀请了文学界的专家学者组成编委会,在认真商讨的基础上,汇集、编选了20世纪以来中国现当代散文史上的名家、名作。目的就是方便广大读者感受散文经典的艺术魅力,有利于集中欣赏、比较阅读、收藏,以及进行相关研究。

在研究、讨论过程中,编委会形成了经典性的编选宗旨。卷帙浩繁的现当代散文作品中,以经典作家、经典作品的筛选为编选原则,是为读者提供阅读便利的需要,也是为百余年散文创作所做的某种回顾和总结。我们深知,任何一部文学经典都并非一蹴而就,也非任由某个权威命名而成,文学经典是经过时间的淘洗,经受了社会和读者等各个方面的考验,自然形成的。这个淘洗和考验的过程就是一部文学作品被经典化的过程。经典,是经典化过程的结晶。中国现代文学是中国当代文学的前身,当代文学是活在我们身边的文学,这是一件非常有趣的事,因为这样一来,我们也许就能亲眼看到一部文学作品是如何诞生的,又是如何引起社会的热议、得到不断深入阐释的,我们对一部当代散文的喜爱,往往也是在这一过程中不断地得以强化。经典便是在这样不断被阅读、被热议、被阐释的过程中得到人们的广泛肯定从而成为大家公认的经典。当我们要编选一套现当代散文经典的丛书时,就应该考虑到当代文学的这一特点,要意识到当代文学的经典并不是凝固不变的,它仍处在不断丰富和不断成熟的经典化过程之中。这就确定了我们的基本编辑思路,即我们自觉地将"中国现当代名家散文典藏"的编选和出版,视为参与到现当代散文的经典化过程的一次积极行动。经典化,为我们的编选打通了一条通往经典性的最佳通道。我们从经典化的角度来审视现当代散文,就要更强调发展和辩证的眼光,更需要发现和辨析那些正在茁壮生长中的新现象和新作品;这也提醒我们,在经典标准的确认上不能墨守成规。我们既要关注作为文学史的经典,同时又要更看重历经岁月变幻始终在广大读者中拥有良好口碑的作品。我们认为,读者是经典化过程中不可忽视的参与者,因此也希望这次"中国现当代名家散文典藏"的编选和出版,能够为广大读者参与到现当代散文经典化进程中来提供一次良好的机会。

经典化的编选思路,自然决定了这套丛书有另一特征:开放性。中国现当代文学作为活在我们身边的文学,这就意味着它是一种具有旺盛生命力的,仍在茁壮生长的文学。回望过去的一百余年,现当代散文已经产生了不少的经典性作品;凝视当下的现实,仍有许多正行走在经典化道路上的优秀作品;放眼未来,我们相信,将会有更多的经典脱颖而出。我们这套散文典藏丛书不光要"回望",而且还要有"凝视"和"放眼",也就是说,我们不光要推出已有定论的经典性作品,而且还要把那些正行走在经典化道路上的,以及刚刚萌芽即将脱颖而出的优秀作品也纳入丛书的视野,因此我们必须采取开放性的编选方针。我们不是一次性地编选数十本书就宣布大功告成了,我们还要在此基础上继续延伸下去,把在经典化进程中逐渐成熟了的作家和作品吸纳进来,作为系列丛书、长期工作、"长河"计划而接连不断地出版下去。

本丛书编辑过程中,坚持优中选优原则,同时也充分尊重作家意愿和相关版权要求。在编辑"中国现当代名家散文典藏"过程中,由于版权限制等因素,使得一些名家名作还没有如期纳入丛书当中,我们也将努力创造条件,争取将更多的优秀散文佳作奉献给读者,以呈现中国现当代散文创作的整体成就和总体风貌。

感谢广大作家的支持,感谢广大读者的厚爱。

人民文学出版社
"中国现当代名家散文典藏"编辑委员会

目　录

 1　导读

 1　墓
 7　秋海棠
 9　雨前
11　黄昏
13　独语
16　梦后
19　岩
23　炉边夜话
27　伐木
29　画梦录
35　哀歌
39　货郎
42　魔术草
45　楼
49　弦

52	静静的日午
56	迟暮的花
61	呜咽的扬子江
70	街
78	县城风光
85	乡下
93	我们的城堡
101	私塾师
107	老人
113	树荫下的默想
118	某县见闻
123	论救救孩子
128	川陕路上杂记
133	我歌唱延安
139	一个平常的故事
150	论快乐
155	饥饿
162	南行纪事
167	扇上的烟云(《画梦录》代序)

170	《燕泥集》后话
173	梦中道路
179	《刻意集》序
184	《还乡杂记》代序
193	"自由太多"屋丛话
201	关于写诗和读诗
221	写诗的经过
253	杜甫《梦李白》
259	李白《蜀道难》
266	白居易《长恨歌》、《琵琶行》
273	李贺《李凭箜篌引》、李商隐《无题》

导　读

　　何其芳（1912—1977），四川万县人。1929 年秋，他初中毕业后，考入了上海中国公学预科，迷上了新诗，并沉醉于当时流行的"豆腐干体"诗歌的创作中，也有一些诗篇发表。不久，他考上了清华大学外文系，后进入北京大学哲学系学习。这时期他完全把自己封闭起来，"只和三个弄文学的同学有一点儿往还：卞之琳、李广田和朱企霞"，"过着一种可怕的寂寞的生活"。正是在这种寂寞和孤独的折磨下，他在大学读书期间完成了散文集《画梦录》的创作。这是何其芳文学创作史上的一块重要碑石。它与曹禺的《日出》、芦焚的《谷》一起，获得了 1937 年《大公报》文艺奖金。文艺奖金评选委员会的评价是："在过去，混杂于幽默小品中间，散文一向给我们的印象多是顺手拈来的即景文章而已。在市场上虽曾走过红运，在文学部门中，却常为人轻视。《画梦录》是一种独立的艺术制作，有它超达深渊的情趣。"引起社会的注目。1935 年夏，何其芳大学毕业，到天津南开中学任教，后又转到山东省立莱阳乡村师范学校任教。这时他逐渐从封闭的自我天地中走出，找到了"精神上的新大陆"。他的《画梦录》从孤独式的独语开始转向对人间不幸的诉说，《还乡杂记》则是这一转向的成果。

1938年8月14日，何其芳与沙汀、卞之琳一起，到达延安，在鲁迅艺术学院任教。后参加了中国共产党，思想发生了深刻的变化。在延安的集体气氛中，他孤独的"自我"消失了。他散文创作的手法、情调和风格顺应革命的潮流，发生了根本的变化。散文集《星火集》和《星火集续编》，就是他的收获。

何其芳散文创作的蜕变经历了三个时期。

第一时期：《画梦录》——精致的独语

何其芳在北京大学学习期间，他"遗弃了人群而又感到被人群所遗弃的悲哀"。《画梦录》共辑录了包括《扇上的烟云》在内的十七篇散文。头五篇是温柔而又压抑的独语。《墓》写了一对青年男女的极平凡的爱情故事，通篇突出男主人公被遗弃在人世间的憔悴、孤寂。《秋海棠》是以一位寂寞的思妇为抒情意象，展示她在夜色中的莫名的哀愁和孤独。《雨前》则奇峰突起，写得洒脱，它把作者枯竭的心田和盼望着雨的降临的焦躁渴望写得淋漓尽致。它显示了作者在抒写情绪尤其是主观情绪上的特有的艺术才华。《黄昏》是写他自己青春期的哀乐得失，《独语》则细细品味孤寂。这一系列散文总体来看，如《独语》中所说，"黑色的门紧闭着：一个永远期待的灵魂死在门内，一个永远找寻的灵魂死在门外。每一个灵魂是一个世界，没有窗户。而可爱的灵魂都是倔强的独语者"。后十一篇则是悲哀的独语：如《哀歌》以旧家庭一个姑姑的闺阁生活和婚姻悲剧，穿插了中世纪欧洲那些古老的传说，把中外旧式少妇的哀怨拧成沉甸甸的哀怨情绪，重重地压到读者身上。《弦》又以乡下算命老人手中的一张颤动三弦，制造了一种神秘的扑朔迷离的忧伤情绪。《画梦录》前后总体来看，是精致的独语。作者虽为孤独寂寞所困扰，但又执着地欣赏眷恋孤独寂寞，孤独寂寞激发了他的创作欲。整个《画梦录》所显示的内涵是多元的，怨愁恨忧，酸甜苦辣都有。它错综复杂，神秘莫测，形成了一个对于读者有诱惑力但却又难以进入的天地。正是这样，在三十年代的散文观念的两极蜕变和对立的夹缝中，《画梦录》用精致的独语开辟了一个散文当诗一样写的新园地。

第二时期：《还乡杂记》——转变期

这一时期是三十年代中期到抗日战争爆发，何其芳努力想从个人的自我封闭中挣脱出来。他先后两次还乡，客观上促使他对社会实际有了进一步的了解。他开始注视人间的不幸。正是在这种情况下，1936年，他写了八篇还乡杂记，并结集以《还乡杂记》为名出版。这本散文集记录了他回乡所见所闻，再糅进童年和少年生活的回忆。如《街》主要回忆初中时的生活，《私塾师》是叙写作者昔日在私塾时的几位先生。总体来看，作者在认真地观察和注视他人的不幸与疾苦了。但《还乡杂记》的主角——"我"，依然是一个无依无靠的孤独者，"还乡"的"我"所见到的一切，都和孤独黏在一起。所以《还乡杂记》除"我"所见到的"乡"里的落后、愚昧、贫穷、保守以外，念念不忘的依然是孤独、寂寞和凄凉。

孤独成为一种惯性，使作者在凄凉的乡土上时时发作。因此每当写完对乡土的见闻之后，作者又不由自主地要和孤独亲热一下，这样也就必然使他不能专心致志地去观察社会，从而影响了他的视野和深度。可喜的是，他毕竟是在转变了，用他自己的话说："因为现在我不只是关心着自己"。这种转变从艺术创作的角度来看，他已在逐步地转向了：一是他不再细致地去时刻揣摩自己的感情，要从写熟悉的"我"，转向写陌生的社会的"他"了，也就是他自己总结的，"我的情感粗起来了"。二是从原来熟悉的描写主观迷幻般的孤独情绪的套路转到去对人间的不幸进行纪实的陌生的手法上了。对于何其芳来说，这是一种艺术转型，也是一种艺术妥协和迁就。这种艺术转型，对于他来说，是一种思想和心灵的解放，尽管他还没有真正尝到这种解放的喜悦，但他已感受到这种解放给他带来了青春的活力，他决心走下去。

第三时期：《星火集》《星火集续编》——大众化的纪实期

这一时期的时间跨度长，它是指何其芳到达延安后的漫长岁月。《星火集》和《星火集续编》为这一时期的代表作。它们比较杂，有专论杂谈，如《论本位文化》《"自由太多"屋丛话》等，这是何其芳在革命熔炉中的一些亲身体会；有纪实报告，如《某县见闻》《一个太原的小学生》《回忆延安》等，这类文章大多是揭露日寇的暴行，报告抗日军民的一些事迹等。在这一时期内，何其芳已不再是个无依无靠的孤独者。在集体熔炉里，何其芳"喜出望外"，"当我和人群接触时我却很快地、很自然地投入到他们中间去，仿佛投入我所渴望的温暖的怀抱"。

归纳起来，何其芳的散文创作蜕变可以概括为三个时期：精致的独语期、转变期和大众化的纪实期；两个时代：从散文当诗一样写的时代转到散文当通讯一样写的时代。

何其芳散文的艺术转型不是孤立抽象的一种纯艺术变化，它是何其芳作为一个活生生的"人"在两种不同制度的社会中实践的必然结果，艺术转型的根本是他情感的转变。从本质上看，何其芳的艺术转型是顺应历史潮流，对美好"明天"的执着的追求，它是神圣的。不能离开历史来评价何其芳散文的艺术转型。我们既反对褒前抑后，也反对褒后抑前。它们各有千秋，均有建树。

范培松

墓

　　初秋的薄暮。翠岩的横屏环拥出旷大的草地，有常绿的柏树作天幕，曲曲的清溪流泻着幽冷。以外是碎瓷上的图案似的田亩，阡陌高下的毗连着，黄金的稻穗起伏着丰实的波浪，微风传送出成熟的香味。黄昏如晚汐一样淹没了草虫的鸣声，野蜂的翅。快下山的夕阳如柔和的目光，如爱抚的手指从平畴伸过来，从林叶探进来，落在溪边一个小墓碑上，摩着那白色的碑石，仿佛读出上面镌着的朱字：柳氏小女铃铃之墓。

　　这儿睡着的是一个美丽的灵魂。
　　这儿睡着的是一个农家的女孩，和她十六载静静的光阴，从那茅檐下过逝的，从那有泥蜂做窠的木窗里过逝的，从俯嚼着地草的羊儿的角尖，和那濯过她的手，回应过她寂寞的捣衣声的池塘里过逝的。
　　她有黑的眼睛，黑的头发，和浅油黑的肤色。但她的脸颊，她的双手有时是微红的，在走了一段急路的时候，回忆起一个羞涩的梦的时候，或者三月的阳光满满的晒着她的时候。照过她的影子的溪水会告诉你。
　　她是一个有好心肠的姑娘，她会说极和气的话，常常小心的把自己放在谦卑的地位。亲过她的足的山草会告诉你，被她用死了的蜻蜓宴请过的小蚁会告诉你，她一切小小的侣伴都会告诉你。
　　是的，她有许多小小的侣伴，她长成一个高高的女郎了，不与它们生疏。

她对一朵刚开的花说："给我讲一个故事，一个快乐的。"对照进她的小窗的星星说："给我讲一个故事，一个悲哀的。"

当她清早起来到柳树旁的井里去提水，准备帮助她的母亲作晨餐，径间遇着她的侣伴都向她说："晨安。"她也说："晨安。""告诉我们你昨夜做的梦。"她却笑着说："不告诉你。"

当农事忙的时候，她会给她的父亲把饭送到田间去。

当蚕子初出卵的时候，她会采摘最嫩的桑叶放在篮儿里带回来，用布巾揩干那上面的露水，而且用刀切成细细的条儿去喂它们。四眠过后，她会用指头捉起一个个肥大的蚕，在光线里透视，"它腹里完全亮了！"然后放到成束的菜子杆上去。

她会同母亲一块儿去把屋后的麻茎割下，放在水里浸着，然后用刀打出白色的麻来。她会把麻分成极纤微的丝，然后用指头绩成细纱，一圈圈的放满竹筐。

她有一个小手纺车，还是她祖母留传下来的。她常常纺着棉，听那轮子唱着单调的歌，说着永远雷同的故事。她不厌烦，只在心里偷笑着："真是一个老婆子。"

她是快乐的。她是在寂寞的快乐里长大的。

她是期待甚么的。她有一个秘密的希冀，那希冀于她自己也是秘密的。她有做梦似的眼睛，常常迷漠的望着高高的天空，或是辽远的，辽远的山以外。

十六岁的春天的风吹着她的衣衫，她的发，她想悄悄的流一会儿泪。银色的月光照着，她想伸出手臂去拥抱它，向它说："我是太快乐，太快乐。"但又无理由的流下泪。她有一点忧愁在眉尖，有一点伤感在心里。

她用手紧握着每一个新鲜的早晨，而又放开手叹一口气让每一个黄昏过去。

她小小的侣伴们都说她病了，只有它们稍稍关心她，知道她的。"你瞧，她常默默的。""你说，甚么能使她欢喜？"它们互相耳语着，担心她的健康，担心她郁郁的眸子。

菜圃里的江豆藤还是高高的缘上竹竿，南瓜还是肥硕的压在篱脚下，古老的桂树还是飘着金黄色的香气，这秋天完全如以前的秋天。

铃铃却瘦损了。

她期待的毕竟来了，那伟大的力，那黑暗的手遮到她眼前，冷的呼息透过她的心，那无声的灵语吩咐她睡下安息。"不是你，我期待的不是你，"她心里知道，但不说出。

快下山的夕阳如温暖的红色的唇，刚才吻过那小墓碑上"铃铃"二字的，又落到溪边的柳树下，树下有白藓的石上，石上坐着的年青人雪麟的衣衫上。他有和铃铃一样郁郁的眼睛，迷漠的望着。在那眼睛里展开了满山黄叶的秋天，展开了金风拂着的一泓秋水，展开了随着羊铃声转入深邃的牧女的梦。毕竟来了，铃铃期待着。

在花香与绿阴织成的春夜里，谁曾在梦里摘取过红熟的葡萄似的第一次蜜吻？谁曾梦过燕子化作年青的女郎来入梦，穿着燕翅色的衣衫？谁曾梦过一不相识的情侣来晤别，在她远嫁的前夕？

一个个春三月的梦呵，都如一片片你偶尔摘下的花瓣，夹在你手边的一册诗集里，你又偶尔在风雨之夕翻见，仍是盛开时的红艳,仍带着春天的香气。

雪麟从外面的世界带回来的就只一些梦,如一些饮空了的酒瓶,与他久别的乡土是应该给他一瓶未开封的新酿了。

雪麟见了铃铃的小墓碑,读了碑上的名字,如第一次相见就相悦的男女们,说了温柔的"再会"才分别。

以后他的影子就踯躅在这儿的每一个黄昏里。

他渐渐猜想着这女郎的身世,和她的性情,她的喜好,如我们初认识一个美丽的少女似的。他想到她是在寂寞的屋子里过着晨夕,她最爱着甚么颜色的衣衫,而且当她微笑时脸间就现出酒涡,羞涩的低下头去。他想到她在窗外种着一片地的指甲花,花开时就摘取几朵来用那红汁染她的小指甲,而这仅仅由于她小孩似的欢喜。

铃铃的侣伴们更会告诉他,当他猜想错了或是遗漏了的时候。

"她会不会喜欢我?"他在溪边散步时偷问那多嘴的流水。

"喜欢你。"他听见轻声的回语。

"她似乎没有朋友?"他又偷问溪边的野菊。

"是的,除了我们。"

于是有一个黄昏里他就遇见了这女郎。

"我有没有这样的荣幸,和你说几句话?"

他知道她羞涩的低垂的眼光是说着允许。

他们就并肩沿着小溪散步下去。他向她说他是多大的年龄就离开这儿,这儿是她的乡土也是他的乡土。向她说他到过许多地方,听过许多地方的风雨。向她说江南与河水一样平的堤岸,北国四季都是风吹着沙土。向她说骆驼的铃声,槐花的清芬,红墙黄瓦的宫阙,最后说:

"我们的乡土却这样美丽。"

"是的，这样美丽。"他听见轻声的回语。

"完全是崭新的发见。我不曾梦过这小小的地方有这多的宝藏，不尽的惊异，不尽的欢喜。我真有点儿骄傲这是我的乡土。——但要请求你很大的谅恕，我从前竟没有认识你。"

他看见她羞涩的头低下去。

他们散步到黄昏的深处，散步到夜的阴影里。夜是怎样一个荒唐的絮语的梦呵，但对这一双初认识的男女还是谨慎的劝告他们别去。

他们伸出告别的手来，他们温情的手约了明天的会晤。

有时，他们散步倦了，坐在石上休憩。

"给我讲一个故事，要比黄昏讲得更好。"

他就讲着《小女人鱼》的故事。讲着那最年青，最美丽的人鱼公主怎样爱上那王子，怎样忍受着痛苦，变成一个哑女到人世去。当他讲到王子和别的女子结婚的那夜，她竟如巫妇所预言的变成了浮沫，铃铃感动得伏到他怀里。

有时，她望着他的眼睛问：

"你在外面爱没有爱过谁？"

"爱过……"他俯下吻她，怕她因为这两字生气。

"说。"

"但没有谁爱过我。我都只在心里偷偷的爱着。"

"谁呢？"

"一个穿白衫的玉立亭亭的；一个秋天里穿浅绿色的夹外衣的；一个在夏天的绿杨下穿红杏色的单衫的。"

"是怎样的女郎？"

"穿白衫的有你的身材；穿绿衫的有你的头发；穿红杏衫的有你的眼睛。"说完了，又俯下吻她。

晚秋的薄暮。田亩里的稻禾早已割下，枯黄的割茎在青天下说着荒凉。草虫的鸣声，野蜂的翅声都已无闻，原野被寂寥笼罩着，夕阳如一枝残忍的笔在溪边描出雪麟的影子，孤独的，瘦长的。他独语着，微笑着。他憔悴了。但他做梦似的眼睛却发出异样的光，幸福的光，满足的光，如从 Paradise 发出的。

一九三三年

秋 海 棠

庭院静静的。仿佛听得见夜是怎样从有蛛网的檐角滑下，落在花砌间纤长的飘带似的兰叶上，微微地颤悸，如刚栖定的蜻蜓的翅，最后静止了。夜遂做成了一湖澄静的柔波，停潴在庭院里，波面浮泛着青色的幽辉。

寂寞的思妇凭倚在阶前的石阑干畔。

夜的颜色，海上的水雾一样的，香炉里氤氲的烟一样的颜色，似尚未染上她沉思的领域，她仍垂手低头的，没有动。但，一缕银的声音从阶角漏出来了，尖锐，碎圆，带着一点阴湿，仿佛从石砌的小穴里用力地挤出，珍珠似的滚在饱和着水泽的绿苔上，而又露似的消失了。没有继续，没有赓和。孤独的早秋的蟋蟀啊。

她举起头。

刚才引起她凄凉之感的菊花的黄色已消隐了，鱼缸里虽仍矗立着假山石庞然的黑影，已不辨它玲珑的峰穴和上面苍翠的普洱草。这初秋之夜如一袭藕花色的蝉翼一样的纱衫，飘起淡淡的哀愁。

她更偏起头仰望。

景泰蓝的天空给高耸的梧桐勾绘出团圆的大叶，新月如一只金色的小舟泊在疏疏的枝桠间。粒粒星，怀疑是白色的小花朵从天使的手指间洒出来，而遂宝石似的凝固地嵌在天空里了。但仍闪跳着，发射着晶莹的光，且从冰样的天空里，它们的清芬无声地霰雪一样飘堕。

银河是斜斜地横着。天上的爱情也有隔离吗？黑羽的灵鹊是有福了，年年给相思的牛女架起一度会晤之桥。

她的怀念呢，如迷途的鸟漂流在这叹息的夜之海里，或种记忆，或种希冀如红色的丝缠结在足趾间，轻翅因疲劳而渐沉重，望不见一发青葱的岛屿：能不对这辽远的无望的旅程倦厌吗？

她的头又无力地垂下了。

如想得到扶持似的，她素白的手抚上了石阑干。一缕寒冷如纤细的褐色的小蛇从她指尖直爬入心的深处，徐徐地纡旋地蜷伏成一环，尖瘦的尾如因得到温暖的休憩所而翘颤。阶下，一片梧叶悄然下堕，她肩头随着微微耸动，衣角拂着阑干的石棱发出冷的轻响，疑惑是她的灵魂那么无声地坠入黑暗里去了。

她的手又梦幻地抚上鬓发。于是，盘郁在心头的酸辛热热地上升，大颗的泪从眼里滑到美丽的睫毛尖，凝成玲珑的粒，圆的光亮，如青草上的白露，没有微风的撼摇就静静的，不可重拾地坠下……

就在这铺满了绿苔，不见砌痕的阶下，秋海棠茁长出来了。两瓣圆圆地鼓着如玫瑰颊间的酒涡，两瓣长长地伸张着如羡慕昆虫们飞游的翅，叶面是绿的，叶背是红的，附生着茸茸的浅毛，朱色的茎斜斜地从石阑干的础下擎出，如同擎出一个古代的甜美的故事。

雨　前

最后的鸽群带着低弱的笛声在微风里划一个圈子后，也消失了。也许是误认这灰暗的凄冷的天空为夜色的来袭，或是也预感到风雨的将至，遂过早地飞回它们温暖的木舍。

几天的阳光在柳条上撒下的一抹嫩绿，被尘土埋掩得有憔悴色了，是需要一次洗涤。还有干裂的大地和树根也早已期待着雨。雨却迟疑着。

我怀想着故乡的雷声和雨声。那隆隆的有力的搏击，从山谷返响到山谷，仿佛春之芽就从冻土里震动，惊醒，而怒茁出来。细草样柔的雨声又以温存之手抚摩它，使它簇生油绿的枝叶而开出红色的花。这些怀想如乡愁一样萦绕得使我忧郁了。我心里的气候也和这北方大陆一样缺少雨量，一滴温柔的泪在我枯涩的眼里，如迟疑在这阴沉的天空里的雨点，久不落下。

白色的鸭也似有一点烦躁了，有不洁的颜色的都市的河沟里传出它们焦急的叫声。有的还未厌倦那船一样的徐徐的划行。有的却倒插它们的长颈在水里，红色的蹼趾伸在尾后，不停地扑击着水以支持身体的平衡。不知是在寻找沟底的细微的食物，还是贪那深深的水里的寒冷。

有几个已上岸了。在柳树下来回地作绅士的散步，舒息划行的疲劳。然后参差地站着，用嘴细细地抚理它们遍体白色的羽毛，间或又摇动身子或扑展着阔翅，使那缀在羽毛间的水珠坠落。一个已修饰完毕的，弯曲它的颈到背上，长长的红嘴藏没在翅膀里，静静合上它白色的茸毛间的小黑睛，仿佛准备睡眠。可怜的小动物，你就是这样做你的梦吗？

　　我想起故乡放雏鸭的人了。一大群鹅黄色的雏鸭游牧在溪流间。清浅的水，两岸青青的草，一根长长的竹竿在牧人的手里。他的小队伍是多么欢欣地发出啁啾声，又多么驯服地随着他的竿头越过一个田野又一个山坡！夜来了，帐幕似的竹篷撑在地上，就是他的家。但这是怎样辽远的想象呵！在这多尘土的国土里，我仅只希望听见一点树叶上的雨声。一点雨声的幽凉滴到我憔悴的梦，也许会长成一树圆圆的绿阴来覆荫我自己。

　　我仰起头。天空低垂如灰色的雾幕，落下一些寒冷的碎屑到我脸上。一只远来的鹰隼仿佛带着怒愤，对这沉重的天色的怒愤，平张的双翅不动地从天空斜插下，几乎触到河沟对岸的土阜，而又鼓扑着双翅，作出猛烈的声响腾上了。那样巨大的翅使我惊异。我看见了它两肋间斑白的羽毛。

　　接着听见了它有力的鸣声，如同一个巨大的心的呼号，或是在黑暗里寻找伴侣的叫唤。

　　然而雨还是没有来。

一九三三年春，北京

黄 昏

马蹄声，孤独又忧郁地自远至近，洒落在沉默的街上如白色的小花朵。我立住。一乘古旧的黑色马车，空无乘人，纡徐地从我身侧走过。疑惑是载着黄昏，沿途散下它阴暗的影子，遂又自近至远地消失了。

街上愈荒凉。暮色下垂而合闭，柔和地，如从银灰的归翅间坠落一些慵倦于我心上。我傲然，耸耸肩，脚下发出凄异的长叹。

一列整饬的宫墙漫长地立着，不少次，我以目光叩问它，它以叩问回答我：

——黄昏的猎人，你寻找着什么？

狂奔的猛兽寻找着壮士的刀，美丽的飞鸟寻找着牢笼，青春不羁之心寻找着毒色的眼睛。我呢？

我曾有一些带伤感之黄色的欢乐，如同三月的夜晚的微风飘进我梦里，又飘去了。我醒来，看见第一颗亮着纯洁的爱情的星无声地坠地。我又曾有一些寂寞的光阴，在幽暗的窗子下，在长夜的炉火边，我紧闭着门而它们仍然遁逸了。我能忘掉忧郁如忘掉欢乐一样容易吗？

小山巅的亭子因暝色天空的低垂而更圆，而更高高地耸出林木的葱茏间，从它我得到仰望的惆怅。在渺远的昔日，当我身侧尚有一个亲切的幽静的伴步者，徘徊在这山麓下，曾不经意地约言，选一个有阳光的清晨登上那山巅去，但随后又不经意地废弃了。这沉默的街，自从再没有那温柔的脚步，遂日更荒凉，而我，竟惆怅又怨抑地,让那亭子永远秘藏着未曾发掘的快乐,不敢独自去攀登我甜蜜的想象所萦系的道路了。

一九三三年初夏

独　语

设想独步在荒凉的夜街上，一种枯寂的声响固执地追随着你，如昏黄的灯光下的黑色影子，你不知该对它珍爱还是不能忍耐了：那是你脚步的独语。

人在孤寂时常发出奇异的语言，或是动作。动作也是语言的一种。

决绝地离开了绿蒂的维特①，独步在阳光与垂柳的堤岸上，如在梦里。诱惑的彩色又激动了他作画家的欲望，遂决心试卜他自己的命运了。他从衣袋里摸出一把小刀子，从垂柳里掷入河水中。他想：若是能看见它的落下他就将成功一个画家，否则不。那寂寞的一挥手使你感动吗？你了解吗？

我又想起了一个西晋人物，他爱驱车独游，到车辙不通之处就痛哭而返。

绝顶登高，谁不悲慨地一长啸呢？是想以他的声音填满宇宙的寥阔吗？等到追问时怕又只有沉默地低首了。我曾经走进一个古代的建筑物，画檐巨柱都争着向我有所诉说，低小的石栏也发出声息，像一些坚忍的深思的手指在上面呻吟，而我自己倒成了一个化石了。

或是昏黄的灯光下，放在你面前的是一册杰出的书，你将听见里面各个人物的独语。温柔的独语，悲哀的独语，或者狂暴的独

---

① 这实际是指歌德。下面的故事是从一本歌德的传记里读到的。——作者注，下同。

语。黑色的门紧闭着：一个永远期待的灵魂死在门内，一个永远找寻的灵魂死在门外。每一个灵魂是一个世界，没有窗户。而可爱的灵魂都是倔强的独语者。

我的思想倒不是在荒野上奔驰。有一所落寞的古老的屋子，画壁漫漶，阶石上铺着白藓，像期待着最后的脚步：当我独自时我就神往了。

真有这样一个所在，或者是在梦里吗？或者不过是两章宿昔嗜爱的诗篇的糅合，没有关联的奇异的糅合：幔子半掩，地板已扫，死者的床榻上长春藤影在爬；死者的魂灵回到他熟悉的屋子里，朋友们在聚餐，嬉笑，都说着"明天明天"，无人记起"昨天"。

这是颓废吗？我能很美丽地想着"死"，反不能美丽地想着"生"吗？

我何以又太息："去者日以疏，生者日以亲？"是慨叹着我被人忘记了，还是我忘记了人呢？

"这里是你的帽子"，或者"这里是你的纱巾，我们出去走走吧"，我还能说这些惯口的句子。而我那有温和的沉默的朋友，我更记起他：他屋里有一个古怪的抽屉，精致的小信封，装着丁香花，或是不知名的扇形的叶子，像为着分我的寂寞而展示他温柔的记忆。墙上是一张小画片，翻过背面来，写着"月的渔女"。

唉。我尝自忖度：那使人类温暖的，我不是过分缺乏了它就是充溢了它。两者都足以致病的。

印度王子出游，看见生老病死，遂发自度度人的宏愿。我也倒想有一树菩提之荫，坐在下面思索一会儿。虽然我要思索的是另外一个题目。

于是，我的目光在窗上徘徊了。天色像一张阴晦的脸压在窗前，发出令人窒息的呼吸。这就是我抑郁的缘故吗？而又，在窗格的左角，我发现一个我的独语的窃听者了。像一个鸣蝉蜕弃的躯壳，向上蹲伏着，嚓默地。嚓默地，和着它一对长长的触须，三对屈曲的瘦腿。我记起了它是我用自己的手描画成的一个昆虫的影子，当它迟徐地爬到我窗纸上，发出孤独的银样的鸣声，在一个过逝的有阳光的秋天里。

一九三四年三月二日。

梦　后

知是夜，又景物清晰如昼，由于园子里一角白色的花所照耀吗，还是——我留心的倒是面前的女伴凝睇不语，在她远嫁的前夕。是远远的如古代异域的远嫁啊！长长的赤栏桥高跨白水；去处有丛林茂草，蜜蜂闪耀的翅，圆坟丰碑，历历酋长之墓；水从青青的浅草根暗流着寒冷……

谁又在三月的夜晚，曾梦过穿灰翅色衣衫的女子来入梦，知是燕子所化？

这两个梦萦绕我的想象很久，交缠成一个梦了。后来我见到一幅画，《年轻的殉道女》。轻衫与柔波一色，交叠在胸间的两手被带子缠了又缠，丝发像已化作海藻流了。一圈金环照着她垂闭的眼皮，又滑射到蓝波上。这倒似替我画了昔日的辽远的想象，而我自己的文章反而不能写了。

现在我梦里是一片荒林，木叶尽脱。或是在巫峡旅途间，暗色的天，暗色的水，不知往何处去。醒来，一城暮色恰像我梦里的天地。

把钥匙放进锁穴里，旋起一声轻响，我像打开了自己的狱门，迟疑着，无力去摸索一室之黑暗。我甘愿是一个流浪者，不休止地奔波，在半途倒毙。那倒是轻轻一掷，无从有温柔的回顾了。

开了灯看啊，四壁徒立如墓圹。墓中人不是有时还享有一个精致的石室吗？

从前我爱搬家,每当郁郁时遂欲有新的迁移。我渴想有一个帐幕,逐水草而居,黑夜来时在树林里燃起火光。不知何时起世上的事都使我厌倦,遂欲苟简了之了。

"Man delights not me; no, nor woman neither"①,哈姆雷特王子,你笑吗?我在学习着爱自己。对自己我们常感到厌恶。对人,爱更是一种学习,一种极艰难极易失败的学习。

也许寂寞使我变坏了。但它教会我如何思索。

我尝窥觑、揣测许多热爱世界的人,他们心里也有时感到寒冷吗?历史伸向无穷像根线,其间我们占有的是很小的一点。这看法是悲观的,但也许从之出发然后世上有可为的事吧。因为,以我的解释,他们都是理想主义者。

唉,"你不曾带着祝福的心想念我吗?"是谁曾向我吐露过这怨语呢,还是我向谁?是的,当我们只想念自己时,世界遂狭小了。

我常半夜失眠,熟悉了许多夜里的声音,近来更增多一种鸟啼。当它的同类都已在巢里梦稳,它却在黑天上飞鸣,有什么不平呢?

我又常恨人一点不会歌啸,像大江之岸的芦苇,空对东去的怒涛。因之遂羡慕天籁。从前有人隔壁听姑妇二人围棋,精绝,次晨叩之,乃口谈而已。这故事引起我一个寂寞的黑夜的感觉。又有一位古代的隐遁者,常独自围棋,两手分运黑白子相攻伐。有时,唉,有时我真欲向自己作一次滔滔的雄辩了,而出语又欲低泣。

---

① 《哈姆雷特》第二幕第二场原句,意思是:"人不能使我喜欢;不,女人也不能。"

春夏之交多风沙日,冥坐室内,想四壁以外都是荒漠。在万念灰灭时偏又远远地有所神往,仿佛天涯地角尚有一个牵系。古人云,"思君令人老,岁月忽已晚。"使我老的倒是这北方岁月,偶有所思,遂愈觉迟暮了。

一九三四年六月二十一日。

何其芳早年照片

岩

我是从山之国来的,让我向你们讲一个山间的故事。那么你对于山很有情感吗。不要问我,你简直敲到我悲哀的键子上了,我只记得从小起我的屋前屋后都是山,装饰得童年的天地非常狭小,每每相反的想起平沙列万幕,但总想象不出那样的生活该是如何一个旷野,竟愁我的翅膀将永远飞不过那些岭嶂。如今则另是一种寂寞,胡马依北风,越鸟巢南枝,颇起哀思于这个比兴,若说是怀乡倒未必,我的思想空灵得并不归落于实地,只是,我真想再看一看我那屋前屋后的山啊,苍苍的树林不啻一个池塘,该照见我的灵魂十分憔悴吧。然而要紧的是开始我的故事。凡文章最难于一个开始,而且,大陆的居民,我怎样能在你们面前绘出我这故事的背景呢,我怎样能使你们了解我对于这背景所起的情感的波动呢。我劝你们坐一次火车,一日夜之程,到五岳归来不看山的东岳去。那虽颇与我家乡的山不同,平地起一个孤独之感,但我很称赏那绝顶上的舍身岩,那样一个好名字好地方,说不准那一天我还要再爬上去,在落日的光辉里和自己的影子踯躅一会,那时宇宙算得什么呢,泰山等于鸿毛了。其次我喜欢坐在对松亭里看岩半腰的松树,山风吹得它们永远长不大。

是呵,岩半腰的松树,山风吹得你永远长不大,你在我想象里孤立得很,是什么时候一只飞鸟打这儿过,无意间嘴里掉下一粒种子,遂倔强的长起来了,却为鸦雀们所弃,不来借一枝之巢栖,老鹰在蓝天里盘旋又盘旋，最后也情愿止于黑色的岩石，作哲学家的冥想。但不要抖索，如果落了一根针叶总是个损失，我这故事的主人公将在你脚下出现。问他吧，你这与危险共嬉戏者，我看你是先以一绳系住腰，再系其一端于树上，然后附岩而下，你有什么理由轻视你的生命呢，你骄傲的向半空中挥起镰刀，又就近割着青草，青草从你手腕间纷纷下落没有一点声音……我看他殊无回答的工夫，让我老老实实的告诉你们，他乃一无父无母的孩子，就养于其叔父，始而牧猪，继而放牛，许多无辜的挞责创伤了他的心，于是极端的苦辛遂潜匿于一个无语的灵魂。

那么他勇敢的向绝岩夺取的乃不过供牲口齿间之一唼而已。这道理我无法说明，大概你又是个江南人，忘不掉芳草连绵千里的境界，我且引你上岩顶去指点与你看啊，群山起伏，高高下下都是田亩，那里有让你牵牛儿来吃草之地呢？

但是我不愿再往前走了，乱石累累，三五成群，我怀疑你是个诱敌深入的向导，我才不愿迷入你的阵图中，但是，我耳边已隐隐有金鼓杀伐之声，唉，老丈，你引我从那个方向出去呢。不要乱想，此乃一个废圮的寨子，昔日土人筑之以避白莲教者，我们且择一块石头坐下，风吹得我们的衣袖单薄了。我很不喜人类之中有所谓战争，然于异国中古时的骑士与城堡则常起一种浪漫的怀想，城头上若竖立一杆大旗，那更招展得晴空十分空阔吧，至于此垒乱石以为城，我却嫌太草率了，虽是避难也不应如此，并且，我看你们这地方山势险恶，民风一定剽悍轻生，令我悲哀之至。不，这实在是一个山间的桃源，我想桃源避秦人既然娶妻生子，总不免也会有些小小的不幸。说人生有什么巨大的悲恸大概是戏剧家的夸张，只是永远被一些小小的不幸缠绕得苦，比如我们的祖先之失掉伊甸就由于一个园子里有了两个人，然而我的意思是说天上未必胜过人间，我且再指点那岩后的山坡与你看呵，白杨多悲风，但见丘与坟，而它们一个个都绿得那样沉默。

还是向前走好了，人生就譬如走路，我的一个朋友曾经说过，举起步子就忘记是在走，至于此岩上之所有我从此一口气告诉你们，刚才问答得殊不称意。这是颓墙，这是碎瓦，都琐琐不足为外人道，但我却颇满意于这荒凉，说不准那一天谢绝人世，归结茅屋于此，最后这是干涸的水池，那立于岩尾的木架则是辘轳，塘水上山的道路，它朽腐的身躯仍然是一个诱惑，会使你失足落下绝岩如一根草，唉，不要提它，我这故事的主人公就苦无工夫来这岩上游玩，常遥望那辘轳而心喜，大概我这故事将有一个悲伤的结局了，但是你瞧，他已牵牛到塘边饮水去了，我们也下岩去吧。

我们也到塘边去吧。偃鼠饮河，不过满腹，然而此水毫无流动之致，令我忧愁。小人物呵你立在遥遥的对岸，手中之绳牵得牲口微微喘息，我想起一个故事了，夏夜的塘边，一个过路人坐下濯足，突然被紧握于一只水中之手，力往下曳，此人大概颇有几分胆量，乃自言自语道，天气真热，我脱了衣裳下去游泳一会儿吧，于是遂兔脱而鸟遁了。小人物呵你一定没有听见，我不过惆怅于我幼时的怯弱而已，那时我不敢走夜路，为的怕鬼物在岩边水边幻作一条路来诱引我，直至如今仍无力正视人生之阴影方面，虽说我自信是个彻底怀疑者，人世的羁绊未必能限制我，但从无逸轨的行为，一只飞蛾之死就使我心动。唉，暮色竟涂上了我思想的领域，我感觉到人在天地之间孤独得很，目睹同类匍匐将入于井而无从救援，正如对一个书中人物之爱莫能助。无父无母的孩子呵风吹得这黄昏凄冷了，家去吧，我殊不愿再饶舌，我希望就合上了眼睛就永远张不开，作一个算命的瞎子给你一句预言岩边水边切要留心。

　　我这故事是完了但谁也不会餍足，我并不说人生是无结构的，因为就我所知，实事之像故事乃有过于向壁虚构者，并且我自己起初也拟有一点穿插，大概是关于一位无儿无女的疯了的老太太，最后塘水一段乃为她而描写，但是，我的笔啊，你若在我手中变成乐器，那倒会有一番嘈嘈切切杂错弹吧，不过那时你们必又说道，你的乐器准是龙门之桐且烧焦了尾的，是以有北鄙之音凄且厉，其能久乎，可不是吗，你听你听，我的弦断了。

　　　　　　　　　　　　　九月二十八日，成时雨正凄其。

炉边夜话

"三个少年出去寻找他们的运气,"长乐老爹这样开始了,像是故事的第一句又像是题目,随即停顿着,用他的眼睛掠过半圈子年轻的脸,在火光中它们微红而结实如树上的果子,露出满意的沉默。

"三个少年出去寻找他们的运气,"声音宏大了些,"你听惯了三兄弟因为争着一个美女子,出去寻找奇异的珍宝来作聘礼,或者三个傻女婿带着多少银子,到他乡的路途上去学智慧,会猜我要说的是那一类的故事。是的。不过他们是出去寻找他们的运气。

"那时候的少年是喜欢冒险的,他们说雀儿的翅膀硬了就离开老窠,人站在生长起来的檐下是羞耻。他们常常偷跑到很远的地方去,让妇女们在家中叹息流泪,但男子们并不担忧,知道他们若是回来了就极依恋极忠实于他们'。现在你们却赶了市集就说辛苦,到了冬天就减少做工的时刻,晚上躺在炉边像猫儿。这炉边是应当让我更老的人来讲故事,比你们更年轻的孩子们来听的。"微红而结实的脸大半低下去了,沉默着,像在疑惑火光为什么如此蓬勃又郁结。有一个拾起火钳,重新砌架着烧断了的柴,随即有爆炸声,火苗高高的飞起。没有低下去的脸大概是属于勇敢者的了,他们仍有这山间民族的纯粹的血液流在脉管内,常神往于他们祖先的事迹,此时正注视着长乐老爹脸上的皱纹与发亮的白胡须。

"总之,有一天这三个少年遇在一起了,"长乐老爹重新开始说,"我们不妨想象是在一个树林内,阳光从密叶间漏下,野鸽子低飞着，他们交换了欢迎语就躺在草地上。第一个是高个儿，有深灰色的眼珠，柔和的语声。第二个最强壮，人家怕他像怕小豹子。第三个的特性是没有特性，诚实而敏慧，谦逊而自信，如我们这里的普通少年。

"少年们大概最喜欢彼此诉说志愿了，于是我们听见了第一个少年轻轻叹一口气（假若我们是他身旁的树上的叶子），他说，我真愿我生在另外一个地方呵。我尊敬这里的一切，但总觉远远处我的乡土在召唤我，我灵魂的乡土。'人'如植物一样，有它适宜的分布的地图，而'生'却如栽种的手一样盲目，于是我们先天的就有地域错误的不幸了。那么你灵魂的乡土是哪儿呢，你们会问我。我也常问着自己。假若能回答倒好了，只是'人'并未赋有这种选择的预知，我们以为幸福在东方，向之奔逐，却也许正在西方。然而错误的奔逐也是幸福的，因为有希望伴着它。"

"'那么你奔逐的方向？'

"'我想到海上去。青色的海，白色的海，金色的海，我到底知道海是什么颜色呢，海上的天空又是什么颜色呢。在那寥阔间也许有长春的岛屿，如蜃气所成的楼阁，其下柔波环绕，古书上所说的弱水三千，或者我应生在那里吧。但这里的人从没有一个见过海的，辽远使我更加渴切了。'

"两个听者都以一刻沉默来表示哀怜，他们竟为这低弱的语声所感动，虽说对于这缥缈的向往论理是应该嘲笑的。最后第二个少年从草地上坐起，责备似的说，'朋友呵，你应该羞愧你是这山间民族的子孙，日对这些峰岭不能使你强健而沉毅吗。但我却过于暴躁，和平的乡居囚絷着我，我快要鹰隼一样飞飏了。我将作一个武士。我祈祷山之神，赐伟力于双臂，赐坚固的信念于心，我将宣扬这山间民族的美德于外面世界。朋友呵,强于行为的人是弱于语言的,让我引这句古语来替我底嘴舌谢罪。'他底右手拔着身旁的草,又掷向他的脚尖,但草却就近的纷落在他衣上,如是数次,他乃转身向着第三个少年,此时他正在沉思。

"'你呢?'

"第三个少年翻身立起来,来回走数步,然后坐下,'自然我也羡慕飞鸟,羡慕水族,但我没有忘记感谢这土地。它给与我们的丰富可以用手来量,用言辞来表示吗。我们可以如幻想的婴孩想离开母亲的乳吗。所以我说,有翅的你就往高处飞,有鳞介的你就到大海去,我祝福你们。我却将从山间到更深的山间去。'

"于是这三个少年出去寻找他们的运气。"长乐老爹说到这里就停止了,一双瘦瘠的手掌翻转的烤着火,又按着指骨节作脆响。大家都等待着,不耐烦的拾起火钳在石头上轻敲(因为这个火炉实际是几个石头砌成的圈子),长乐老爹仍不开口。

"老爹,往下讲吧。"

"这个故事吗,已经讲完了。"

"不是刚开始?"

"是的,"长乐老爹微笑着,"书上的故事大概都是从此以后才正有文章呢,然而让我在这里对一切讲故事者嘲笑一下,你们要知道这三个少年出去后的事只有问他们自己了。"

"但故事总有一个结果。"

"是的,凡事都有一个结果。这故事的结果是三个少年都寻找着了他们的运气。因为往海上去的去了就永没有回来,从军的听说建了无数战功而最终死在战地里,到更深的山间去的在那里做了首领,直至老来病危时才把财产散给居民,嘱咐他们送他的棺材回乡土来安葬。若是还要问他的坟在哪儿,恕我无从指点给你们看了。"怎么,长乐老爹慢慢的合上眼,把他的头倒在一双瘦瘠的手掌里,而听者也不用笑声来结束这故事。火也低落了。有一个立起来,去抱一些柴来添。有的却注视着长乐老爹头上的白发,记起了老爹自己的许多冒险故事,那获得许多听者的欢迎的,并且想,为什么他自己回到乡土来了呢,难道是没有寻找着他的运气吗。

十月二十八日。

伐 木

雾在树林间游行着。乳白的，蠕动的，雾是庞大的神物，是神物的嘘气，替满谷拉起幔子，又游行着，沿着巉岩向上升。

上面地名朝天嘴，六月间旅行人走了一段长途后，坐在这嘴上一棵亭亭如车盖的黄桷树下，一边饮着木桶里的施茶，解衣当风，一边望下山谷，满谷的杉树正直，漂亮如年青男子，使他赞美叹息。

现在它们正在雾里被锯伐着。山林的主人以两年或三年的期限卖它们给木商，较大的成材的陆续锯伐去，幼弱的照例留下来，十年后又是一片茂林。

树在锯子下响着快乐的语言，木屑散落在地上的白霜上，相间杂。锯工们起来，用绳子系在树身上，然后奔到远处去力曳。树倒下了，发出一声快乐的叫喊，一种牺牲自己的快乐，如梦想的孩子离开家，奔向不可知的运命时嘴里所喊出的。去做谁家的柱头吗，还是去做谁家的地板，在岁月中老去，在人类的脚下鸣泣，不可知。

此处彼处都是锯声，树折声，工人们以辛苦的工作为晨间的祷歌，随雾充满山谷，向上升。

不久声音衰歇了，年青的，出须的，三五成群的坐在断树上，作第一次休息。从怀里摸出短烟管，从悬在腰间的盒子里取出烟叶，火石，火绒。叮，火镰敲在黑色的石上，金花一闪，又叮，火绒点着了；他们仍使用着这古老的取火具，使人想象数千年前第一个人类在旷野上，或是在深林间发现了火，是如何惊奇，随后又如何珍视，崇拜……而他们已淡漠的在巴着烟了。

巴着烟，又谈着话。一个年青的说起他曾在县城里参加过修马路的工程，过不惯，仍然回乡下来了，说起汽车，一天走几百里路。

"几百里路！"

一个出须的嘴里取出烟管，拍的一声口水，重复着说，分不清是惊奇还是轻蔑。一天走几百里干吗呢，他们和他们的祖先都是一生足迹不出百里，然而对着雾，总使人想象远远的地方，想象那一天走几百里的怪物，也许会从县城奔到乡下，奔到山林，树木都仆下，仆下，让路……

另外一群也在巴着烟谈着话，也许在说一个穷老无归的工人昨夜死在这木厂里，他们商量着替他向厂头讨几块薄木板，钉成匣子，下午散工后送到林外义地里去埋葬。

许许的伐木声又起，树又在对锯齿作一种快乐的抗拒，对坐着的两个工人不言语的拉着送着，作单调的游戏。

白雾消失了，像谁从上面拉去了幔子。

十二月十七日。

画 梦 录

丁 令 威

丁令威忽然忘了疲倦，翅膀间扇着的简直是快乐的风，随着目光，从天空斜斜的送向辽东城。城是土色的，带子似的绕着屋顶和树木。当他在灵虚山忽然为怀乡的尘念所扰，腾空化为白鹤，阳光在翅膀上抚摩，青色的空气柔软得很，其快乐也和此刻相似吧。但此刻他是急于达到一栖止之点了。

轻巧的停落在城门口的华表柱上。

奔向城门的是一条大街，在这晨光中风平沙静，空无行人，只有屋檐投下有曲线边沿的影子。华表柱的影子在街边折断了又爬上屋瓦去，以一个巨大的长颈鸟像为冠饰。这些建筑这些门户都是他记忆之外的奇特的生长，触醒了时间的知觉，无从去呼唤里面的主人了，丁令威展一展翅。

只有这低矮的土筑的城垣，虽也迭经颓圮迭经修了吧，仍是昔日的位置，姿势，从上面望过去是城外的北邙，白杨叶摇着像金属片，添了无数的青草冢了。丁令威引颈而望，寂寞得很，无从向昔日的友伴致问讯之情。生长于土，复归于土，祝福他们的长眠吧；丁令威瞑目微思，难道隐隐有一点失悔在深山中学仙吗？明显的起在意识中的是：

"我为什么要回来呢？"他张开眼睛来寻找回来的原故了：这小城实在荒凉，而在时间中作了长长旅行的人，正如犁过无数次冬天的荒地的农夫,即在到处是青青之痕了的春天,也不能对大地唤起一个繁荣的感觉。

"然而我想看一看这些后代人呵。我将怎样的感动于你们这些陌生的脸呵,从你们的脸我看得出你们是快乐还是痛苦,是进步了还是堕落了。你们都来,都来……"当思想渐次变为声音时,丁令威忽然惊骇于自己的鹤的语言,从颈间迸出长嘴外的高朗然而噪急的长唳,停止了。

但仍是呼唤来了欢迎的人群,从屋里,从小巷里,从街的那头:

"吓,这是春天回来的第一只鹤,"

"并且是真正的丹顶鹤,"

"真奇怪,鹤歇在这柱子上,"

并且见了人群还不飞呢。在语声,笑声,拍手声里,丁令威悲哀得很,以他鹤的眼睛俯望着一半圈子人群,不动的,以至使他们从好奇变为愤怒了,以为是不祥的朕兆,扬手发出威吓的驱逐声,最后有一个少年提议去取弓来射他。

弓是精致的黄杨木弓。当少年奋臂拉着弓弦时,指间的羽箭的锋尖在阳光中闪耀,丁令威始从梦幻的状况中醒来,噗噗的鼓翅飞了。

人群的叫声随着丁令威追上天空,他急速的飞着,飞着,绕着这小城画圈子。在他更高的冲天远去之前,又不自禁的发出几声高朗然而噪急的长唳,若用人类的语言翻译出来,大约是这样:

"有鸟有鸟丁令威,去家千年今始归,城郭如故人民非,何不学仙冢累累。"

淳 于 棼

　　淳于棼弯着腰在槐树下，在隆起如山脉的树根间终于找着了一个圆穴，指头大的泥丸就可封闭，转面告诉他身旁的客人："这就是梦中乘车进去的路。"

　　淳于棼惊醒在东厢房的木榻上，窗间炫耀着夕阳的彩色，揉揉眼，看清了执着竹帚的僮仆在扫庭阶，桌上留着饮残的酒樽，他的客人还在洗着足。
　　"唉，倏忽之间我经历了一生了。"
　　"做了梦么？"
　　"很长很长的梦呵。"
　　从如何被二紫衣使者迎到槐安国去，尚了金枝公主，出守南柯郡，与檀萝国一战打了败仗，直到公主薨后罢郡回朝，如何为逸言所伤，又由前二紫衣使者送了回来；他一面回想一面嗟叹的告诉客人，客人说：
　　"真有这样的事吗！"
　　"还记得梦中乘车进去的路呢。"

　　淳于棼蹲着在槐树下，在隆起如山脉的树根间，用他右手的小指头伸进那蚁穴去，崎岖曲折不可通，又用他的嘴唇吹着气，消失在那深邃的黑暗中没有回声。那里面有城郭台殿，有山川草木，他决不怀疑，并且记得，在那国之西有灵龟山，曾很快乐的打了一次猎。也许醒着的现在才正是梦境呢，他突然站立起来了。

槐树高高的，羽状叶密覆在四出的枝条上，像天空。辽远的晚霞闪耀着，淳于梦的想象里蠕动着的是一匹蚁，细足瘦腰，弱得不可以风吹，若是爬行在个龟裂的树皮间看来多么可哀呵。然而以这匹蚁与他相比，淳于梦觉得自己还要渺小，他忘了大小之辨，忘了时间的久暂之辨，这酒醉后的今天下午实在不像倏忽之间的事：

淳于梦大醉在筵席上，自从他使酒忤帅，革职落魄以来这已不是他第一次大醉了，但渐趋衰老的身体不复能支持他的豪侠气概，由两个客人从座间扶下来，躺在东厢房的木榻上，向他说："你睡吧，我们去喂我们的马，洗足，等你好了一点再走。"

淳于梦徘徊在槐树下，夕阳已消失在黄昏里了，向他身旁的客人说：

"在那梦里的国土我竟生了贪恋之心呢。谗言的流布使我郁郁不乐，最后当国王劝我归家时我竟记不起除了那国土我还有乡里，直到他说我本在人间，我蓦然想了一会才明白了。"

"你定是被狐狸或者木妖所蛊惑了，喊仆人们拿斧头来斫掉这棵树吧。"客人说。

白莲教某

白莲教某今晚又出门了。红蜡烛已烧去一寸，两寸，或者三寸，在案上的锡烛台上结一个金色的小花朵，没有开放已照亮四壁。白莲教某正走着怎样的路呢。他的门人坐在床沿，守着临走时的吩咐，"守着烛，别让风吹息了。"

案上的锡烛台上的小花朵放开了,纷披着金色复瓣,又片片坠落,中心直立着一座尖顶的黑石塔,幽闭着什么精灵吧,忽然凭空跌下了,无声的,化作一条长途,仅是望着也使人发愁的长途……好孩子,别打瞌睡!门人从朦胧中自己惊醒了,站起来,用剪子铰去半寸烧过的烛心。

从前有一天,白莲教某出门了,屋里留下一个木盆,用另外一个木盆盖着,临走时吩咐:"守着它,别打开看。"

白莲教某的法术远近闻名,来从学的很不少,但长久无所得,又受不惯无理的驱使,都渐次散去了,剩下这最后一个门人,年纪青,学法的心很诚恳,知道应该忍耐,经过了许多试探,才能获得师傅的欢心和传授。他坐在床沿想。

"别打开看,"这个禁止引动了他的好奇,打开:半盆清水,浮着一只草编的小船,有帆有樯,精致得使人想用手指去玩弄。拨它走动吧。翻了,船里进了水。等待他慌忙的扶正它,再用盆盖上后,他的师傅已带着怒容站在身边了,"怎么不服从我的吩咐!""我并没有动它。""你没有动它!刚才在海上翻了船,几乎把我淹死了!"

红蜡烛已烧去两寸,三寸,或者四寸,在案上的锡烛台上站一只黄羽小鸟,举嘴向天,待风鼓翅。白莲教某已走到哪儿呢。走尽长长的路,穿过深的树林,到了奇异的城中的街上吧。那不夜城的街上会有怎样的人,和衣冠,和欢笑。

半盆清水就是他的海。那海上是平静的还是波涛汹涌。独自驾一叶小船。门人想:假若有那种法术。只要有那种法术。

案上的锡烛台上的小鸟鼓翅飞了,随它飞出许多只同样的鸟,变成一些金环,旋舞着,又连接起来成了竖立的长梯,上齐屋顶,一级一级爬上去,一条大路……好孩子,你又打瞌睡,那你就倒在枕上躺一忽吧!门人远远的看见他师傅的背,那微驼的背,在大路上向前走着,不停一停,他赶得乏极了……

当他惊醒在黑暗里时,他明白这一忽瞌睡的过错了,慌忙的在案上摸着取灯,划一根,重点着了烛。而他微驼着背的师傅已带着怒容从门外走进来了。

"吩咐你别睡觉,你偏睡觉了!"

"我并没有。"

"你并没有!害我在黑暗里走十几里路!"

哀　歌

　　……像多雾地带的女子的歌声，她歌唱一个充满了哀愁和爱情的古传说，说着一位公主的不幸，被她父亲禁闭在塔里，因为有了爱情①。阿德荔茵或者色尔薇②。奥蕾丽亚或者萝拉③。法兰西女子的名字是柔弱而悦耳的，使人想起纤长的身段，纤长的手指。西班牙女子的名字呢：闪耀的，神秘的，有黑圈的大眼睛。我不能不对我们这古老的国家抱一种轻微的怨恨了，当我替这篇哀歌里的姊妹选择名字，思索又思索，终于让她们为三个无名的姊妹。三个，或者七个，不吉祥的数目，梅特林克的数目。并且，我为什么看见了一片黑影，感到了一点寒冷呢，因为想起那些寂寂的童时吗？

　　三十年前。二十年前。直到现在吧。乡村的少女还是禁闭在闺阁里，等待父母之命，媒妁之言。在欧罗巴，虽说有一个时代少女也禁闭在修道院里，到了某种年龄才回到家庭和社会来，与我们这古老的风习仍然不同。现在，都市的少女对于爱情已有了一些新的模糊的观念了。我们已看见了一些勇敢的走入不幸的叛逆者了。但我是更感动于那些无望的度着寂寂的光阴，沉默的，在憔悴的朱唇边浮着微笑，属于过去时代的少女的。不要提起斯宾诺莎和什么机械宇宙观了，就凭我们一点人事的感受，一些零碎思想，一种直觉，无疑的我们对于自己的"明天"毫不能为力，冥冥之手在替

---

① 开头这一句记得是一部法国小说中的话。没有加引号，有借用的意思。
② 这是随便举出的两个法国女子的名字。
③ 这是随便举出的两个西班牙女子的名字。

我们织着锦，匆促的，但又胸有成竹的，谁能看见那反面呢？谁能知道那尚未完成的图样呢？

我们的祖母，我们的母亲的少女时代已无从想象了，因为即使是想象，也要凭藉一点亲切的记忆。我们的姊妹，正如我们，到了一个多变幻的歧途。最使我们怀想的是我们那些年青的美丽的姑姑。和那快要消逝了的闺阁生活。呃，我们看见了苍白的脸儿出现在小楼上，向远山，向蓝天和一片白云开着的窗间，已很久了，又看见了纤长的指甲染着凤仙花的红汁的手指，在暮色中，缓缓的关了窗门。或是低头坐在小凳上，迎着窗间的光线在刺绣，一个枕套，一幅门帘，厌倦的但又细心的赶着自己的嫁装。嫁装早已放满几只箱子了。那些新箱子旁边是一些旧箱子，放着她母亲，她祖母的嫁装，在尺大的袖口上镶着宽花边是祖母时代的衣式，在紧袖口上镶着细圆的缎边是母亲时代的衣式，都早已过时了。当她打开那些箱子，会发出快乐的但又流出眼泪的笑声。停止了我们的想象吧。关于我那些姑姑我的记忆是非常简单的。在最年长的姑姑与第二个姑姑间，我只记得前者比较纤长，多病，再也想不起她们面貌的分别了，至于快乐的或者流出眼泪的笑声，我没有听见过。我倒是看见了她们家里的花园了：清晰，一种朦胧的清晰。石台，瓦盆，各种花草，我不能说出它们的正确的名字，在那时，若把我独自放在那些飘带似的兰叶，乱发似的万年青叶，和棕榈叶间，我会发出一种迷失在深林里的叫喊。我倒是有点喜欢那花园里的水池。和那乡间少有的三层楼的亭阁，曾引起我多少次的幻想，多少次幼小的心的激动，却又不敢穿过那阴暗的走廊去攀登。我那些姑姑时常穿过那阴暗的走廊，跑上那曲折的楼梯去眺远吗？时常低头凭在池边的石栏上，望着水，和水里的藻草吗？我没有看见过。她们的家和我们的家同在一所古宅里，作为分界的堂屋前的石阶，长长的，和那天井，和那会作回声的高墙，都显着一种威吓，一种暗示。而我那比较纤长，多病的姑姑的死耗就由那长长的石阶传递过来。

让我们离开那高大的空漠的古宅吧。一座趋向衰老的宅舍，正如一个趋向衰老的人，是有一种怪僻的，捉摸不定的性格的。我们已在一座新筑的寨子上了。我们的家邻着姑姑们的家。在寨尾，成天听得见打石头的声音，工人的声音，我们在修着碉楼，水池。依我祖父的意见，依他那些虫蚀的木板书或者发黄的手写书的意见，那个方向在那年是不可动工的，因为，依书上的话，犯了三煞。我祖父是一个博学者，知道许多奇异的智识，又坚信着。谁要怀疑那些古老的神秘的智识，去同他辩论吧。而他已在深夜，在焚香的案前诵着一种秘籍作禳解了。诵了许多夜了。使我们迷惑的是那禳解没有效力，首先，一个石匠从岩尾跌下去了，随后，接连的死去了我叔父家一个三岁的妹妹，和我那第二个姑姑。

关于第三个姑姑我的记忆是比较悠长，但仍简单的：低头在小楼的窗前描着花样；提着一大圈钥匙在开箱子了，忧郁的微笑伴着独语；坐在灯光下陪老人们打纸叶子牌，一个呵欠。和我那些悠长又简单的童时一同禁闭在那寨子里。高踞在岩上的石筑的寨子，使人想象法兰西或者意大利的古城堡，住着衰落的贵族，和有金色头发或者栗色头发的少女，时常用颤抖的升上天空的歌声，歌唱着一个古传说，充满了爱情和哀愁。远远的，教堂的高阁上飘出宏亮，深沉，仿佛从梦里惊醒了的钟声，传递过来。但我们的城堡是充满着一种声音上的荒凉。早上，正午，几声长长的鸡啼。青色的檐影爬在城墙上，迟缓的，终于爬过去，落在岩下的田野中了，于是日暮。那是很准确的时计，使我知道应该在什么时候跑下碉楼去开始我的早课，或者午课，读着那些古老的神秘的书籍，如我们的父亲，我们的祖父的童时一样。而我那第三个姑姑也许正坐在小楼的窗前，厌倦的但又细心的赶着自己的嫁装吧。她早已许字了人家，依着父母之命，媒妁之言。

一切都会消逝的。一切都应了大卫王指环上的铭语。我们悲哀时那短语使我们快乐，我们快乐时它又使我们悲哀①。我们已在异乡度过了一些悠长又简单的岁月了，我们已有了一些关于别的宅舍和少女的记忆了。凭在驶行着的汽船的栏杆上，江风吹着短发，刚从乡村逃出来的少女，或是带着一些模糊的新的观念，随人飘过海外去了又回来的少女，从她们的眼睛，从她们微蹙的眉头，我们猜出了什么呢？想起了我们那些年青的美丽的姑姑吗？我们已离家三年，四年，五年了，在长长的旅途的劳顿后，我们回到乡土去了，一个最晴朗的日子，使我们十分惊异那些树林，小溪，道路没有变更，我们已走到家宅的门前。门发出衰老的呻吟。已走到小厅里了，那些磨损的漆木椅还是排在条桌的两侧，桌上还是立着一个碎胆瓶，瓶里还是什么也没有插。使我们十分迷惑：是闯入了时间的"过去"，还是那里的一切存在于时间之外。最后，在母亲的鬓发上我们看见几丝银色了，从她激动的不连贯的絮语里，知道有些老人已从缠绵的病痛归于永息了，有些壮年人在一种不幸的遭遇中离开世间了。就在这种迷惑又感动的情景里我听见了我那第三个姑姑的最后消息：嫁了，又死了。死了又被忘记了。但当她的剪影在我们心头浮现出来时，可不是如阿左林所说，我们看见了一个花园，一座乡村的树林，和那些蒙着灰尘的小树，和那挂在被冬天的烈风吹斜了的木柱上的灯……

一九三五年一月十六日。

---

① 以上三句记得好像是契诃夫的一篇小说中的话。这里也是借用。

货　郎

　　鼓在货郎手里响了起来。六月天，西斜的阳光照着白墙和墙外的槐树，层层的叶子绿得那样深；金属的蝉鸣声突然停止；在这种静寂里，这座大宅第不知存在了若干年了，于旅行人却会是一个惊奇的出现，这时门半掩着，像刚经过外出人的手轻轻一带。但这挑着黄木箱的货郎从草坡走下来，拐弯，经过一所古墓，不待抬头已知道是柳家庄了，举起手里的小鼓，摇得绷绷绷的响了起来。

　　他已走到门前了，趁这时候我们清楚的瞧瞧他：高个儿，晒旧了的宽边草帽下，油黑色的瘦脸上露着筋，长着斑白的须，是在老年人中很难遇到的那种倔强的，有响亮的笑声和好脾气的人。

　　他用手推开了门。惊骇他那样没有礼貌吗？这不过是最外一道门，白天虚掩着，晚上才关闭，他知道得很清楚，他不是一个陌生的来客。瞧他那不慌不忙的神气，挑着黄木箱迈进一个石板铺成的大院子，向前走四五十步，站着望那严闭的两扇大门和门上半锈的铁环，手里的鼓又响了起来。

　　鼓声是他的招呼，告诉人"林小货来了。"林小货就是他的名字。没有人问他的家在哪儿，家里还有什么人，他已多大岁数了。人们都和他太熟识，反而不问这些了，凡是当他从路旁的茅草屋过，农夫农妇都喊他的名字，买几根针，几尺布。于这些大宅第，他像一只来点缀荒凉的候鸟，并且一年不止来一次。但现在门内没有动静。他放下担子，放下鼓，把草帽边垫着阶石坐下，低着头。他在想什么呢，这老来还要自谋衣食的人？难道想坐在这门外睡一觉吗，在这西斜的阳光里？轧轧，一个老女仆随着门开走出来：

"林小货吗？来多久了？"

"刚一会儿。"

"干吗不叫？要是我不出来掐青菜——"

"我刚坐下歇一会儿。我想总会有人出来，这晚半天。"

"老爷往常倒在这时候出来走走——"

"现在不了吗？"

"现在病了。"

"那么，劳您的驾，告诉老太太一声。"

这宅第的主人病了。这消息使他吃惊吗？他倒是有点惘然。想象那样一个和善的老头儿，拥有富足的田产，度着平静无波浪的生活，算是有福气了，而缺乏一点康健，正如这巨大的宅第缺乏一点热闹的人声。像故事里的员外，晚年才得一位公子。小姐们早出嫁了，公子也在娇养中长大了，但又到远远的地方去了，剩下两个老人和几个仆人。仆人们是不许高声讲话的，他们的脚步差不多是无声的来往在厅里，在走廊间，在楼梯上。这些林小货都知道。并且记得那和善的老头儿对他毫不拿身份，喜欢和他攀谈，谈年岁收成，谈县城的事。他是很难得到县城里去的，因此林小货的话可多了，但他并不厌烦，有时还谈到他的公子。"听说公子很有才学，将来会做大事的。""要是在从前倒也许——"叹一口气。"还不回来娶媳妇吗？""时常有媒人来说亲呢。""像老爷这样人家，挑选得太难了。" "倒是他不愿意。孩子们的事情，现在我们不能作主了。"

老女仆重出来了，身边跟一条黄狗。狗也认识林小货，走拢来嗅嗅他的衣角，摇摇尾。

"老太太问有什么新来的货?"

"哪有什么好的。要用好的货,老太太早派人到县城里去买了。"但他还是打开了箱子。大概这女仆已受了嘱咐,由她作主的挑了一些东西。林小货是卖不了什么也得走走。而这些大宅第的主人呢,向来是不缺乏什么也得买点他的货。

"老太太叫你就在这儿吃晚饭。"

"天还早,多谢了。说我问老爷的病。"

"还到哪儿去?"

"不到哪儿去也得走了。"

我们这倔强的瘦瘦的朋友又戴上他的宽边草帽了。夕阳灿烂。他挑着黄木箱走出门外,陡然觉得自己的衰老和担子的沉重。将赶到一个市集里去吃晚饭吗?将歇宿在一家小客店里吗?将在木板床上辗转不寐,想着一些从来没有想到的事吗?他已走下草地,拐弯,经过一亩稻田,毫不踟蹰的走到大路上了。他又举起手里的鼓,正如我们向我们的朋友告别时高高举起帽子,摇得绷绷绷的响了起来。

二月二日。

魔 术 草

魔术书上记有一种神奇的草，无论怎样难开的锁都不能抵抗它。这句话开启了我的幻想。从深山中，采摘者寻着那种草，青青的，放进紧闭的木匣里过了许多日子，变成枯黄的了，乃有无比的魔力。许久来我悲哀得很神秘，仿佛徘徊在自己的门外，像失掉了乐园的人，有时真愿去当一个卖火柴的孩子，在寒夜里，在墙外，划一小朵金色的火花像打开一扇窗子，也许可以窥见幸福的炫耀吧。直到现在才明白我找寻的钥匙大概是一根草，一种久已失传的无人认识的草。

许多神奇的法术久都已失传了。当我是一个孩子时，我听说就在附近那个小市集里，在那些破落户与逐什一之利者之中，有一个无家无业的人，成天披着褴褛的衣衫，拖着破鞋，在那条唯一的小街上闲散的走来走去，右手剔着左手里的几个青铜钱，剔着剔着，钱遂增多了。他是如此的获得了每天的糊口之资。"为甚么他还是很穷呢，"我发问了，向一位理发师或者一位鞋匠，他们都是那个奇人的称道者。"那样得来的钱是不能积起来的。只能有一个用一个。"又为甚么呢？慢慢的我懂得那道理了：一个学法术的人必须向他师傅立誓，以一种不幸的缺陷作为取得那秘密的传授的代价，瞎眼，跛足，或者没有儿女。这个解释给我那时的幻想一种警惕，使我对于超人的魔力生了畏惧，同时十分哀怜那位奇异的穷朋友。

但我对于魔术的倾向并未消减，在灯下，在炉火边，我还是热切的听着奇异的传说。我的一位百余年前的远祖就是一个传说里的人物，知道许多法术。清明时节，我曾去扫过他的墓，青石台阶与碑上的雕饰都很古拙，和其他的墓不同，使我感到年代的久远。

那时我最羡慕的一种法术是定身法：以一种魔力使人恍惚觉得身临绝岩或者四面皆水不敢稍动，听说我那位远祖老来挂杖出游，若是没有礼貌的青年人冒犯了他，就施行这种法术，使他呆立路旁，直到在前途遇见行人才捎信叫他走。当时的巫师们都很尊敬他。有一次他到某家去看巫师作法事，那些妄人大概不认识这位有名的老头儿，对他有点简慢，于是他悄悄的退出门外，同时院子里的两个大石鼓跳进门去，跳进堂屋去伴着那些巫师一同舞蹈，吓得他们立刻明白了刚才来的是谁。但我那位远祖的一生并没有甚么不幸的缺陷。只是听说晚年来，凡是家中过年杀猪时，都得送他到远远的亲戚家里去，不然，他听见了猪的哀鸣声，心中一动，猪就再也杀不死了。这也许使他厌倦了自己的法术吧。是的，他的心里一定经过了许多思索，经过了许多暗暗的痛苦，所以他的法术没有传授给人就随他葬入墓中去了。但我那时是一个孩子，没有想到这些。只是很神往的听着关于他的传说。除了那些秘密的智识，人们说，他又是一个有正经学问的人，在他家里，一位族中寒微的老先生长期住着，作一部《易经注解》；两位老头儿常在书房里热切的讨论着，翻着满案的书籍；长夏的下午，家人送上点心，他们竟蘸着一砚墨汁吃了，留下一碟白糖。那位对于《易经》入了魔的老先生，每当他家里有婚嫁之事或者过年，就背着一包袱书，挂着杖回去，走到门外不远的树荫下就坐着歇气，打开书，读到天黑了，只得又走回来，第二天再坐轿子回去。那部《易经注解》终于雕板了。而他的一位远代孙就是我的发蒙先生，曾到京城来呈献过那部书，会用龟壳卜卦。

那部书我曾在箱子里的乱书堆中见过（现在也许已残阙了），但并不怎样注意它。我想获得的是一部魔术书，那时，在乱离中，大人们日夜愁着如何避祸，而我遂自由的迷入了许多神异小说里去，找到了幻想的天地。我最羡慕小说里的一种隐身草，佩了一根就谁也不能看见。

现在，在灯下，在白纸上，我写着一个题目：魔术之起源。我想以一种悲观的思想说明魔术之起来是很自然的，犹于夜间之梦。至人无梦，那个境界虽然明净得很，于我们凡人却嫌荒凉。而我的笔突然停止在白纸上。"唉，你又在出神了，你的思想又飞到甚么辽远处去了？""没有甚么，"我回答自己，"我的思想就在这灯光之内。"灯光，白雾似的，划着一圈疆域，像圆墓。我掷下我的笔，这时我真想有一种白莲教的邪术：一盆清水，编草为舟，我到我的海上去遨游。

三月十九日。

楼

"告诉我那座楼的故事，"我说。我和我的朋友坐在塘边，已把钓丝抛了出去，望着飘在水上的白色浮标。在一个沙漠地方住了几年，我变得固执又伤感，但这个夏天却无法谢绝这位朋友的邀请，他说旅行和多雨的气候会使我柔和，清楚，有生气些，于是我到了他的家乡。

"楼的故事？"

"是的。昨天黄昏我们望见的那座楼。"昨天，我们散步到很远的地方，最后停在一所古庙侧的石桥上。桥上是竹林的影子，桥下流水响得凉风生了。我遥指一座矗出于白墙黑瓦的宅第间，夕阳照着的高楼，问那是谁家。关于那座楼有着故事呢，他说。今天他却忘记了。"我在一个沙漠地方住了几年，那儿风大得很，普通的屋子都没有楼，但我总有一个登高眺远的兴致，所以昨天那样的高楼常出现在我梦里，可望不可即。"

"你这几句话说得很动人，"他笑了。

"我准备着听一个动人的故事。"

"首先告诉我，你当孩子时候喜欢钓鱼吗？"

"我不能用一句话答复你。许多事情别人做着，我想象着很喜欢，一到我自己手里就成了一个损失。我永远是个急脾气。从前在家里，与我年纪差不多的叔叔们常晚上带着狗和仆人到山林里去打猎，我却毫无那种野孩子气，一次也没有参加，现在回想起来很悲哀，仿佛狂欢之门永远在我面前关闭，我无论如何也想象不出黑夜的林子里火把高烧的景象。"

"你大概住在一个语言不通的异国里,而你实在口若悬河。"

"他们也常钓鱼,斜风细雨,戴着斗笠在塘边,不想回家吃饭。我那时很不了解。天晴日子也有时跟着出门去,替他们照管一枝钓竿,但鱼总不来吃我的,我坐在小板凳上无趣极了,再也不愿等下去。"

我那叔叔们真是多才多艺,自己到竹林里去挑选竿子,用火熏后再倒悬在墙上,下面吊一块石头;自己扭丝绳;更有趣的是他们逃学的故事。但乡间把他们埋没了。现在让我坐在塘边想他们一会儿吧,趁我身旁的朋友默默不言,一心以为有鸿鹄将至的样子,望着水上。

我的浮标没水了一个。我忙乱的举起竿来,一个空钓,上面的饵已不见了。

"你太快了,应该等第三个浮标没水的时候。"

这点智识我早就知道。但我不是太快了就会太晚了。并且我正关心着那尾受惊的鱼,那细圆的嘴若是挂在我的钩上是多么可怜呵,从此我将用一根针垂钓,你们都别笑我缘木求鱼。

"这塘里的鱼被钓得很狡猾了。"我的朋友替我把钓丝又抛了出去。

"我准备着听你的故事呢。"

"说是故事,其实很简单的。"他说。"那家姓艾,不知在什么时候,从什么地方搬到这里来,买了许多田产,但总招一般乡民的歧视。关于这一姓的来历生了许多传说,更奇怪的几代都是单传,于是成了一个孤零的,随时有断绝的忧虑的姓氏了。到了这最末一代名叫艾君谷的,据说从小就很聪慧,只是被娇养了,成为一个走马斗鸡的纨绔子。门下客九流三教都有。中年无子，却醉心于一种培植园林，建筑宅舍的癖好。每当一次繁重的工程完成时，他又有了新的计划，又得拆毁了再开始，以此耗费了他家产的大半，最后留下他的夫人和一个女儿就死去了。我们昨天望见的那个宅第和那座高楼就是他最后的匠心的结构，人们说，要是他活着准还是不满意的。"

"这是一切悲惨故事的代表，我敢说。我们都有一种建筑空中楼阁的癖好。我从前在家里读书，不知在什么书上遇见了这样一句话，'仙人好楼居，'引起我许多想象，那时我还是一个孩子。以后，大概那个出名的人类祖先的故事暗示了我，我总常有一个无罪而度迁谪之月的感觉。这并没有一点伤感成分。我仿佛知道一个真理，惟有在这地上才建筑得起一座乐园，惟有用我们自己的手，但我总甘愿生活在最荒凉的地方，冰天雪地，牧羊十九年，表示我一点忠贞之心。"

"他的夫人和女儿相依为命，过着一种静寂的，倾向衰微的日子，在那所大宅第中。一般乡民都把那座高楼看作不吉祥的东西。他女儿的婚事低不成，高不就，但据说是一个美人呢。"

这是一个悲惨故事的袅袅余音，我敢说，很可以推波助澜，又成一支哀曲。我想起了那位出名的波斯女子，睡在暴虐的苏丹的床上，生命悬于呼吸之间，还能很巧妙的继续她的故事。那是一个很好的态度，使我十分惭愧。我的日子过得很荒芜，在昨天与明天之间我总是徘徊，不能好好的做我的工作。但听呵，我的朋友又开口了：

"从前，当她父亲还在时，有人向我家提过亲。我母亲曾到她家里去过，但没有见着，回来说起很好笑，她上楼下楼，像追赶一个羞涩的小动物。那时我很反对这种捉迷藏似的婚姻,遂作罢论了。"现在我这朋友已有一个幸福的家了。

我们都默默的望着水,望着水上的白色浮标,因为一个人坠入沉思的时候,总爱把他的目光固定在一点触目的东西上。但突然我的朋友从梦幻中醒来,举起钓竿,一尾鱼在空中翻露了它的白腹,接着就落在塘边的草地上。可怜的东西,竟不会发出一声最后的叫喊,努力想跳跃也无用了,还是进丝网里去吧。丝网,替代了提篮,装着鱼可以放在水中让它多活一会儿。

"鱼这东西可怜得很,不会发出声音。"

这句话脱口而出,我却不胜悲,我们这语言又有什么用呢,徒然使我苦于一种滔滔不绝的雄辩的倾向,正如一个天生的画家而坠地又是盲人,但我的朋友呵,我又开口了。

"我有几个得意的题材,几时来编成故事流传后世。其一是疯子。不知怎的我对于那种披发发狂的人很向往。其次大概是个女扮男装的美女子,很早就牵引了我的想象,自从小时起,从老仆人的口中,听了那个流传民间的祝英台的故事。"

"还有呢?"

"还有一个王孙公子,卖身为奴。我并不是说一旦失意,路旁时卖故侯瓜,那大概是个老头儿,怪寒伧的,却别有一个高贵的动机,比如说,银鞍白马,从谁家红楼下过,俯仰之间遂决定了一次豪华的游戏。但我的朋友呵,我有点儿怀念我那个沙漠地方了,我那北窗下的书桌已尘封了吧。我决定明天动身回去。"

一九三五年四月五日成。

弦

当我忧郁的思索着人的命运时，我想起了弦。有时我们的联想是很微妙的。一下午，我独步在园子里，走进一树绿荫下低垂着头，突然记起了我的乡土，当我从梦幻中醒来时，我深自惊异了，那是一棵很平常的槐树，没有理由可以引起我对乡土的怀念，后来想，大概我在开始衰老了，已有了一点庭园之思吧。现在我想起了弦。我们乡下，有一个算命老人，他的肩上是一个蓝布笔墨袋，一张三弦。当他坐在院子里数说着人的吉凶祸福，他的手指就在弦上发出琤玙声，单调，零乱，恰如那种术士语言，但我那时是一个孩子，对那简单的乐器已生了爱好，虽说暗自想，为什么不是七弦呢，假若多几根弦一定更悦耳的。我很难说我现在想起的弦到底是那老先生手指间的，还是我想象里更繁杂的乐器，但我已开始思索着那位算命老人自己的命运了。

假若我们生长在乡下落寞的古宅里，那么一个老仆，一个货郎，一个偶来寄食的流浪人，于我们是如何亲切呵。我们亲近过他们又忘记了。有一天，我们已不是少年了，偶尔想起了他们，思索着他们的命运。有一天，我们回到那童年的王国去了，在夕阳中漫步着，于是古径间，一个老人出现了。那种坚忍的过着衰微日子的老人，十年或者二十年于他有什么改变呢，于是我们喊："你还认识我吗，算命先生？"他停顿着，抬起头，迟疑的望着我们。"你已不认识我了。你曾经给我算过命呢。"我们说出我们的名字。他首先沉默着，有点儿羞涩，一种温和的老人常有的羞涩，随后絮絮的问起许多事情。因为我们刚从很远的地方回来。他呢,他刚从一座倾向衰落的大宅第回来。那是我们童时常去的乡邻,现在已觉疏远了,正迟疑着是否再去拜访一次。我们一面回想着过去,一面和这过去的幽灵似的老人走着,回答着。"明天来给我再算一次命吧。""你们读书先生早已不相信了。""不,我相信。"我们怎样向他解释我们这种悲观的神秘倾向呢?我们怎样说服这位对自己的职业失了信心的老人呢?从前,有人嘲笑他时他说,"先生,命是天生的,丝毫不错的,我们照着书上推算呢。"他最喜欢说一个故事,"书上说,从前有两个人,生庚八字完全相同,但一个是宰相,一个是叫化子。什么道理呢?因为一个是上四刻生,一个是下四刻生。一个时辰还有这样的差别呢。""那么你算过你自己的命吗?"嘲笑者说。"先生,"他叹一口气,"我们的命是用不着算的。"现在,他经过了些什么困苦呢,他是在什么面前低下了他倔强的头呢?他也有一个家吗?在哪儿?我们想问终于又不问了。但他不待问就絮絮的说出许多事故,先后发生在这乡村里的,许多悲哀的或者可笑的事故。只是不说他自己。也许他还说到他刚去过的那座大宅第里已添了一代新人了;已没有从前那样富裕了;宅后那座精致的花园已在一种长期的忽略中荒废了。在那花园里曾有我们无数的足迹,和欢笑,和幻想。我们等待着更悲伤的事变。然而他却停止了,遗漏了我们最关切的消息,那家的那位骄傲又忧郁的独生女,我们童时的公主,曾和我们度过许多快乐的时光而又常折磨着我们小小的心灵的,现在怎样了?嫁了,或者死了,一切少女的两个归结,我们愿意听哪一个呢?我们想问终于又不问了。我们一面思索人的命运,一面和这算命老人走着,沉默着,在这夕阳古径间。于是暮色四合。到了一个分歧的路口,我们停顿着,抬起头,

1946年春与爱人牟决鸣在重庆合影

迟疑的彼此对望一会儿。"请回去了吧,先生。"于是我们说:再见。

再见:到了分歧的路口,我们曾向多少友伴温柔的又残忍的说过这句话呢。也许我们曾向我们一生中最亲切的人也这样说了,仅仅由于青春的骄矜,或者夸张,留下无数长长的阴暗的日子,独自过度着。有一天,我们在开始衰老了,偶尔想起了那些辽远的温暖的记忆,我们更加忧郁了,却还是说并不追悔,把一切都交给命运吧。但什么是命运呢:在老人或者盲人的手指间颤动着的弦。

七月二十三日。

静静的日午

"你听见了汽笛声吗?"柏老太太喊。

"我听见了,在我伸起手刚要把花插进瓶里去的时候,"一个高高的穿白衫的女孩子说。

"我呢,正在我用钥匙开了那个大衣柜的时候,那快乐的尖锐的声音叫起来了。我说它是快乐的,不是吗?它仿佛很高很高的飞上天空,又散到很远很远的地方去了。"

柏老太太刚从内室走出来。这儿是客厅。这古老的客厅今天现着节日的福气。一大束白色红色的茶花在长桌上的供瓶里。青色的檐影在石阶上。壁钟上十一点三刻。柏老太太在等着她的孩子从远方归来,她曾有过几个孩子,但这是她最小的也就是仅存的一个了。

"我从前住在一个北方城市里,"柏老太太说。

垂手听着的女孩子笑了。这位老太太说她的从前总是这样开始的。

"我现在记起了那个城市,"柏老太太坐下一把臂椅。"它是几条铁路的中心。我住的地方白天很清静,到了晚上,常有一声长长的汽笛和一阵铁轨的震动,使我想着很多很多的事情。后来我读了一位法国太太写的一本小书,一个修道院的女孩子在日记写着:车呵,你到过些什么样的地方?那儿有些什么样的面孔?带着多么欢欣又忧愁的口气。我觉得我就是那个年青的苍白的修道女。那时我读着很多很多的书,读得我的脸有点儿苍白了。"

微笑着的女孩子在从这位老太太满是皱纹的脸上想象她年青时候的苍白。

"我又读过一本书,三位年青漂亮的俄国小姐住在乡下,常喊着要到她们从前住过的那个大都会去了,但总没有去,有一天,那位最年青的小姐忽然向着窗子哭起来了:天呀,意大利文的窗子是什么,我记不起了。她从前学过意大利文。那时俄国有身份的小姐们都学过外国文,但在乡下,是一点也用不着了。现在我想起那位小姐我还是很喜欢她。你喜欢她吗,孩子?"

"我也许会喜欢她。"

"也许会。你要是读了那本书你一定会。年青时候有些幻想是很有趣的,我那时希望有条铁路到我家乡,夏天回来,过了夏天就走,顶方便的。现在几里路远就有一个车站,但我已不想到哪儿去了。我那时又希望有一乘马车。"柏老太太停一停,忽然喊:"我叫驾我的马车到车站去,早已去了吗?"

"早已去了。"

"我们不能让他自己走回来。你不知道长途旅行是怎样劳苦,你没有到远方去过。"

"我知道。"

"你怎样会知道呢?"柏老太太看见她低下头了。"是的,你以后也会到远方去。等我的孩子回来和我过了夏天,我们带你一块儿旅行去。我知道你也不满意乡下,和那位俄国小姐一样。有一天,你父亲向我喊:老太太,您说不是吗,我们乡下人用得着读什么书?你也想学意大利文吗,小姐?你也想读得你的脸和修道女一样苍白吗?"

"柏先生该早已忘记了他的小邻居了。"

"我要向他说你。说你使我温暖的过了许多冬天。我们这样老了的人常是寒冷的,但从你们年青人身上有时找到了我们那已失去的自己。"

"老太太,您说我就穿这身衣衫见柏先生吗?"

"我喜欢简单的颜色。白色,或者黑色。白色的衣衫显得你是快乐的,善良的,换上黑色的你就成了一个多思虑的孩子了。"

"那么我愿意穿黑色。"

"那么他将捉摸不定你了。他将说:我找不到从前那熟习的门了。从前你是一个简单的快乐的孩子,像一棵小小的常青树。现在你长得这样高了。"柏老太太停一停,忽然喊:"我叫驾我的马车到车站去,早已去了吗?"

"您不是刚问过吗?"

"我的意思是说早应该回来了。"

"也许快回来了。"

柏老太太偏着头听一会儿。忽然喊:

"我的孩子,来帮我一下吧,我想起来。"女孩子跑到她面前去。"我有点儿心烦。我想起来走走。"女孩子把手递给她。"你就坐在我侧边吧。我们还是说说话吧。我说我从前住在一个北方城市里,是吗?那时我也有一位小邻居,一个五六岁的孩子。我常牵着她的手,望着她那寂寞的大眼睛,想问她,你思索着什么?寂寞的小孩子常有美丽的想象。我记得我小时候,院子里开着一种像蝴蝶的花,我相信它们是会飞的,常独自守着它们,但它们总不飞,于是我悲哀极了。那位小邻居使我想起自己的童时。后来——"

"后来怎么了?"

"后来她父亲回南去,已经到站了,突然在下车时候跌到铁轨上去了。她和她一家人便都奔丧回去了。"

"真的吗？"

"你以为我在说故事吗？在故事上我们说这太凑巧了。在人事上我们却说这太不凑巧了。为什么他要在那一班车回去？为什么要在那一秒钟下车？一秒钟内有多少可能呢？我觉得时间是不可思议的，可怕的。"

"老太太，"女孩子轻声的但有力的喊了出来。

"是的，为什么有些古怪的念头跑到我脑子里来了呢？我觉得时间静得可怕。你听，什么声音也没有。"

是的，树叶子没有声音，开着的窗子也没有声音。全乡村都仿佛入睡了，在这静静的日午。但突然壁钟响了起来：十二点。

慢慢的，女孩子从柏老太太怀里抬起头来：

"我听见了铃声，和马蹄声。"

七月二十七日成。

迟暮的花

秋天带着落叶的声音来了。早晨像露珠一样新鲜。天空发出柔和的光辉，澄清又缥缈，使人想听见一阵高飞的云雀的歌唱，正如望着碧海想看见一片白帆。夕阳是时间的翅膀，当它飞遁时有一刹那极其绚烂地展开。于是薄暮。于是我忧郁地又平静地享受着许多薄暮在臂椅里，在街上，或者在荒废的园子里。是的，现在我在荒废的园子里的一块石头上坐着，沐浴着蓝色的雾，渐渐地感到了老年的沉重。这是一个没有月色的初夜。没有游人。衰草里也没有蟋蟀的长吟。我有点儿记不清我怎么会走入这样一个境界里了。我的一双枯瘠的手扶在杖上，我的头又斜倚在手背上，仿佛倾听着黑暗，等待着一个不可知的命运在这静寂里出现。右边几步远有一木板桥。桥下的流水早已枯涸。跨过这丧失了声音的小溪是一林垂柳，在这夜的颜色里谁也描不出那一丝丝的绿了，而且我是茫然无所睹地望着他们。我的思想飘散在无边际的水波一样浮动的幽暗里。一种记忆的真实和幻想的糅合：飞着金色的萤火虫的夏夜；清凉的荷香和着浓郁的草与树叶的香气使湖边成了一个寒冷地方的热带；微笑从芦苇里吹过；树荫罩得像一把伞，在月光的雨点下遮蔽了惊怖和羞涩……但突然这些都消隐了。我的思想从无边际的幽暗里聚集起来追问着自己。我到底在想着一些什么呵？记起了一个失去了的往昔的园子吗？还是在替这荒凉的地方虚构出一些过去的繁荣，像一位神话里的人物，用莱琊琴声驱使冥顽的石头自己跳跃起来建筑载比城？当我正静静地想着而且阖上了眼睛，一种奇异的偶合发生了，在那被更深沉的夜色所淹没的柳树林里，我听见了两个幽灵或者老年人带着轻缓的脚步声走到一只游椅前坐了下去，而且，一声柔和的叹息后，开始了低弱的但尚可辨解的谈话：

——我早已期待着你了。当我黄昏里坐在窗前低垂着头，或者半夜里伸出手臂触到了暮年的寒冷，我便预感到你要回来了。

——你预感到？

——是的。你没有这同样的感觉吗？

——我有一种不断地想奔回到你手臂里的倾向。在这二十年里的任何一天，只要你一个呼唤，一个命令。但你没有。直到现在我才勇敢地背弃了你的约言，没有你的许诺也回来了，而且发现你早已期待着我了。

——不要说太晚了。你现在微笑得更温柔。

——我最悲伤的是我一点也不知道这长长的二十年你是如何度过的。

——带着一种凄凉的欢欣。因为当我想到你在祝福着我的每一个日子，我便觉得它并不是不能忍耐的了。但近来我很悒郁。古人云，鸟之将死，其鸣也哀，仿佛我对于人生抱着一个大的遗憾，在我没有补救之前决不能得到最后的宁静。

——于是你便预感到我要回来了？

——是的。不仅你现在的回来我早已预感到，在二十年前我们由初识到渐渐亲近起来后，我就被一种自己的预言缠绕着，像一片不吉祥的阴影。

——你那时并没有向我说。

——我不愿意使你也和我一样不安。

——我那时已注意到你的不安。

——但我严厉地禁止我自己的泄露。我觉得一切沉重的东西都应该由我独自担负。

——现在我们可以像谈说故事一样来谈说了。

——是的，现在我们可以像谈说故事里的人物一样来谈说我们自己了。但一开头便是多么使我们感动的故事呵。在我们还不十分熟识的时候，一个三月的夜晚，我独自郊游回来，带着寂寞的欢欣和疲倦走进我的屋子，开了灯，发现了一束开得正艳丽的黄色的连翘花在我书桌上和一片写着你亲切的语句的白纸。我带着虔诚的感谢想到你生怯的手。我用一瓶清水把它供在窗台上。以前我把自己当作一个旁观者，静静地看着一位少女为了爱情而颠倒，等待这故事的自然的开展，但这个意外的穿插却很扰乱了我，那晚上我睡得很不好。

——并且我记得你第二天清早就出门了，一直到黄昏才回来，带着奇异的微笑。

——一直到现在你还不知道我怎样度过了那一天。那是一种惊惶，对于爱情的闯入无法拒绝的惊惶。我到一个朋友家里去过了一上午。我坐在他屋子里很雄辩地谈论着许多问题，望着墙壁上的一幅名画，蓝色的波涛里一只三桅船快要沉没。我觉得我就是那只船，我徒然伸出求援的手臂和可哀怜的叫喊。快到正午时，我坚决地走出了那位朋友的家宅。在一家街头的饭馆里独自进了我的午餐。然后远远地走到郊外的一座树林里去。在那树林里我走着躺着又走着，一下午过去了，我给自己编成了一个故事。我想象在一个没有人迹的荒山深林中有一所茅舍，住着一位因为干犯神的法律而被贬谪的仙女。当她离开天国时预言之神向她说，若干年后一位年轻的神要从她茅舍前的小径上走过；假若她能用蛊惑的歌声留下了他，她就可以得救。若干年过去了。一个黄昏，她凭倚在窗前，第一次听见了使她颤悸的脚步声，使她激动地发出了歌唱。但那骄傲的脚步声踟蹰了一会儿便向前响去，消失在黑暗里了。

——这就是你给自己说的预言吗？为什么那年轻的神不被留下呢？

——假若被留下了他便要失去他永久的青春。正如那束连翘花，插在我的瓶里便成为最易凋谢的花了，几天后便飘落在地上像一些金色的足印。

——现在你还相信着永久的青春吗？

——现在我知道失去了青春人们会更温柔。

——因为青春时候人们是夸张的？

——夸张的而且残忍的。

——但并不是应该责备的。

——是的，我们并不责备青春……

倾听着这低弱的幽灵的私语，直到这个响亮的名字，青春，像回声一样弥漫在空气中，像那痴恋着纳耳斯梭的美丽的山林女神因为得不到爱的报答而憔悴，而变成了一个声响，我才从化石似的瞑坐中张开了眼睛，抬起了头。四周是无边的寂静。树叶间没有一丝微风吹过。新月如半圈金环，和着白色小花朵似的星星嵌在深蓝色的天空里。我感到了一点寒冷。我坐着的石头已生了凉露。于是我站起来扶着手杖准备回到我的孤独的寓所去。而我刚才窃听着的那一对私语者呢，不是幽灵也不是垂暮重逢的伴侣，是我在二十年前构思了许多但终于没有完成的四幕剧里的两个人物。那时我觉得他们很难捉摸描画，在这样一个寂寥的开展在荒废的园子里的夜晚却突然出现了，因为今天下午看着墙上黄铜色的暖和的阳光，我记起了很久很久以前的一个秋天，我打开了一册我昔日嗜爱的书读了下去，突然我回复到十九岁时那样温柔而多感，当我在那里面找到了一节写在发黄的纸上的以这样两行开始的短诗：

　　在你眼睛里我找到了童年的梦，
　　如在秋天的园子里找到了迟暮的花……

一九三六年五月

呜咽的扬子江

老是下着雨。我几次路过汉口都遇着连绵的使人发愁的雨，因为都在夏季。但这次特别厌烦，我们已等了三天的川江直航船，听了三天的雨。

在这单调的雨声里，一只下流的，快乐的，带金属声的歌曲忽然唱了起来，从对面广东酒家的话匣子上飘到我们住着的旅馆的楼上，使我起了一种摸弄着微腥的活鱼似的感觉。我从侧面的窗子望出去，一家银行的建筑物遮断了我的视线。空气是十分潮湿。对于这饱和着过多的水分的空气，过惯了那种大陆气候的人感到十分不舒服。而且，虽然下着雨，屋子里还是闷热。于是我开了那放在地板上的小风扇。

我同行的孩子正在暗自埋怨着我们国家里的交通吧。她是比我更渴切的想早回到家乡，早晤见家中的人们的。

我们都忘记在平汉列车上受的罪了，一天上午，车突然在河南境内的一个小站前停住了，因为前面翻了一列煤车。一直停到黑夜袭来。那使稻谷变成黄金色的六月的太阳使旅客们无辜受了一整天炮烙之刑。三等车厢里倒也安置有风扇。但大概是用来壮观瞻或者作广告的，开的时候很少，车一停便随着关闭了。我的旅伴以一种孩子气的不能忍耐来怨天尤人。我记起了一篇左琴科的讽刺小说，那是极刻薄的形容着帝俄时代的交通的。我向她重述了一遍。也是在车上，旅客们正眺望着窗外的风景，忽然发现列车向后方倒开了；原来车掌被风刮去了帽子；倒开到一个树林前，旅客们都下车去替他找寻那顶帽子，寻找了许久许久然后在一个树枝上获得了，然后大家上车继续前进。感谢我们的国家，我最后笑着说，我们总比在那种情形中好得多了。结果我们也继续前进了。只是到汉口时误了八个钟头，特别快车成了特别慢车。但现在我不仅不借那种天灾人祸来攻击铁路交通，而且开始赞颂了，我说：

"二，你还记得你在车上的埋怨吗？我早就说铁路是我们国家里最进步的交通，有一定的班期，有一定的时间，假若长江的船也和火车一样，我们不是已快到家了吗？"

我有一点反复无常。

我在生气，对旅馆里探问船期的人的报告生气。他说今天有一只民生公司的直航船，但不卖票，在上海开船的前两天便停止卖票了，因为有什么考察团到四川去，船上挤满了人。我忽然想起了"四川是民族复兴的根据地"这样一句时髦话。倒霉的是"民族复兴根据地"的人民们，我在心里说，你们都走进那狭的笼里去吧。

"我希望我们的家在外面，"我说出声了。

我们终于在船上了，一只又小又脏的船，然而是在上海直航到重庆的船呀，所以也挤满了人。好在先买有一张房舱票，于是看着我的妹妹安顿在一间已经住了三个带孩子的女人的房间里，让她去听那"哇啦哇啦"的上海话，闻那人类特有的臭气，然后到大餐间去。因为茶房说那里有我的铺位。到了那里，从旅客们的口中才知道那名叫 Saloon 但既不宽大又不清洁的地方已是很多人的夜寝处了，而且要到晚间才用桌椅做床。旅客中一个瘦长的有高颧骨的年青人和我攀谈起来了，用他那带江苏口音的普通话急遽的，不很清晰的说了一会儿，说在这大餐间里总比在甲板上好得多，不怕下雨。望着他说时噜出嘴角的白色口沫，又转眼望着那挤满在甲板上的用木板做床的铺位和人，蹙一蹙眉头便沉默了。

但接着他又把我介绍给他的同伴，一个绅士式的举动文雅而且微微发胖的人。他说话缓慢，又是江北口音，我能完全了解。他们是同学。是两位今年毕业的教育学士，远远的到贵阳民众教育馆去作事。他们问我时，我说出我已离开了一年的学校的名字。

我们谈到四川的交通，谈到江苏的学校情形，但谈到我所从来的北方的现状和学生运动，我感到很难说话，含糊的说了几句便又沉默了。

他们转过身去和别人谈话，我仍坐在餐桌前，但渐渐的人们的谈话声在我耳里消失了意义了，我坠入了沉思。在北方这几年，我把自己关闭在孤独里，于是对于世界上的事都感到淡漠，像屠格涅夫小说里的一位人物，"我除了打喷嚏的时候从来不仰望蓝天，"不过我的"蓝天"应该改为现实生活。我几乎要动手写一部书来证明植物比较人类有更美丽的更自由的生活。然而，依我在另一处的说法是"一片风涛把我送到这荒岛上"，我到一个新的环境里去了，与其说那是一个学校，不如说是一家出名的私人营业的现代化的工厂，因为那里大批的制造着中学毕业生。我每天望着那些远远的从广东来的，从南京来的，从河南来的孩子，感到自己是一个帮助欺骗的从犯。我是十分的热情又十分的冷淡。于是所谓学生运动来了，我们遂成了暧昧的"第三种人"。但果然没有真正的第三种人的存在：当学生罢课后我们仍然随着钟声到教室里去对墙壁谈话，我们是奉命去以愚顽和可怜感动学生；当军警也把我们的寄宿舍围了两天两夜，连一封信都无法送出去的时候，我们又与学生同罪了。现在却有人问我北方的学生运动……

当我正因咀嚼着这些记忆而感到了微微的不愉快，一个壮健的年青人走到我面前来了：

"先生知道由重庆去成都的汽车情形吗？是不是每天都有？"

"不很清楚。我已有好几年没有回家了。"

"我也有好几年没有回家了。"

从语音可以知道他是我的同乡。从他的光头和松黄色的军裤可以知道他是一个军人。后来他自己说他是一个少尉。

不知怎的又谈到了交通：

"现在已算很有进步了，"他说，"已筑成了很多很多的公路，而且重庆到成都的铁路就快要动工了。"

"我觉得还不成，先生。比如这天然的交通道路，这条长江，我们都还没有能好好利用。"

"也很有进步。很有进步。我们知道在川河以国人经营的民生公司的船为最好，在宜河以下，国家经营的招商局的船也整顿得很好了。假如我这次不是急于回到成都，我决不坐这破外国船。"

他说话时那种自信的态度使我想到德国的或苏俄的青年。苏俄的青年在西伯利亚的车厢里劝人学哲学也应该到他们国家里去学，不应该到德国去。而德国的青年则参加政府的焚书运动，高唱着保护德国妇女的歌。我不感到欢喜，也不感到悲哀，只是因为自己的过早衰老，对于这种乐观的态度有一点觉得辽远而已。

"我并不是说我们国家里没有进步。什么方面都已有了显明的进步。只有太慢，太慢。就比如说这长江里的交通吧，至少应该做到每天有国家经营的船往来，和火车一样有一定的班期，一定的时间。"我停顿了一会儿，"我这次在汉口等了四天的船。我仅有一月的时间，准备在来回的路途上费两个礼拜，在家里住两个礼拜，但现在，恐怕只能在家里住十天了。"

"我更只有两个礼拜的假,而且还是从南京到成都。假若不续假,那只有在半途折回了。"

"总可以续假吧?"我没有想到他比我更匆促。

"没有办法便只能续假了。"

他轻轻的叹一口气。我当时很奇怪从一个军人的口中竟发出了这样一声微微带着感伤的叹息。

我们的谈话完了,我转过头去望望那些三个两个亲密的谈着话的人们,他们从不同的地方来,带着不同的口音,在很短促的时间里便成为熟识的朋友了,虽说几天后到了陆地上仍然是漠不相关的路人。

我去看我的妹妹。她这时也只微蹙着眉头,再没有心绪说埋怨的话了。天气十分的热,旅客像货物包裹一样到处堆积着。想起那比较有秩序,比较清洁的三等车厢,简直又要赞颂一番了。但我说着忍耐的话。我说早上一天船便有早到一天的希望,而且今晚船就开了。

我在一篇小故事里曾这样写:

"你以为我在说故事吗?在故事上我们说这太凑巧了。在人事上我们说太不凑巧了。"下面我再轻轻的加上一句,"一秒钟内有多少可能呢?"

我亲爱的朋友们,关于凑巧不凑巧,我们下次再讨论吧,这只又脏又小的船在开船后的第一晚上,在那该死的一秒钟之内,轻轻的驶行到河中的沙堆上去了,搁浅了。早晨我从梦里,或者说从那四把椅子做成的床里醒来,才发见我们的船像一只死了的蚱蜢被小学生用针钉在他的标本箱里。我们在望不见人家的荒僻的长江中游。两岸是青青的高大的芦苇。据说大约在汉口到宜昌的路程的中点。

全船的人都咒骂着"领江"。但茶房们又说他是一位"第一流的老领江"。于是有一个茶房找出他出乱子的原因了。说他在汉口上船之前和他的太太吵了架。

我们为绝望，烦躁，混乱，和太阳苦了整整两天，然后在第三天上凑巧有一只同公司的宜河船开到了，我们和着行李一齐转过那只船去，到了宜昌又换川河船。经过这几次的劳顿后，我们反转对什么都不抱怨了，只是疲乏，疲乏，疲乏得像一床被抛掷又被践踏过许多次的棉被。

然而在最后这只比较宽，比较清洁的川河船上睡了一夜无梦的觉醒来，清晨的江风，两岸的青山，和快到家乡的欢欣，使我们的精神又恢复了。

船驶到了西陵峡。

第一次入川的外省人都惊讶着山岭的险峻。

那位瘦长的江苏人沿途都翻着地图问着地名，有时还在一册袖珍日记簿上写一点什么，这时凭在栏杆上，不住的叹息着。

"这真是伟大。伟大。"

招惹得我那位同乡，那个少尉先生，微笑了：

"你过一会儿看见了巫峡又将怎样赞美呢？"

"难道还要比这更高更险吗？"

"难道还要我说你听，那真是陡如削壁，山半腰是云雾，云雾上面还是山，我们不伸出头去便望不见天空。"

无尽的山。单调的山。旅客们欣赏的惊讶的眼睛也渐渐的厌倦了。那个微微发胖的江苏人把谈话的题目转到一件事情上，他以为对于四川人那是一个有趣的谈论资料。事情是一个嫁给四川人作太太的女人在成都写了两篇游记,发表在北平的一个刊物上,对四川说了一些坏话,于是首先引起了南京报纸的攻击,后来成都的报纸也响应起来了,害得那位太太又生气又难过,总之从头至尾都是十分无聊的事。然而他却提起了它,意思在听取我和我那位同乡的意见。

"对这件事我没有留意,"我说。"我根本没有见到那什么游记,我平常不看那一类的刊物。至于在南京引起热闹的攻击,我最近倒听见一个人提到过,在我还算是一件新闻。"

"她说四川的鸡蛋没有鸡蛋味,是真的吗?"那个瘦长的教育学士笑着说。

"这点我倒还没有发见,虽说在北方住了五六年,我只记得四川的鸡蛋比北方的大一点。"我也笑了。

"四川,和四川人并不是没有短处,"我那年青的同乡带着坚决的口气说了,"但她一点也没有说着。不必提她那些可笑的话,单分析她那种心理就可以发觉都是十分卑劣。她自以为是一个有地位有声望的女人,现在是到荒僻地方去吃苦,于是对环境有点儿不习惯便大发脾气了。那简直是向社会撒娇,但可惜社会并不是一个女人的丈夫。所以我说,四川的鸡蛋倒有鸡蛋味,四川的水果也有水果味,不过中国这些名人学者都很可怜,就比如她吧,仅仅著过一部鸟儿花儿式的白话高中外国史,而且还把美国整个弄掉了,却到四川大学去作历史系主任。"

"但她著过一篇关于中学生的文章,引起了教育家们的注意,教育部因此通令减少初中的上课钟点,"那个微微发胖的教育学士说。

67　　呜咽的扬子江

"所以我说她是向社会撒娇。"

我不能不在这里向我的乡土说一句抱歉的话,对于它我是很淡漠的。或者说几乎忘记了。然而叫我批评我的乡人,我并不是没有话说,我觉得有一个大长处,也有一个大短处。对于阔大的天空和新鲜的气息的向往,奔逐,我们无不勇敢而沉毅。至于短处我可用一件小事来说明。在从前没有法院律师的时候,案件全由县衙门处理,而打官司的仇敌们常住在衙门附近的小店里,彼此都有说有笑,有时还请吃馆子,虽说刚在县官面前,或者明天就在县官面前,彼此很恶毒的很狡诈的想构成对方的死刑罪,善于辞令应酬似乎是四川人的天赋才能。但不幸我生来便缺乏了它,我不是在人面前沉默得那样拙劣,被人误会成冷淡骄傲,便是在生疏的人面前吐露出滔滔的心腹话,被人窃笑。以此对于北方人的那种大陆性的朴质与真诚不能不感到十分可亲,十分依恋了。我并不是说北方人绝对的诚实,比如北平的仆人很少替主人买东西不落钱的(那在我们家乡足以作为辞退的理由),但他们欺骗的技术是那样拙劣,有如杜斯退益夫斯基的《诚实的贼》一样可爱。不知从什么时候起我对于我的乡人便感到不可亲近,但现在,我面前的这位青年人说话这样爽快,眼睛里发出诚实的光辉,我不能不对他十分信任了。也许在这年青的一代人已没有那样短处了吧。我的乡土啊,我有一点儿渴望看见你了。

船驶到了巫峡。

又有许多欣赏家从舱里跑到甲板上来了。

我第一次经过巫峡是在七八岁时,那便留给我一个荒凉的愁苦的记忆,我很想知道在山的那一面有没有人家,是一个什么所在。后来从学校里得来的地理知识给我解答了。那是一个苦瘠的地方,饥饿的地方，没有见过幸福之光的地方。然而也是有人类居住的地方。所以我这时对于旅行家的欢欣，用很冷酷的，带着讥刺，甚至愤怒的眼光去注视，而且我对自己说，假若把他们丢弃在那被他们赞美不已的山上生活一天，他们一定会诅咒，哭泣，变成聪明一点了。

于是，从这狭隘的峡间的急流，我听见了一只呜咽的歌，不平的歌，生存与死亡的歌，期待着自由与幸福的歌。

这天晚上船停泊在巫山县。

第二天下午四点钟的时候便看见万县下面的塔了，我和妹妹早已收拾好行李，焦急的，不安的，说不清是欢喜还是难受的等待着船停。

我们从北平到万县一共走了十四天。

一九三六年九月二十九日，莱阳

街

我凄凉的回到了我的乡土。

我说凄凉,因为这个小县城对我冷淡得犹如任何一个陌生地方。若不是靠着一位身在北方的朋友的好心,预先写信告诉他家里收留这个无所依归的还乡人,我准得到旅馆里去咀嚼着一夜的茕独。我的家在离城五十六里的乡下。由于山岭的崎岖险阻,那是一小半天的路程。从前到县城里来寄居的地方,一位孤独的老姨母的几间屋子,已卖给某家公司了,现在正拆毁着那些屋顶,那些墙壁,和那些半朽的木门。

什么时候我也能拆毁掉我那些老旧的颓朽的童年记忆呢,即使并不能重新建筑?

我已说不清我第一次从乡下进城是在几岁时候了,那是到亲戚家去,途中经过县城。只有高大的城门给我一个深的印象。此外我倒记得清晰在河中搭白木船的情景,暗色的水慢慢流着,母亲和我坐在轿子里,叫人丢几个青铜钱到河水里去,不知是作为镇压还是别的意思,总之,现在回想起来觉得很忧郁。但这和县城没有关系。

我七八岁时,四川东部匪徒很多,或者说成为匪徒的兵很多。在×县这素称富足的一等县里,更骚扰得人民不是躲避在寨子里便逃往他方。我的家在搬到湖北去避难之前曾在县城里住过一些时候。那算是我第一次过县城生活。我们借佃的屋子邻近法国天主教的教堂。但那时没有宏亮的钟声,也没有赞美诗的歌咏声,代替了虔诚的教徒们那里驻扎着一个团部。偶尔我们听见了受刑人的低抑的呻吟声，或者数着银元时的清脆的碰击声，总是吓得静默着，不敢说一句话，不敢沉重的放下脚步。

这便是第一次县城生活留给我的记忆。

在湖北过了两年流离的日子，由于故乡匪患的稍稍平戢，我们回去了。仍然住在县城里。县城里虽也时常发生抢劫等事，但在乡下凡是仅足温饱的人家便引起匪徒的注意，在县城里则因为户口多，并且真有富裕的人，小康者反可以韬晦起来了。这回不是借佃他人的屋子了，我们住在我祖父和一个商人共有的棕厂里。说是棕厂，实际异于普通住家人户者，不过存放着许多大捆的棕毛包裹而已。而我便和那些愚笨的沉默的棕毛包裹一块儿生活着。一个十岁左右的孩子并不知道没有温暖，没有欢笑的日子是可以致病的，但我那时已似乎感到心灵上的营养不足了。像一根不见阳光的小草，我是那样阴郁，那样萎靡。

所以，在别的孩子们的面前，这个县也许是热闹，阔大，而且快乐的，对于我却显得十分阴暗，十分湫隘，没有声音颜色的荒凉。

当我正神往于那些记忆里的荒凉，黄昏已静静的流泻过来像一条忧郁的河，湮没了这个县城。我踟蹰在一条街上。在我从船上下来，把行李寄放在我那个朋友的家里后，还没有休息到一小时便又走出来了，不是想买东西，也不是想去拜访人，就简单的为着要看一看这个县城，和这些街。我在北方那个大城里，当黄昏，当深夜，往往喜欢独自踟蹰在那些长长的平直的大街上。我觉得它们是大都市的脉搏。我倾听着它们的颤动。我又想象着白昼和夜里走过这些街上的各种不同的人，而且选择出几个特殊的角色来构成一个悲哀的故事，慢慢的我竟很感动于这种虚幻的情节了，我竟觉得自己便是那故事里的一个人物了，于是叹息着世界上为什么充满了不幸和痛苦。于是我的心胸里仿佛充满了对于人类的热爱。

但现在，我踟蹰在我故乡里的一条狭小，多曲折，铺着高低不平的碎石子的街上，仿佛垂头丧气的走进了我的童年。

这是一个真实的故事。

这是一个卑微无足道的故事。

我十五岁时进了县里的初级中学，即是说在四五年乡居生活之后又来到了县城里，那时候人们对于学校教育仍抱有怀疑和轻视的态度，尤其是乡下人，他们总相信这种混乱的没有皇帝的时代不久便要过去，而还深深的留在他们记忆里的科举制度不久便要恢复起来，所以他们固执的关闭他们的子弟在家里读着经史，期待着幻想中的太平，所以从私塾到学校里我并不是一件轻易达到的事。然而由于一位长辈亲戚的援助和我自己的坚决，我终于带着一种模糊的希望，生怯的欢欣，走进了新奇的第一次的社会生活。

学校的地址是从前县考时的考棚。一条又宽又长的石板甬道的两旁，立着有楼的寄宿舍和教室和几株高及瓦檐的孤零的梧桐。这便是我的新世界，照样的阴暗，湫隘，荒凉，在这几及两百人的人群中我感到的仍是寂寞。

一月后一个更使人感到寂寞的事件展开在我这个新来者的面前。

那时学校里已施行新学制了，但学生们的年龄有很大的差异，大概从十四五岁到二十四五岁吧。和我同宿舍的有两三个已是成人的高班次的学生，他们对我倒是亲善的，但终于因为我的幼小，他们似乎有一点忽视我的存在，许多应该秘密事情却并不完全在我面前藏匿。他们在做着一种活动。在和校外的人连络着攻击那时的校长，并且计议在他免职后拥出某一个人来。于是那位常常两手背在后面迈着方步的校长先生终于免职了。不过委派来继任的并不是那拟定的人而是一个第三者。

我们县里除了中学还有一个师范学校。两个学校出来的人们彼此倾轧，争斗，敌视得犹如两个小政党。这位新校长不幸是从那师范出来的，于是以这种借口，秘密攻击前校长的人们和他的真正拥护者一致联合起来挽留他，而且发动了一个可怕的风潮。

已记不清是一天的上午还是下午了。新校长偕着县长一块儿到学校里视事，当他们从那又宽又长的石板甬道上走过，走进了校长室所在的后院，两旁宿舍里暴风雨似的拥出了一群武士，嚷着骂着，又狂奔着，一直奔到后院去闹了许久，最后那位可怜的校长交出了校印，在脸上和嘴唇上带着血痕匆匆的逃出校门了。

我没有去亲自欣赏这幕武剧的顶点。我对于这意外的爆发实在有一点惊惶。我第一次看见人可以变成如此疯狂，如此可怕。

这种可怕的疯狂一直继续到胜利以后。

武士们都大声的嚷着，笑着，追述着刚才的勇敢：他们围着那位该死的校长在那间屋里，而且用哑铃从玻璃窗掷进去。

接着是他遗留下的行李来替他受惩罚了。箱子在人们的手中破碎犹如一颗板栗。打脱了顶的草帽高高的戴在芭蕉叶上。腰斩后的白绸衫悬在树枝头示众。木板的大本《史记》《汉书》变成无数的白蝴蝶，飘飞在庭院里又栖止在草地上。

以十五岁的孩子的心来接受这种事变，我那时虽没有明显的表示愤怒或憎恶，但越是感到人的不可亲近，越是感到自己的孤立。对于成人，我是很早很早便带着一种沉默的淡漠去观察，测验，而感不到可信任了。然而这到底是一叶崭新的功课。

并且这一叶崭新的功课还没有完。

当黑夜开始的时候，学校被几十个枪尖都上好枪刺的兵士包围起来了，搜索的结果，仅有八九个新生还没有逃走，于是被禁锢在一间小屋子里过夜。守卫的兵士带着讥讽的神气吓唬我们，说第二天要带到他们的军长面前去审问，也许还要用鞭子抽打我们。我们到底是几个孩子，在商量好明天的答语后，便拥挤的安静的睡去了。

第二天早晨下着大雨，一个年轻的旅长来训诫了我们一阵，便把我们释放了。我冒着雨跑到我那位老姨母家里去，淋得几乎成了一尾鱼。

这便是第一次学校生活留给我的记忆。

柔和的黑夜已开始在街上移动。朦胧的街灯投下黄色的光轮。我到底上哪儿去？我走过这条狭小，多曲折，铺着高低不平的碎石子的街，又走过一座桥，难道我要去拜访我昔日的学校吗？那早已拆毁了。那些衰老的建筑物早已卖给某家银行。而在别的地址建筑起一个新的学校了。我再也不能看见那几株高及瓦檐的孤零的梧桐。我再也不能走上那些半朽的轧轧作响的木楼梯，穿着家里缝好的总是过于宽大的蓝布衫。现在我的面前又是一条不整洁的街。它是这小县城的贫血的脉管,走过我身边的都是一些垂头丧气,失掉了希望,而又仍得负担着劳苦的人。

这是我的乡土。

这是我的凄凉的乡土。

对于我那些昔日的同学,虽说我刚才回忆起了他们那次粗暴的发泄,我并不责备他们。假若我现在遇见了他们,在这街上,在这夜色中,我决定当作一种意外的快乐向他们伸出我的手去。我要重新去发现他们的美德。即是当时的他们,留在我记忆中的也有一些是诚实的人。并且,我与其责备他们,毋宁责备那些病菌似的寄生在县里的小教育家。那个常常两手背在后面迈着方步的校长先生,听说现在仍保守着县教育家的地位,而他的一个同党,后来也作过我们的校长的,则听说已流落成一个无赖了。假若我现在遇见了他们,在街上,在这夜色中,我是不是也宽容的向他们伸出手去呢?不,对于他们我有一种无法抑制的嫌恶之感。虽说,我也应该补一句,我与其责备他们,毋宁责备社会。

这由人类组成的社会实在是一个阴暗的,污秽的,悲惨的地狱。我几乎要写一本书来证明其他动物都比人类有一种合理的生活。

理想、爱、品德、美、幸福,以及那些可以使我们悲哀时十分温柔,快乐时流出眼泪的东西,都是在书籍中容易找到,而在真实的人间却比任何珍贵的物品,还要希罕。那些悦耳的名字我在书籍中才第一次遇到。它们于我是那样新鲜,那样陌生,我只敢轻声的说出它们的名字。真实的人间教给我的完全是另外一些东西。当我是一个孩子的时候,我已完全习惯了那些阴暗,冷酷,卑微,我以为那些是人类唯一的粮食,虽然觉得粗粝,苦涩，难于吞咽，我也带着作为一个人所必需有的忍耐和勇敢，吞咽了很久很久。然而后来书籍给我开启了一扇金色的幻想的门，从此我极力忘掉并且忽视这地上的真实。我生活在书上的故事里，我生活在自己的白日梦里，我沉醉，留连于一个不存在的世界。然而既是梦便有一个醒觉时，而我又醒觉得太快。现在叫我相信什么呢？我把我的希望寄放于不可知的人类的未来吗？我能够断言未来的人类必有一种合理的幸福的生活那时再没有人需要翻开这些可怜的书籍，读着这些无尽的诳语吗？即使必有，于我又有什么关系呢？我必需以爱，以热情，以正直和宽大来酬报这人间的寒冷吗？

对人，爱更是一种学习，一种极艰难的极易失败的学习。

我重复着我自己的语言。

一切语言都不过是空洞的声音。

我又踟蹰在这第二条狭小，多曲折，铺着高低不平的碎石子的街上。夜色和黑暗的思想使我感到自己的迷失。我现在到底在哪儿？这是我的乡土？这不是我的乡土？我必需找出一个媒介来证明，我和这个县城的关系。我必需找出一个认识的人。一辆洋车走过我的身边。我说出一个我自己不知道它在哪个方向的地名，我坐了上去。

最后到了一座大门前。

这是一个小学，我有一个认识的人在里面。但说不准在这暑假里他已回到乡下去了。

两扇大木门关得十分严密。我起初轻轻的敲着门环。随后用手重拍，随后大声叫喊。然后侧耳倾听：里面是黑夜一样寂静。我想一个学校不会没有门房。我想也许有一个旁门，但问侧边的人家，都说没有。

于是，像击碎我所有的沉重的思想似的，我尽量使力的用拳头捶打着门，并且尽量大声的叫喊起来。

我摸出口袋里的夜明表：八点钟。

一九三六年十月十五日夜，莱阳。

县城风光

濒长江上游的县邑都是依山为城：在山麓像一只巨大的脚伸入长流的江水之间，在那斜度减低的脚背上便置放着一圈石头垒成的城垣，从江中仰望像臂椅。假若我们还没有因饱餍了过去文士们对于山水的歌颂，变成纯粹的风景欣赏家，那么望着这些匍匐在自然巨人的脚背上的小城，我们会起一种愁苦的感觉，感到我们是渺小的生物，还没有能用科学，文明，和人力来征服自然。这些山城多半还保留着古代的简陋。三年前，也是在还乡的路程中，我于落日西斜时走进了那个夔府孤城，唐代苦吟诗人杜甫曾寄寓过两年的地方，那些狭隘的青石街道，那些短墙低檐的人户，和那种荒凉，古旧，使我怀疑走入了中世纪。我无可奈何的买了几把黄杨木梳。那种新月形的木梳是那山城里惟一的名产，也使人怀想到长得垂地的，如云的，古代女子的黑发。

但溯巫峡而上，一直到了我的家乡×县，我们却会叹一口气，感到了一种视线和心境都被拓开了的空旷。两岸的山谦逊的退让出较多的平地。我们对于这种自然的优容，想到很可以用人力来营建来发展成一个大城市。也就是由于这，三十四年前外国人才要求开辟为商埠，而在地图上便有了一个红色的锚形符号，在那些破旧的屋舍间便有了一座宣传欧洲人的王道的教堂。

这个县城在江的北岸。夹着一道山溪，我们可以借用两个堂皇的名词来说明，东边是政治区域，西边是商业区域。旧日的城垣仅只包围着东边那部分。江的南岸是一片更平旷的大坝，曾有人预计随着这县城的商业的发达，那里会开辟成一个更繁荣的商场，不过这预言至今尚未应验，隔着浩荡的大江，隔着势欲吞食帆船的白色波涛，我们遥遥望见的仍仅是一片零落的屋舍附寄在那林木葱茏的苍色的山麓下，像一些蚂蚁爬在多毛的熊掌上。那是翠屏山。一个漂亮的名字，列为县志里的十景之一。关于十景，当我在中学里作本县风景记那个课题时倒能逐一举出，现在，恕我淡漠的说，早已忘记了。但从忘记中也有还能忆起的，翠屏山其一。此外在县城西边有一个太白岩，相传李太白曾在那里结庐隐居过，但在那岩半腰上实际只有一些庙宇，僧尼，并无任何证物可以说明它与那位饮酒发狂而且做诗的古人有过关系。当我在中学时，春秋旅行常常随着同学们爬上那羊肠似的几百级的石梯，最后在那香烛氤氲，几乎使人窒息的庙宇中吃着学校发的三四个鸡蛋糕。那时我虽不鄙薄名胜或风景，名胜或风景却也一点不使我感到快乐。岩脚下还有一个流杯池，那倒有碑为证，从那被拓印，被风日侵蚀而显得有一点漫漶的石碑上，我们可以读到一篇黄庭坚手写的题记，说他在什么时候经过这里，当时的郡守陪他游宴是如何尽欢。碑前面是一块大石板，刻着流杯的曲池。后来我在北平南海流水音看见了一个更大的曲池，才想到我家乡的那个胜迹大概是好事者所为，与古碑相映成趣而已。

现在让我又忘掉它们吧。让它们的名字埋在木板县志里再也无人去发掘吧。然而，十景之外，有一个成为人们所不屑称道的地方却是总难忘怀的，它的名字是红砂碛。

顺江水东流而下，在离开了市廛不久但已听不见市声的时候，我们便发现一个长七里半宽三里的碛岸。铺满了各种颜色各种形状的石子。白色的鹅卵。玛瑙红的珠子。翡翠绿的耳坠。以及其他无法比拟刻画的琳琅。这在哪一个孩子的眼中不是一片惊心动魄的宝山呢,哪一个孩子路过这里不曾用他小小的手指拾得了一些真纯的无瑕的欢欣呢。而且他们要带回家去珍藏着,作为梦的遗留,在他们灰色的暗澹的童年里永远发出美丽的光辉,好像是大地给与孩子们唯一的恩物,虽说它们不过是冰冷的沉默的小石子。

因为我的家在江的上游,孩子时候很少有机会经过这个碛岸。就是那仅有的一二次,也由于大人们赶路程的匆促,不愿等待,总是带着怅惘之心离开了那片宝藏,其悲哀酸辛正如一个不幸的君王被迫的抛弃了他的王国。我常以他日的欢忭安慰自己,我想当我成年时一定要独自跑到那里去尽情的赏玩整整一天,或者两天。

然而我这次回到家乡并未去偿还那幼年的心愿。我不是怕我这带异乡尘土的成人的足会踏碎了那脆薄的梦,我不相信那璀璨庄严的奇境会因时间之流的磨洗而变成了一片荒凉。这回是由于我自己的匆促。匆促,唉!这个不足作为理由的理由使我们错过了,丧失了,或者驱走了多少当前的快乐呢?我们为什么这样急忙的赶着这短短的路程,从灰色的寂寞伸向永远静静黑暗的路程?

在县城里我只能有一天半的勾留,我在乡下的家更盼切的等待着我。这是久旱的六月天气。一个荒年的预感压在居民们的心上。萧条的市面向我诉说着商业的凋零。

我不能忍耐这一幅愁眉苦脸。对这县城我虽没有预先存着过高的期望,也曾准备刮目相看,因为已别了三年。而且据说它已从军阀手中解脱了出来。然而,容我只谈论一件细微的事情吧。关于我们这民族我常有一些思索许久仍无法解释的疑惑,比如植物中有一种草卉名叫罂粟,当我们在田野间看见那美丽的微笑着的红紫色大花朵将发出怎样的赞叹啊,数十年来我们的国人竟有许多嗜食它的果汁而成了难于禁绝的癖好,而且那种吸食的方法,态度……我除了佩服我们的国人深深了解所谓"酒要一口一口的喝"的"生活的艺术"而外再也无法描绘了。我不说这种癖好在我的家乡是如何风行,总之我当孩子时候常常在一些长辈戚族的家中见到。他们是不问世事的隐逸,在抚摩灯盘上的小摆设时像古董收藏者,在精神充满时又成了清谈家。我的祖父是一个痛恶深绝的反对党。我却在那时候便疑惑为什么他们与那直接损害他们的身体健康的仇敌相处得那样亲善。如今在统一的名义之下,我对自己说,这种蔓延的恶习也许已翦除殆尽或者至少已倾向衰歇了。然而在街上仍容易见到,并且当我被人低声告诉时,我仿佛窥见了一个看不见的巨大而可怕的蜘蛛网,一种更剧烈的白色结晶性的药粉,竟传到这小城市里而暗暗流行起来了。据说这种药粉常常被一片小纸包着附贴在女人们系袜带的大腿间以散播到许多家庭里去。但这些蜜蜂的腿是从什么地方攫取它们来的?为什么从前这山之国里没有这种舶来品现在却骤然流行起来?我只能以带有冷漠的疑惑的目光注视着那张贴在许多高墙上的严厉的"禁毒条例"。

此外还有更要使我感到迷惑而难于解释的事,这些诉说着商业的凋零的小市民竟怀念十年前驻扎在这县城里的那个小军阀了。那是一个很有名的小军阀,伴着他的名字有一些荒唐的事实与传说。

他到了县城不久便把那一圈石头垒成的古城垣拆毁,以从人民的钱袋里搜括来的金钱,以一些天知道从哪儿来的冒牌工程师开始修着马路,那些像毒蟒一样吞噬了穷人们的家的马路。那时候谁也不曾梦想到世界上有公家估价收买的办法,穷人们只有看着他们的窝被辗车踏过去,怨着命苦,而有钱的人们却以贿赂使工程师的图纸上的路线拐一个弯，或者稍微斜一下，或者另觅一条新途径，保全他们的家宅和祖坟。所以我们现在走着的是忽高忽低，忽左忽右的马路。若是坐在人力车上，我们便像一块巨大的石块，上坡时车夫弓着背慢慢的拉，下坡时他们的脚又像中了魔法一样不能停留。

不过我记得那时富人们也一样蹙着眉头唉声叹气，因为他们虽然可以尽量享用施行贿赂的特权，贿赂要钱，完纳马路捐也要钱。那时的马路捐是一种很重很重的征敛。假若不是那样重，恐怕在层层分肥之后不能剩余一点钱来使马路向前伸展一尺。

我想起这件事并不是责备那位现在已流落到川省偏僻处的军阀，我倒是想说明他在当时的军人中还算一个维新党。他不仅到了什么地方就拆城墙修马路，而且还礼贤下士。凡是从省外回来的大学生，不管是不是真上过大学，只要穿着一身西服去见他，他便给一秘书官衔。他先后的姨太太在十人以上，而秘书则恐怕在百人以上。除了另有要职的秘书，大概都无薪俸，只是可以随便叫勤务兵用风雨灯到军部去满满的盛一灯煤油。

他建筑了一个公园一个图书馆来装饰这小县城。那图书馆骄傲的踞蹲在一个很高很高的地方，常时要爬上数十级的使人流汗的石梯，因此冷清得像一座古庙。

他是一个野心家。他设立一个政治训练学校，想把他统治的区域"系统化"起来，就是说一切行政人员都用受过他训练的人。他对那些未来的县长，教育局长，或团练局长常常举行"精神谈话"。他说他第一步要统一四川，然后顺长江而下，然后将势力向江的南北一分，统一中国。这大概是他礼贤下士的原因。他喜欢人家穿西服，也就是提倡精神振作的意思。为着使这县城里的各色人等短装起来，他曾施行过一种剪刀政策：叫警察们拿着剪刀站在十字街头，遇见着长衫的便上前捉住，剪下那随风飘扬的衣的前后幅。不知为什么这新政策难于彻底实行。总之昙花一现后便停止了。

然而，已很够了，这些已很够使当时的小市民们蹙着眉头唉声叹气了。自我有知以来，我家乡的人们，在我记忆中都带着愁苦的脸，悲伤的叹息，不过那两三年是他们负担捐税最重的时候，而且他们还有着一种心理上的负担，对于那修马路一类新设施的顽固的仇视。

现在为什么他们还对那时候怀念，带着善意的怀念？

是的，那时候这小城市里商业比较繁荣一点。

我不能不用我自己的解释了……人是可怜的动物，善忘的动物。当我们不满意"现在"时往往怀想着"过去"，仿佛我们也曾有过一段好日子，虽说实际同样坏，或者更坏。我们便这样的活下去。而这便是人的历史。

现在让我们在这忽高忽低，忽左忽右的马路上再走一会儿吧，让我们再赏玩一会儿这人间风景。颓旧的墙粉剥落的屋舍间有新筑成的高楼；生意萧条的商店里陈列着从上海来的时货；十几年前在街头流浪的孩子们现在已成了商人或手工人，但他们的孩子又流浪在街头，照样的营养不足，照样的脏。为着忍受"现在"这一份苦痛，我们是得把"过去"的苦痛忘记。好在我们能够忘记。

我记忆里的那一段亲自经历也就有点儿模糊了。

让我以这回忆来结束我们对这县城的巡礼。

那是一个天气很好的九月的下午，当我享受完了一个礼拜日的悠闲回到学校里去，刚刚踏上了校门外的台阶，便听见一阵连续的机关枪声在河中响起来了。学校的校址临近河岸。最近的交涉冲突我们也稍微知道一点。当我走进饭厅，晚餐已一桌一桌的摆好，突然震撼墙壁屋瓦的炮声怒吼起来了，我们都仓皇的从后门跑出去。在一个低洼的岩脚下我们躲避着。天空蓝得那样安静，但不断的霹雳雾从山谷反响到山谷。我们看着兵士搬运生锈的大炮到河岸去，一会儿又看着他们搬运受伤的回来。我记不清一直蹲到什么时候我们才回到学校去。但炮声停止后这县城还是在继续着燃烧，巨大的红色火焰在威胁着无言的天空。我们的学校却仅仅毁坏了几个墙壁。那可怕的硫磺弹打在墙壁的石基上没有能够延烧到校内的楼房。

第二天我和同学们出去看了一条街的灰烬。

然而我们又看着一些新的建筑物在那灰烬里茁长起来，渐渐的谁也忘记了那一场巨毁，正如忘记一次偶然的火灾一样。由于消防设备不善，这县城里常有一些大小的火灾发生，依据商人们的说法，这县城是越烧越繁荣。至于那次死亡的人民呢，那更比不上被焚毁的屋舍引人注意了。人这种动物实在是太多太多，天然的夭折与人为的杀戮同样永远继续着，永远不足惊奇。

这县城便是那有名的《怒吼吧，中国》的取景地，现在静静的立在特里查可夫所谓中国的伏尔加河的北岸。

十一月一日夜。

乡　下

　　现在我安适的坐在家里了。我坐在庭前的藤椅上，对着天井里一片青青的兰叶，想起了我对于这个古宅的最初的记忆。那时我不过四五岁吧，也是坐在这庭前，两个短手膀放在小木圈椅的两臂上，只是浮动在眼前的是菊花的黄色。这古宅已有了百岁以上的年龄了，在静静的倾向颓圮，但如这乡下的许多风习法则一样，已开始动摇了，还要坚强的站立很多年。大概是我的祖父的祖父从一个亲戚家把这坐宅买来的吧，在当时这也要算比较奢侈的建筑物了，地上嵌着砖的图案，有十个以上的天井。然而现在只觉有一种阴冷，落寞，衰微的空气而已。

　　那些臃肿的木楼梯可以通到那有蛛网的废楼，我幼时是不敢独自去攀登的，因为传说在夜里有人听见过妇女的弓鞋在那楼梯上踏出孤寂的声响。

　　现在我感到这坐宅实在建筑得很古拙，占据着很大的面积，却没有多少舒服爽朗的房间。我最不满意的是那些小得可怜的窗子。当我坐在一间充满了阴影的屋子里，看不见阳光和天空，我便主张把那窗子开大一点了。但我的弟弟告诉我，祖父说那个方向今年是不能动工的，因为不吉祥。我的祖父是博学多能的，在乡间他以精于堪舆和医治眼疾著名。他总诊断我这遗传性的近视为瞳仁放大，给我开着药方，我曾喝过多少次苦的药汁啊。

　　但这倒是一个好譬喻：修改一个窗子也有着困难。

　　这阴暗低湿的古宅是适宜于疾病的生长的，我这次回来正逢着疟疾的流行。关于疟疾的来源乡间有两种说法，普通是由于饮食，尤其是吃多了鲜水果，而特别厉害的则由于邪鬼。我那刚读满初中二年级的弟弟便为这流行病苦了许久，听说曾吃了一些古怪的药方，请了一次巫婆，并且还向人借来一只据说可以压邪的殉过葬的玉镯在手腕上戴了几天，但都无灵验，结果还是几粒金鸡纳霜一类的疟疾丸治好了。我很想嘲笑的问他学的生理卫生放到哪儿去了，不过我又想，他虽然知道疟疾的成因，但并不是医生，而且一个人在病中是愿意以任何方法达到痊愈的。

至于预防也是很难的。每到黄昏，盛大的蚊子合唱队便在这古宅里游行起来了。我还记得当孩子时候我是多么喜欢用小手掌去打死那栖止在壁上的蚊子啊，而晚上在帐子里，用那两面是玻璃一面是圆门的灯去捕获并烧死它们更使我感到快乐。谁知道在这些要吸我们的血而又哼着难听的歌曲的虫子中，更混杂着它们的更恶劣的族类，那翅上绘着褐色斑纹而且常常骄傲的翘起后脚的，图谋在我们的血液里投下一些疟疾细菌呢。

随着疾病流行在乡间的是中医。这不仅由于人们对中医的信仰，而且是一种事实上的必有的现象。当科学的医药设施还不能普及到乡村时，患病的人除了乞灵于古老的医术而外，是别无办法的。就是在县城里，也难于找出一个真正受过专门训练的医生，而那些冒牌的医院同样误人。

乡下的人们自然是顽固守旧的，但从时间上看，也可以说他们对于新的东西的侵入是慢慢的让步。十几年以前，私塾在乡间还十分流行。因为他们相信县城里的学校不过是乱世的教育制度，那已经倒下的还要重新站起来。他们关闭男孩子在家读经书正如继续替女孩子缠足一样，为的恐怕昔日的一切忽然恢复，大胆的放了足的人要受讥刺和苦痛。那时竟有好事者从川省银币的背面上的图案推出一个谶言来了，他是多么细心的数过那些围绕着一个篆文"汉"字的小圆圈呵，说民国只有十八年的寿命。在那些到县城里去进了学校的乡下孩子中，有一二个染上了城市里的不良嗜好便夸大的在乡间传说起来了，若是赌钱便说一夜之间输去了家里财产的一半，作为阻止孩子们进学校的借口。然而现在，民国十八年已过去了很久了，那时相信着谈论着那谶言的人们早早已忘记它了，那时反对着学校教育的人们也让孩子们进学校了。乡村小学已代替了私塾。女孩子们也进学校了，虽说老人们还是怀疑着：女孩子进学校做什么呢。但并不坚决的反对了，因为大家都这样。他们所预期的永远不来，而难于理解的风习和事实却继续的在乡间展开，他们不能不对这个时代这个世界感到十分迷惑了。但我们能笑他们吗，从来没有人仔细的系统的向他们讲解过这些事情，他们的知识限于过去的经验。

在这里我们可以见到每个问题的复杂性了。即使小学教育已普及到乡村，小孩子们都进了学校，他们在家里想饭后吃水果还是要被阻止的，想在阴暗的屋子里修改一个窗子还是要遇到困难。

而且，即使乡村的成人们也都有一点科学常识了，他们或他们的孩子害病时候仍是只有相信着中医，喝着那些发霉的草木根叶的苦汁的，假若那时还是仅在几个大都市里有着几个外国人主持的医院。

这乡下的人们便生活在迷信和谣言中。

迷信在人类社会里恐怕很难绝迹吧，我们许多行动，许多遵守的风习法则何尝都有着最后的合理的解释呢，但我们毫不怀疑的生活着，服从着，甚至发见了一个反抗者大家都向他投掷石头。

至于谣言在都市里是生长得更多而且传播得更快的，不过我们总只觉得乡下的谣言可笑而已。

一天在晚餐的桌上，祖父提到听说县城里在制造着很多的斗和秤，接着愤怒的而又神秘的吐出一句：

"谁知道要发生些什么事情。"

父亲是照例的叹一口气作为答应。我抬起眼睛望一下坐在对面的弟弟，觉得我不能不替那些无辜的斗秤解释几句了。

"大概是政府要统一全国的衡量制度吧：我们这里用的斗秤和规定的很不相同。"

但祖父的神气并不以我这解答为然，我只有停止了，一面吃着饭，一面思索着他对这件事感到愤怒和神秘的缘故。所谓法币政策在这乡间是为一般人所不满意的，他们只看见事实，白亮的银币没有了，只剩下一些难看的纸币。现在遗产税所得税这些名词又在他们心中作祟了。也许祖父猜想那新制的斗秤与征税有关系吧，也许他以为政府怕人民不诚实的报出每年所收稻谷的多寡，要用斗来量了再征税吧，但秤又有什么关系呢！

一个简单的消息经过几个人的转述便会变成十分古怪的，同时又有人故意的制造着谣言。在县城里我已隐约的听到一种不安的揣测了，到了乡间则更公开的成为人们的政治闲谈，主要意思是说省内旧日的军人要联合起来排斥外来的势力。

一天我又听到一个还算比较有智识的农人的谈论了，他相信不久外省的军队便会排斥出去，并说某一个失意的军人已回省来了。我只能以事实的真象来打听他的高兴。我说：

"那是不能成功的。"

"全省的军队联合起来总打得过。向来外省的军队在川省是驻扎不久的。"

"现在和从前不同；他们既然进来了便不会出去的。"

我除了用这极简单的话说明而外，还能向他说什么呢，我能告诉他我们所居住的省份现在已很荣幸的成了"民族复兴根据地"吗？我能清楚的向他解释这种狭隘的省界观念是应该以国家观念来代替，而对于外省的军队不应该歧视吗？民族，国家，这些名词在乡下的人们听来是没有什么了不得的意义的。他们无法想象四川有多少×县大，中国又有多少四川大，更无法了解它们间的关系，所以外省人和外国人在他们心中都不过是从远处来的人而已。

我不能不思索他们歧视外来势力的根本原因了。也许由于许多新设施吧，官府办理任何新设施时向来是不要求人民的了解的，即是说不向人民解释便强制执行的所以甚至于有利人民的设施也被他们仇视，误解，比如测量土地便以为要没收遗产了，调查户口便以为抽壮丁去当兵了。

又比如最近实行的保甲训练也为农民所不欢迎。听说起初每早晨都要去操练，后来因影响到田间工作又改为七天一次了，但去一次便是大半天。当他们劳苦终年还不能得着温饱时，如何能对军事知识发生兴趣呢，那些"立正"、"稍息"的训练并不能使他们的田里多产出一升稻米，徒然占去了他们的工作时间。

农民的生活是很苦的。

在这乡下，与北方的情形不同，自耕农是很少很少的。以农业为生的人多半是佃农。当他愿意耕耘某田主的土地时便写一纸契约为凭，并拿出若干现钱作"押头"，于是便带着他一家人到附属于那份土地的茅舍中去居住了。假若那份土地大，便自己雇长工，假若仅几亩田便只靠全家人操作，夙兴夜寐，春耕夏耘，到了秋收时候，按照契约上规定的数目缴纳稻谷于田主，以其剩余为全家的衣食。据说古昔的风俗是田主与佃农平分地之所出，但现在即是在丰年，至多可以剩余三分之一而已。逢着荒年，则请田主到田亩间去巡视，按照灾情的轻重减少租谷。

大一点的佃农的生活或许尚觉宽裕。那些耕耘着几亩地的，感谢土地能产出许多种粮食，往往在米饭里夹杂着菜蔬，番薯，豆类，才得一饱。

在这群山起伏之间，高高下下都是水田，以稻米为主要的产物。较平坦地方的田亩是较肥沃的，山坡上的则又硗瘠又最怕干旱，六七月间连着几天不下雨便使它的耕种者蹙眉叹气。辛勤的农人们便在这较肥沃的或较硗瘠的土地里像蚂蚁一样工作着，生活着，并繁殖着子孙。一个农人的孩子将永远是农人，除了他改换他的职业，而幸运又帮助他。

至于田主呢，重大的工作便是收着租谷，完纳粮税而已。"凯撒的物当归给凯撒"，田主们又以纳税的剩余生活着。他们一生的目的仅在积多一点钱，添置一些田地，作为遗产传给子孙。

大的田主在这县里是很少很少的。中等人家若多几个孩子，分居之后便沦落成农民一样贫穷了，而这些在优闲舒服的环境中长起来的人又多不能如农民一样辛勤，最后便只有出售那几亩祖业了。

农民和田主阶级的人从体格上便分辨得出，田主们不是肺病患者似的瘦弱，便白胖得如禁闭了几年的囚人，而那些壮年的农人都是多么强健啊，站在田野间就仿佛是一些出自名手的雕像。但那些弓一样张着的有力的胳臂将为土地的吝啬而松弛，而萎缩；那些黄铜的肩背将为过重的岁月与不幸的负载而变成伛偻；最后那些诚实的坚忍的头将枕着永远的休息，宁静，黑暗而睡在坟墓里。

　　一天下午，烈火似的夏日的太阳已向西斜坠，我和弟弟和妹妹们从这坐宅里动身走向那一里外的"我们的城堡"，那曾关闭过我们的童年的高踞在山上的寨子。道路上铺着的是炎热，没有一丝微风。我们走到一个古寺侧的石桥上，从那竹林的荫影和那静止的绿水也得不着一点凉意。在平坦的地方的田亩里，由于淤泥的深厚或得塘堰里的积水的救助，那些高高的稻茎还是带着丰满的谷粒站立着，等待黄金色的成熟。但山坡上的田亩里的稻茎都已垂倒了头儿，那些未长成的谷粒已变成了白色的空谷。有些禾穗甚至枯焦得像被火烧过一样。

　　已经有很久没有下雨了。今年这山之国里又遇着了旱灾。当农业上还是继续用着古老的稼穑方法时，天然的灾害是无法避免的。在这乡下，人们都同时以两种迷信的举动期望着雨的降落：一方面市集上禁止屠宰，想以不杀生去感动或者讨好上天；一方面举行着驱逐旱魃的游行示威。人们都相信有一种满身长着白毛，栖息在山林间，能阻止着雨的降落的旱魃。读过书的人说书上有，农人们则传说有人在树枝上看见过，总之无人怀疑它的存在。于是大家携着打鸟的土枪，结队成群的穿过那些茂盛的山林，吆喝着，鸣着枪，去驱逐那幻想的东西，便算尽了人力了。然而还是不下雨。

　　塘堰都放干了；溪里露着发渴的白石。

　　当我们快走到寨子的脚下时，看见田亩里已有几个农夫农妇在割着早熟的稻禾了。穗上的谷粒已白了一半多，他们仍得默默的弯着腰，流着汗，用手与镰刀去收获那些他们用辛苦培养起来结果却是欺骗的稻禾。我们和他们交换了几句简单的话。当我默默的爬着那座小山的时候，清晰的想起了《创世记》上耶和华临着驱逐亚当出乐园的时候给他的诅咒：

你必终身劳苦才能从地里得吃的。地必给你长出荆棘和蒺藜来，你也要吃田间的菜蔬。你必汗流满面才得糊口，直到你归了土，因为你本是从土而出。你本是尘土，仍要归于尘土。

这几句话是如何简单有力的描写出人的一生啊。然而我们应该把这诅咒掷回去，掷向那该死的人工捏造的耶和华，掷向一切教我们含辛茹苦，忍受终身，至死不发出怨言的宗教。如果人类想在地上有一座乐园，必定得用自己的手来建造。如果人类曾经失去了一座乐园，必定是用自己的手捣毁的。

然而我在我自己的思想里迟疑：如果有一座建筑在死尸上的乐园我是不是愿意进去？带血的手所建筑起来的是不是乐园？而不带血的手又能否建筑成任何一个东西？

黄昏来了，我觉得地球上没有一点声音。

十一月二十五日。

我们的城堡

站在我们坐宅的门外便可以望见一个突起在丛林间的石筑城堡。它本来蹲踞在一座小山上，或者说一片大的岩石上，但远远看去，竟像是那蓊郁的林木的苍翠把它高高举到天空中了。

像一个方形的灰白色的楼阁矗立在天空中。但这是它的侧面。它的身体实际是狭小而长的；在它下面几百步之外，在那岩边，一条石板路可以通到县城；曾经有多少人从那路上走过啊，而那些过路人抬头看见这城堡往往喜欢把它比作一只汽船，但比他们见过的那些能驶行到川河里的汽船，这城堡是稍长稍大的，在它里面可以住着六家人户。

它是由我们祖父一辈很亲的六房人合力建筑的。在二十年以前我们家乡开始遭受着匪徒的骚扰，避难者便上洞上寨。所谓洞是借着岩半腰的自然的空穴，筑一道城墙以防御，虽据有天险但很怕长期的围攻，因为粮食与水的来源既完全断绝，而当残酷的敌人应用熏老鼠的方法时又是很难忍受的。寨则大小总是一座城了。但那些大寨子里居住着数十人家，不仅很难齐心合力，而且甚至有了匪徒来攻有作内应者的事了。所以我们很亲的六房人便筑了这样一个小城堡。

这城堡实在是很狭小的，每家不过有着四间屋子，后面临岩，前面便对着城墙。屋子与城墙之间的几步宽的过道是这城堡中的唯一的街。

我曾先后在它里面关闭了五六年。

冰冷的石头；小的窗户；寂寞的悠长的岁月。

但我是多么清楚的记得那些岁月，那些琐碎不足道的故事，那我曾在它上面跑过无数次的城墙，那水池，和那包着厚铁皮的寨门。我还能一字不错的背诵出那刻在门内一边石壁上的铭记的开头两三行：

> 蒲池冈陵惟兹山最险，由山麓以至绝顶，临下而俯视，绝壑万仞，渺莫测其所穷……

在后面"撰并书"之上刻着我一位叔父的名字，最后一行是纪载着时间，民国六年某月某日。我那位叔父在家族间是以善写字和读书读到文理通顺著称的，从前祖父每次提到他便慨叹着科举的废止。然而我那些差不多都是清谈家兼批评家的舅舅却喜欢当着我的面谈论他，讥笑他，挑他的错，成为一种乐事。现在我要说明的是寨子后面虽临着绝岩不过四五丈高，前面不过斜斜的数十级石梯伸到寨门，"绝壑万仞"一类的话实在有点儿夸大。

人的记忆是古怪的。它像一个疏疏的网，有时网着的又不过是一些水珠。我再也想不起移居到这新落成的城堡的第一天是在什么季节，并给我一些什么印象了，关于这城堡我最早的记忆是石匠们的凿子声，工人们的打号声，和高高的用树木扎成的楼架。

这时正修着寨门侧的爬壁碉楼和寨尾的水池。匪徒们围攻寨子时总是不顾危险的奔到门前，用煤油燃烧，虽包了铁皮的门也有被毁的可能的，所以在门的侧边不能不补修一个碉楼以资防卫了。至于水池，和储藏食粮的木仓一样，更是必需的设备，而寨尾的一片空地又恰好凿成一个大的方池。

石匠们用凿子把那些顽强的岩石打成整齐的长石条,工人们便大声的打着号子,流着汗,抬着它们到那摇摇的楼架上去,数丈高的碉楼便渐渐的完成了。

可赞叹的人力在一个六七岁的孩子的眼中第一次显示了它的奇迹。

石匠们去了又来了铁匠。那风箱是怎样呼呼的响而熔炉里又发出怎样高的火光啊,黑色的坚硬的铁投进炉火后用长脚的钳子夹出来便变为红色而柔软了,在砧、锤,和人的手臂合奏的歌声中它们有了新的生命,成了梭镖头上的刀刺或者土炮、土枪。

那个脸上手掌上都带着煤污的铁匠在我记忆里是一个和气的人。他在一条大路的旁边开着小铁铺,平常制造着的铁器,是锄头、镰刀、火钳、锁和钥匙。虽然有人说他也给小偷们制造一种特为穿墙挖壁的短刀,但那一定是很稀少的,正如替我们城堡里制造杀人的利器一样。

把刀刺装在长木柄上,类乎古代的长矛的武器,我们称为梭镖。夜里在城墙上巡守的人便执着它,防备匪徒们偷偷搭着轻便的巨竹制成的长梯爬进城来。女墙上都堆满了石头,也是一种临时应用的武器。至于那些放在墙跟脚,凿有小而深的圆穴,准备用时装上火药、引线,然后点着投下去的石头则有点儿像炸弹了,虽说我这比拟不啻嘲笑它们的简陋。假若那些原始的武器知道世界上有许多比它们强万倍的同类,一定会十分羞惭的。

后来一种土制的新式兵器来到这城堡里了,我们称为"毛瑟",大概是摹仿着那个名叫毛瑟的德国人发明的步枪而制造的,不过十分粗劣。但在那时已是不易多得的了,每家仅有一枝。

本来寨上是限制着不住外人的，但有一房的亲戚要来寄居，既是亲戚当然便算例外了。他一家人住在岩尾的那个碉楼里。他有着一枝真正的洋枪，我们称它为"九子"，因为可以同时装上九颗子弹，那位微微发胖的老先生宝爱着它犹如生命。他在家里时曾被匪徒围攻过，靠着他的奋勇和这个铁的助手竟把匪徒杀退了，随后恐怕再度的被围攻，所以到我们寨上来寄居。

　　日子缓缓的过去，别处的洞或寨里被攻破的消息继续的传来。我们不能不有一种经常的警备了。于是每天晚上每家出两个守寨人，分两班守夜，而统领的责任则由六家轮流负担，于是每天晚上，那时节已是寒冷天气吧，城门楼上燃烧着熊熊的火，守寨的大人们和喜欢热闹的孩子们都围火坐着，谈笑或者说故事，对于虚拟中的匪徒的来袭没有一点恐惧，燃烧着的是枝干已被斫伐去，从地下掘出来的蟠曲如蛰龙的树根，而那火光也就那样郁结。孩子们总要到吃了夜半的点心，守寨人换班后才回去睡觉。

　　那火光仿佛是我们那些寂寞的岁月中的唯一的温暖，唯一的快乐，照亮了那些黑暗的荒凉的夜，使我现在还能从记忆里去烘烤我这寒冷的手。

　　那时寨上已有着两家私塾，但我都未附入读书。我家里另为我聘请一位老先生，他就是我的发蒙师，由于他的老迈也由于我的幼小，似乎功课并不认真，我常有时间去观光那两个学堂。有一位先生是很厉害的，绰号"打铁"，我常听见他统治的那间屋子里的夏楚声，夹着号哭的读书声，或者发见我那些顽皮的隔房叔父，兄弟，手里捧着污旧的书本，跪在那挨近厕所的门外。

　　这些景象是不愉快的，远不如晚上在城门楼上守夜有趣。而在这样的昼与夜的交替之中，时间已逝去了不少，我们已在寨上住了一年多了。还是没有匪徒来侵犯。一天晚上,在我们寨的下面几百步之外的岩边,在那可以通到县城去的石板路上,有一些可疑的人走着了,但是我们发出警问之前,他们便大声的打着招呼,说他们借路过。很显然的他们是匪徒,不过既不侵犯我们,大家主张不加阻碍的让他们走过。第二天听说某家被绑架了。

又过去了不少日子。一天上午,那岩边的大路上又有一群可疑的人缓缓的走过来,像赶了市集回来的人们。我们站在城墙上,指点着那些横在他们肩头的东西,想辨别到底是农人们挑米挑柴的扁担还是枪枝,突然可怕的枪声响了,他们大声的疯狂的喊叫着,奔到寨脚下来了。尖锐的枪弹声从屋顶飞过,檐瓦跟着坠落下来。那不过二十几个人的虚张声势的喊叫竟似乎撼摇动了这座石城。守寨人是忙乱的还击着,但城墙很高,又在一座小山上,枪声与喊叫并不是两只翅膀可以抬着他们飞上来的,所以在最初一阵疯狂之后他们的声势便渐渐低落了。

在这时候发生了一幕插戏。匪徒们似乎感到攻破这个寨子的希望已经消失,于是泄气的喊着他们的目的是来复仇,喊着我们那位寄居的亲戚的名字,喊着交出他去。那位微微发胖的老先生听见后十分愤怒了,背上他的枪,要大家开了城门,让他一个人出去拚命。费了许多拦阻,劝解,他才平息了气。

大人们为着孩子们欢喜大胆的乱跑,于是把我们都关闭在寨后一个爬壁碉楼里,由私塾的先生看管。而我就再也不能用眼睛窥伺这战争的开展了。

枪声是时而衰歇,时而兴奋的响着,到了天黑时才完全停止了。但匪徒们仍围在寨脚下,附近的几家农人的草屋便作了营幕,寨上的人们更防守得严密,恐怕晚上的偷袭。

这一整天战争的结果是一个可怜的石匠受了伤。当他走在城墙上时，一粒枪弹从那开在女墙上的炮眼里飞进去，中在他的一只腿上。他受伤后还跛着从城墙上走下来。

第二天匪徒们派本地的无赖到寨门前来议和，以付与若干钱为解围的条件。最奇怪的是竟磋商定了一个数目。寨上的人们不愿再有可怕的战争，只得承认一个数目，但又怕全数付与后他们食言（匪徒们是并不尊重这类条约或者协定的），所以拖延的付与他们一部分，等待着县城里的援救。那时县城里已有了一个团练局，援救被匪徒围困的寨子是他们的责任。

和议成功以后虽说寨上的人仍日夜提心吊胆的防守着，但总听不见刺耳的枪声了。匪徒们常常仰起头和守寨人亲善的交谈着。一天晚上，寨里因偶然的不慎，一枝枪走火了，响了一下，匪徒们竟大声的提出质问或者抗议。守寨人的答复是顽皮的孩子放了一个大爆竹。

那偶然的不慎的从枪筒里飞出来的子弹又落在另一个石匠的腿上了。我似乎还听见了他那一声哀号。

一直被围困到第五天，我们盼望的救援才到来了，匪徒们并没有怎样抵抗便开始逃走，一路放火烧了几处房子，那红色的火光仿佛欢送着他们的归去。

解围后我便随着全家的人出走了，奔到外祖母家里去住了一夜。那夜我做了一个可笑的梦，梦见匪徒们打开了门进来，举手枪瞄准，我顺手抓起一个脸盆来遮蔽，枪弹在它底上发出当的一声。我还很清晰的记得这个梦。在围城中我并没有感到恐惧，从围城逃出来后反有点儿忐忑不安了，尤其是当夜里听见了或远或近的狗吠。

从此我与这城堡分别了三四年。

从此过着流亡的日子,过早的支取了一份人生经验,孤苦,饥寒,忧郁,与人世的白眼。我不想一一的说出那些寄居过的地方,那些陋巷,总之那种不适宜于生长的环境使我变成怯懦而又执拗,无能而又自负,没有信任也没有感谢的漠视着这个充满了人类的世界了。

回到了乡土后我又在外祖母家里寄居了很久。那缺乏人声与温暖的宽大的古宅使那些日子显得十分悠长,悠长。

我已十二岁了,大概这时家里的人以为我已年龄不小,应该好好开始读书了吧,于是我又回到那久别的城堡里。在那后面的爬壁碉楼里我过了三年家塾生活。第一年书籍并没有和我发生友谊,不知是它们不愿意亲近我这个野孩子还是我不愿意亲近它们。但第二年我突然征服了这些脾气古怪,难于记认,更难于使用的方块字,能自己读书,并渐渐的能作不短的文章了。大人们都归功那位懒惰的先生。但这里面的秘密我自己是知道得清楚的。教会我读书的不是那位先生,而是那些绣像绘图的白话旧小说以至于文言的《聊斋志异》。使我作文进步的也不是他的删改,指导,而是那些行间的密圈与文后赞许的批语。

然而我的快乐并不在于作出一篇得密圈和好批语的文章,那不过是功课而已。我最大的享受与娱乐是以做完正课后的光阴去自由的翻阅家中旧书箱里的藏书,从它们我走入了古代,走入了一些想象里的国土。我几乎忘记了我像一根小草寄生在干渴的岩石上,我不满意的仅仅是家里藏书太少。

这时乡下已比较安靖了,人们像初春的蛰虫一样陆续从洞或寨搬回宽大的坐宅里去了,这城堡里只剩下两家长期居住,我家和那位作石壁上的铭记的叔父家。我家由于大人们过分的谨慎小心,而那叔父家则在分家之后尚未建造坐宅。

于是这城堡像一个隔绝人世的荒岛。

我终日听见的是窗外单调的松涛声,望见的是重叠的由近而远到天际的山岭。我无从想象那山外又白云外是一些什么地方,我的梦也是那样模糊,那样狭小。

但在我的十五岁时我终于像安徒生童话里的那只丑小鸭离开那局促阴暗的乡土飞到外面来了,虽说外面不过是广大的沙漠,我并没有找到一片澄清的绿水可以照见我是一只天鹅。

现在我回到了乡土,我的家早已搬回坐宅,那位叔父也建造好了一所新房,那城堡里只留下一个守门人陪伴着它的荒凉了。

一天下午我带着探访古迹的情怀重去登临一次,我竟无力仔细寻视那些满是尘土的屋子,打开那些堆在楼板上的书箱,或者走到那爬壁碉楼里去坐在那黑漆的长书案前,听着窗外的松涛,思索一会儿我那些昔日。

那些寂寞,悠长,有着苍白色的平静的昔日。

我已永远丧失了它们,但那倒似乎是一片静止的水,可以照见我憔悴的颜色。

私 塾 师

见着五六岁的孩子，大人们总喜欢逗他一句，问他哪天"穿鼻"。这是把他比作小牛儿，穿他的鼻是送他上学。但说话的人常故意照着字面解释，仿佛私塾里的先生真有那么一根绳子，可以穿过顽皮的孩子的鼻孔，拴在书桌的腿上，像牧人把牵牛的绳子拴在树桩上。

这自然只能用来逗那些还没有上学的孩子。上过学的孩子都知道第一次进私塾的典礼不过择一个吉日，由大人带着他和香烛和贽见礼到学堂里去，向那贴在墙上的红纸写的"至圣先师香位"，也向那先生，磕两个头。香烛是敬神之物；贽见礼是钱，敬先生的；至于学堂，虽然叫起来很响亮，不过一间大屋而已。这样就开始读书了，没有星期日，也没有国庆和国耻等假日。在我们乡下这叫做"发蒙"。

除了一些单调的不合理的功课，私塾里还施行着体罚。它的名目很多，最普通的是罚跪，打手心，打屁股，敲脑袋，揪耳朵。最普通的工具是先生的手和竹板子。中国大概是一个尚刑之国，从衙门到土匪到日日的家庭和私塾都很讲究用刑。当小孩的常会听见一句大人们的口头语，"黄荆棍子出好人"。我曾听过这样一个故事：某一位老先生有一个很愚蠢的儿子，他亲自教他读书。有一天他气极了，用棍子在屋里追着打他。那可怜的孩子想从门里逃出去的时候，他用棍子横着拦阻，但那孩子竟突然弯腰从棍子下面逃出去了。于是那位老先生十分惊异，欢喜，认为他那个儿子并不愚蠢。

以后更勤苦地教他，结果那孩子也考取了和他一样的功名。也许我们觉得这位老先生很可笑吧。然而在旧日的家庭里，体罚就是一种教育。至于私塾先生，有许多是以严酷出名的，几乎越会打学生便越有人聘请。把一个孩子放在那种环境里，真是穿了他精神上的鼻子了。

但我在私塾里却没有挨过一次打，我从过的几位先生不是很老迈就是很善良。

我的发蒙先生是一个老得不喜欢走动说话的老头儿。岁月已压弯曲了他的背。他会用一个龟壳和几个铜钱卜卦。我曾听见过他卜卦时的祝词，从文王、周公、孔子一直念到他的一位远祖。他那位远祖曾穷一生的精力著一部《易经注解》。由于那部书他才成了一名秀才，而且他的生平才有了一件众人皆知的大事：他曾到京城去献过那部书。

那时候从我们家乡到北京，没有汽船，没有铁路，是一半年的旅程。他沿途的经历是一些什么情形呢，可惜我没有听过他亲自的叙述，只是从大人们的口中，简略地知道他千辛万苦，终于到了京城，但又因为穷，那部书终于没有被皇帝亲眼见到。据说皇帝是不看刻印的书籍的，一定要翰林们抄写出来才能进呈，他既然很贫穷，哪能买通大臣或者请求翰林们呢。不过这一趟辛苦也并非完全白费，他那位远祖进了县里的乡贤祠，而他自己也落得了一名恩赐秀才。这和他的希望似乎差得很远。所以这件大事又成了他生平的憾事。

而且，从此他有了半疯狂的精神状态。据说他看见了穿红衣服的女子便会疯疯癫癫，胡言乱语，说她就是他年轻时在京城里遇见过的那位宰相家的小姐。他在京城由献书而郁郁不得意的时候，有一个夜里邻家忽然失了火，他在红色的火光中看见了一位年轻的女郎，从此他记忆里遂刻画着那么一个女子，并且和他幻想里的宰相家的小姐合而为一了。

人们都窃笑他，只要说到他这个故事。但我一点也记不起他有过什么疯狂的举动或者什么异乎常人的地方。我那时才六七岁。

他教我的期间很短，大概不过一年。以后他到哪儿去了呢，在什么时候才结束了他困顿的一生呢，无人说起。我十几岁时听说他的孙子已在当私塾先生了。也许他已埋葬了好几年了。在家藏的旧书箱里还有着半本他抄写来给我读的唐诗，我翻开了它，看着那些苍老的蜷曲的字便想起了他那向前俯驼的背。

我的第二个先生虽不更年老却更善良。这是在外祖母家里了。一片黄铜色的阳光铺在剥落的粉墙上。静静的庭院和迟缓的光阴。学堂门外立着一些蜜蜂桶，成天听得见那种营营的飞鸣声。在这样一个私塾里我已记不清读了一些什么书了，似乎玩的时间比做功课的时间更多。

先生善良得像一个老保姆，大的学生简直有点儿欺侮他，小的学生也毫不畏惧，常常在晚上要求他讲故事。他曾讲述过许多故事。我现在还记得一个关于孝子的，说从前有一位孝子，他的母亲病了，梦见神告诉他，要用雷公的胆做药才能医治好；他苦思了很久，居然想出了一条妙计，把雷公从天上引诱下来了，擒住了。这类简单的荒诞的故事曾多么迷惑人呵。现在我已无法想象在那生命之清晨，人的心灵是多么容易对人间的东西开放。

后来，这个私塾迁移地址了，从那古老的坐宅里搬到一所蹲在山脚下的祠堂里。周围是很荒芜。我每次一个人走出门外便提心吊胆，怕在那草丛里看见两头蛇。乡间传说看见了两头蛇是很不祥的，回家便会害大病，不死也要脱一层皮。我也曾在书上读到那个两千年的故事：楚国孙叔敖有一天出外锄地，看见了两头蛇，他马上用锄头打死了，埋在土中，他怕别人看见了也要遭受不幸；回家后他向着他的母亲哭，从头至尾说了这件不祥的遭遇；他的母亲却说他不会死，因为他在那时候还想到别人；后来他竟做了楚国的宰相。说来很是惭愧，那时候我竟那样怯懦，一点儿没有想到效法那位古代贤人，只是准备见着两头蛇便马上应用一种乡下人的方法，把裤腰带解下来拴在身边的一棵树上。据说那就可以使那棵树代人受灾，渐渐衰萎以至枯死。

我的那些比我大几岁的舅舅，也就是我的同学，却比较生性豪放。他们常常斗殴，斗蟋蟀。两只雄鸡对立在石板铺成的大院子里，颈间的羽毛因发怒而竖立，而成为一个美丽的领环，像两个骄傲的勇敢的将军。在这样对峙比势之后，它们猛烈地奔上前去，猛烈地战斗起来了，互相残忍地用角质的尖嘴啄着对方头顶上的红色肉冠，一直到彼此都肉破血流，那光荣的冠冕凋残得如一朵萎谢的花，自甘败北的一只才畏缩地退到后方去。有时战斗得很长久，有时退却之后又重新猛烈地攻击起来，仿佛至死不肯认输，必得两方的主人亲自去解开。

我也常是这种决斗的观众之一，但并不感到快乐。似乎也曾疑惑过为什么两只毫无仇怨的雄鸡，仅仅受了主人的唆使，就会那样拚命地残杀起来。那时我不过是一个七八岁的孩子，不知很多动物都有好斗的天性。

至于蟋蟀那样渺小的东西也那样善斗，却是很使我惊异的。它们在草丛中唱着多么好听的歌呵。我和我那些舅舅便追踪着那歌声去捕捉它们。

对于这些课外活动,我们的先生毫不阻止,有时还和我们一块儿散步在那有蟋蟀歌唱的草野间。

离开家乡到外省去居住的日子来了。我辍学三年。等到重进私塾时,我那些背诵得很熟的经书几乎全忘了。

又是一个善良的先生。他并不十分衰老,但也总是不走动,不说话。人们都说他有点儿迂。关于他简直没什么事情可以叙述,他是那样呆板,那样平庸,使我过了两年很沉闷的日子。

后来听说他也疯了。

我最后的私塾先生从前曾教过我父亲和叔父们。他年轻时候是很厉害的。有一次他在某家教书,常常打得学生的脑袋发肿,惹得当母亲的忍不住出言语了,说孩子可以打但不应该打头部。从此不知他是赌气吗还是什么,再也不打学生了。但在我家里教书的时候他带着一个孙子,有时为着书没有读熟,有时为着替他取开水回来迟了,他还是残酷地鞭打着他。

那简直是一幅地狱里的景象:他右手执着长长的竹板子,脸因盛怒而变成狰狞可怕了;当他每次咬紧牙齿,用力挥下他的板子,那孩子本能地弯起手臂来遮护头部,板子就落在那瘦瘦的手指上;孩子呜咽着,颤抖着,不敢躲避,他却继续乱挥着板子,一直打到破裂或折断。

每当这样的暴风雨来临,我总是很不安地坐在自己的位子上,不能漠视无睹,又不能讲出一句求情的话。我并不是怕他迁怒于我,我知道那是不会的。他常常向我的祖父和父亲夸奖我,对于我他总是温和的,连轻微的责骂也不曾有过。但我看见一个人用他的手那样残酷地鞭打着别人，我在衷心里感到那是十分可怕的，十分丑恶，仿佛他突然变成了一匹食肉类的野兽。

他身材高高的，脸色发黑，本来就不使人感到可亲近。

他读过的书很少。他只称赞两部书：《诗经》和《左传》。他老是重复地拖起腔调读那两部书。而我那时候仿佛心灵的眼睛突然睁开了，在家藏的旧书箱里翻出许多书籍，狂热地阅读着，像一个饥饿的人找寻食物。

我实在暗暗地很不佩服我那位先生。

直到一件小事变发生后我才窥见了他生活的悲惨，并且似乎懂得了他那样折磨着他的孙子是一种情感的发泄。那是一个晴朗的上午，我们正在大声地读着书，他突然像受了暴病的袭击似地倒在床上，呻吟着，喘息着，仿佛在和死神挣扎；最后口吐白沫，昏迷过去了。这时大人们也来了。在一阵忙乱惊惶之后，才知道他是发了烟瘾。以前谁也不曾想到他吸鸦片。我祖父很憎恶吸鸦片的人，他到我家来后一直是偷偷地和着开水吞食烟丸子。这天他的孙子去替他取开水，故意很迟才回来，他的烟瘾又很大，所以这样厉害地发作起来了。

我十五岁才进学校。永别了私塾。在人群中我仍然是一个孤僻的孩子，带着一份儿早熟的忧郁，因为这些阴暗的悠长的岁月的影子是这样严重，没有什么手指能从我心上抹去。

假若我有另外一个童年我准会快乐点。

然而在乡下，我这上学的经历还成了一种被仿效的教育方法，我的一位叔父也要关闭他的孩子们在私塾里，到十五岁才让他们进学校。

老　人

我想起了几个老人：

首先出现在我记忆里的是外祖母家的一个老仆。我幼时常寄居在外祖母家里。那是一个巨大的古宅，在苍色的山岩的脚下。宅后一片竹林，鞭子似的多节的竹根从墙垣间垂下来。下面一个遮满浮萍的废井，已成了青蛙们最好的隐居地方。我怯惧那僻静而又感到一种吸引，因为在那几乎没有人迹的草径间蝴蝶的彩翅翻飞着，而且有着别处罕见的红色和绿色的蜻蜓。我自己也就和那些无人注意的草木一样静静地生长。这巨大的古宅有四个主人：外祖母是很老了；外祖父更常在病中；大的舅舅在县城的中学里；只比我长两岁的第二个舅舅却喜欢跑出门去和一些野孩子玩。我怎样消磨我的光阴呢？那些锁闭着的院子，那些储藏东西的楼，和那宅后，都是很少去的。那些有着镂成图案的窗户的屋子里又充满了阴影。而且有一次，外祖母打开她多年不用的桌上的梳妆匣，竟发现一条小小的蛇蟠曲在那里面，使我再不敢在屋子里翻弄什么东西。我常常独自游戏在那堂屋门外的阶前。那是一个长长的阶，有着石栏杆，有着黑漆的木凳。站在那里仰起头来便望见三个高悬着的巨大的匾。在那镂空作龙形的边缘，麻雀找着了理想的家，因此间或会从半空掉下一根枯草，一匹羽毛。

但现在这些都成为我记忆里的那个老仆出现的背景。我看见他拿着一把点燃的香从长阶的左端走过来，跨过那两尺多高的专和小孩的腿为难的门坎走进堂屋去，在所有的神龛前的香炉中插上一炷香，然后虔敬地敲响了那圆圆的碗形的铜磬。一种清越的银样的声音颤抖着，飘散着，最后消失在这古宅的寂寞里。

这是他清晨和黄昏的一件工作。

他是一个聋子。人们向他说话总是大声地嚷着。他的听觉有时也还能抓住几个简单的字音，于是他便微笑了，点着头，满意于自己的领悟或猜度。他自己是几乎不说话的，只是有时为什么事情报告主人，他也大声地嚷着，而且微笑地打着手势。他自己有多大年纪呢，他是什么时候到这古宅里来的呢，无人提起而我也不曾问过。他的白发说出他的年老。他那种繁多然而做得很熟练的日常工作说出他久已是这宅的仆人。

我不知怎样举出他那些日常工作，我在这里列一个长长的表吗，还是随便叙述几件呢。除了早晚烧香而外，每天我们起来看见那些石板铺成的院子像早晨一样袒露着它们的清洁，那完全由于他和一只扫帚的劳动。在厨房里他分得了许多零碎事做，而又独自管理一个为豢养肥猪而设的锅灶。每天早晨他带着一群鸭子出去，牧放在溪流间，到了黄昏他又带着这小队伍回来。他又常常弯着腰在菜地里。我们在席间吃着他手种的菜蔬。并且，当我们走出大门外去散步，我们看见了向日葵高擎着金黄色的大花朵，种着萝卜的菜地里浮着一片淡紫色和白色的小十字花。

向日葵花是骄傲的，快乐的；萝卜花却那样谦卑。我曾经多么欢喜那大门外的草地啊，古柏树像一个巨人，蓖麻树张着星鱼形的大叶子，还有那披着长发的万年青。但现在这些都成为对于那个勤劳的老人唱出的一种合奏的颂歌。

他在外祖母家当了多少年的仆人呢，是什么时候离开了那古宅呢，我都不能确切地说出。只是当我在另一个环境里消磨我的光阴，听说有一天他突然晕倒在厨房里的锅灶边。苏醒后便自己回家去了。人们这时才想到他的衰老。过了一些日子听说他又回到了那古宅里，照旧做着那些种类繁多的工作。之后，不知是又发生了一次晕倒吗还是旁的缘故，他又自己回家去了，永远地离开那古宅了。

我在寨上。我生长在冰冷的坚硬的石头间。

大人们更向一个十岁的孩子要求着三十岁的成人的拘束。

但一个老实规矩的孩子有时也会露出顽皮的倾向，犹如成人们有时为了寂寞，会做出一些无聊的甚至损害他人的举动。我就在这种情形下间或捉弄寨上的那个看门人。

他是一个容易发脾气的老人，下巴长着花白的山羊胡子，脑后垂着一个小发辫。他已在我们寨上看了好几年门了。在门洞的旁边他有着一间小屋。他轮流地在各家吃一天饭，但当地方上比较安静，有许多家已搬回坐宅去的时候，他就每月到那几家去领取几升米，自己炊食。不知由于生性褊急还是人间的贫穷和辛苦使他暴躁，总之他在我的记忆里出现的时候大半是带着怒容坐在寨门前的矮木凳上，嘴里咕噜着，而且用他那长长的烟袋下面的铁的部分敲打着石板铺成的街道。

那已变成黄色的水竹烟袋又是他的手杖，上面装着一个铜的嘴子，下面是一个铁的烟斗。它也就是有时我和他结恨的原因。我趁他不注意的时候常把它藏匿起来，害他到处寻找。

有一次我给自己做一个名叫水枪的玩具。那是一截底下留有竹节并穿有小孔的竹筒和一只在头上缠裹许多层布的筷子做成的，可以吸进一大杯水，而且压出的时候可以射到很远的地方。已记不清这个武器是否触犯了他，总之，他告诉了我的祖父。我得到的惩罚是两个凿栗，几句叱责，同时这个武器也被祖父夺去，越过城墙，被掷到岩脚下去了。

他后来常从事于一种业余工作：坐在一个特制的木架上，用黄色的稻草和竹麻织着草鞋。在这山路崎岖的乡下，这种简陋然而方便的鞋几乎可以在每个劳动者的脚上见到。他最初的出品是很拙劣的，但渐渐地进步了，他就以三个当百的铜元一双的价格卖给出入于寨中的轿夫，工匠，或者仆人。

我现在仿佛就看见他坐在那样一个木架上。工作使他显得和气一点了。于是在我的想象里出现了另外一个老人，居住在一条大路旁边的茅草屋里，成天织着草鞋，卖给各种职业的过路人。他一人足迹不出十里，而那些他手织成的草鞋却走过了许多地方，遭遇了许多奇事。

我什么时候来开始写这个"草鞋奇遇记"呢。

黄昏了。夜色像一朵花那样柔和地合拢来。我们坐在寨门外的石阶上。远山渐渐从眼前消失了。蝙蝠在我们头上飞着。我们刚从一次寨脚下的漫游回来。我们曾穿过那地上散着松针和松球的树林，经过几家农民的茅草屋，经过麦田和开着花的豌豆地，绕着我们的寨所盘据的小山走了一个大圈子，才带着疲倦爬上这数十级的蜿蜒的石阶，在寨门口坐下来休息。

我，我的祖父，和一个间或到我家来玩几天的老人。

他正在用洪亮的语声和手势描摹着一匹马。仿佛我们面前就站立着一匹棕黄色的高大的马，举起有长的鬃毛的颈子在萧萧长鸣。

他有着许多关于马的知识：他善于骑驭，辨别，并医治。

他是一个武秀才。我曾从他听到从前武考的情形：如何舞着大刀，如何举起石磴，如何骑在马背上，奔驰着，突然转身来向靶子射出三枝箭。当他说到射箭的时候，总是用力地弯起两只手臂来作一手执弓一手拉弦的姿势。

我也曾从他听到一些关于武士的传说。在某处的一个古庙里，他说，曾住过一位以棍术著名的老和尚；他教着许多徒弟；有一天，他背上背一个瓦罐，站在墙边，叫他的弟子们围攻他，只要有谁用那长长的木棍敲响了瓦罐他就认输。结果呢，不用说那老和尚是不会输的。

他自己也很老了，却有着一种不应为老人所有的洪亮的语声，而且那样喜欢谈着与武艺有关的事物。但我那时是一个孩子，不知人间有许多不平，许多不幸，对于他那些叙述仅仅当作故事倾听，并不曾幻想将来要扮着一个游侠骑士，走到外面世界去。我倒更热切地听着关于山那边的情形。他曾到很远的地方去贩卖过马。山的那边，那与白云相接并吞了落日的远山的那边，到底是一些什么地方呢，到底有着一些什么样的人和事物呢，每当我坐在寨门外凝望的时候，便独自猜想。那个老人的叙述并不能给我以明确的观念和满足。渐渐地他来得稀疏了。大概又过了几年吧，听说他已走入另一个世界里去了。人的生命是很短促的。

最后我看见自己是一个老人了，孤独地，平静地，像一棵冬天的树隐遁在乡间。我研究着植物学或者园艺学。我和那些谦卑的菜蔬，那些高大的果树，那些开着美丽的花的草木一块儿生活着。我和它们一样顺从着自然的季候。常在我手中的是锄头，借着它我亲密地接近泥土。或者我还要在有阳光的檐下养一桶蜜蜂。人生太苦了，让我们在茶里放一点糖吧。在睡眠减少的长长的夜里，在荧荧的油灯下，我迟缓地，详细地回忆着而且写着我自己的一生的故事……

但我从沉思里惊醒了。这是一个多么荒唐的梦啊。在成年和老年之间还有着一段很长的距离。我将用什么来填满呢？应该不是梦而是严肃的工作。

一九三七年三月三十一日夜

树荫下的默想

我和我的朋友坐在树荫下。六月的黄金色的阳光照耀着。在我们眼前,在苍翠的山岩和一片有灰瓦屋顶的屋舍之间,流着浩浩荡荡东去的扬子江。我们居高临下。这地方从前叫西山,但自从有了一点人工的装饰,一个运动场,一些花木和假山石和铺道,便成了公园。而且在这凉风时至的岩边有了茶座。

我们就坐在茶座间。一棵枝叶四出的巨大的常绿树荫蔽着。这种有椭圆形叶子的乔木在我们家乡名黄桷树,常生长在岩边岭上,给行路人休憩时以清凉。当我留滞在沙漠似的北方我是多么想念它啊,我以不知道它在植物学上的名字深为遗憾,直到在一本地理书上读到描写我们家乡的文字,在土壤肥沃之后接上一句榕荫四垂,才猜想它一定是那生长在热带的榕树的变种。

现在我就坐在它的树荫下。

而且身边是我常常想念的别了四五年的朋友。

我将怎样称呼我这位朋友呢?我曾在诗中说他常有温和的沉默。有人称他为一个高洁的人。高洁是一个寒冷的形容词,然而他,就对于我而言,是第一个影响到我的生活的朋友,他使我由褊急,孤傲,和对于人类的不信任变得比较宽大,比较有同情。就他自己而言,他虽不怎样写诗却是一个诗人。当我和他同在一个北方古城中的会馆里度着许多寂寞的日子,我们是十分亲近;当我们分别后,各自在一边受着苦难,他和肺病斗争而我和孤独,和人间的寒冷,最后开始和不合理的社会斗争,我仍是常常想念他;他是一个非时间和生活上的疏远所能隔绝的朋友。

这次我回到乡下的家里去过完了十三天假日，又到县城里来冒着暑热，等着船。又等了三天的船。正当我十分厌烦的时候，他坐着帆船从他那闭塞的不通邮讯的乡下到县城里来了。

但我们只有着很短促的时间。今天夜里我就将睡在一只船上，明天清晨我就将离开我的家乡。我的旅程的终点乃在辽远的山东半岛的一个小县里。我将完全独自的带着热情和勇敢到那陌生地方去，像一个被放逐的人。

我们说了很多的话，随后是片刻沉默。就在这片刻沉默里，许多记忆，许多感想在我心里浮了起来。

北方的冬天。已经飘飞过雪了。一种怪异的悒郁的渴望，那每当我在一个环境里住得稍稍熟习后便欲有新的迁移的渴望，又不可抵御的折磨着我。我写信给我的同乡，说想搬到他们所住的那个会馆里去。回信来了："等几天再搬来吧，我们现在过着贫穷的日子。"那会馆里几乎全是一些到北方来上学的年青人，常常因家里的钱寄到得太迟而受窘迫。但我还是搬去了，因为我已不可忍耐的厌倦了那有着熊熊的炉火的大学寄宿舍，和那辉煌的图书馆，和那些放散着死亡的芬芳的书籍。

搬到会馆后我的屋子里没有生炉火，冷得像冰窖。每天餐桌上是一大盆粗菜豆腐，一碗咸菜，和一锅米饭。然而我感到一种新鲜的欢欣。

因为我们过着一种和谐的生活。而我那常有温和的沉默的朋友那时候更常有着温和的微笑。在积雪的日子，我往往独自跑出去享受寂寞，回来便坐着写诗。那是一些很幼稚的歌唱，但全靠那位朋友读后的意见和暗示我才自己明白。所以他又是第一个影响到我的写作的朋友。他使我的写作由浮夸,庸俗,和浅薄可笑的感伤变成比较亲切,比较有希望。他自己是不常写作的。但有一次他从抽屉里拿出一册手抄本给我看,上面写满了用小诗形式记下来的诗的语言,像一些透明的露珠那样使我不能忘记。到现在我还能背诵出其中的一些。

  寂寂的秋
  猫儿绕着我的脚前脚后

  吹去爬到我书上的虫儿
  使它做一个跳岩的梦

  迟晚的北方的春天终于来了,或者说已是初夏,因为在那古城里这两个季节是分不清的。每个院子里的槐树已张了它的伞;他的窗前已牵满了爬山虎的绿叶;我常常坐在他的屋子里闲谈,或者谛视着在那窗纱上抽动着灰色的腿的壁虎。他呢,他望着屋檐下的去年的旧蜂窝想念他的昔日。我们都感到最好以工作来排遣寂寞了。于是我们自己印一种小刊物来督促我们写作。
  这小刊物印行了三期便没有继续,因为我被磨于一种生活上的纠纷,一种燃烧着自己的热情,再也不能安静的提起笔来写一点什么。
  那郁热的多雨的夏季啊,我第一次背起了爱情的十字架。
  我常以我那位朋友的屋子为我的烦忧的托庇所,因为在那里我可以找到平静,友谊,和莫逆于心的谈话。有时我们一同缓步在那些曲折的多尘的小胡同里，或者在那开着马樱花的长街上。

一晚上我们又走进了一个常去的荒凉的园子里。隔着暗暗的湖水，我们停下来遥望对岸的树林。我突然想起了家乡。而他也谈起他将来愿意回到乡下住着，常常坐在屋侧的池塘边的树荫钓鱼，并且希望那时乡下的交通比较方便，邮差从池塘边走过时常把远方的信亲交在他手里。

不久他就凄凉的离开了那个古城，回到混乱的文化落后的家乡去寻找职业。没有发现适宜的工作却发现了肺病。他吐血了。这个悲哀的消息给我带来惊讶，忧虑，我想起了他瘦弱的身体，困难的家庭状况，和家乡的那种折磨人的社会环境。

全靠他自己，他和那可怕的疾病斗争了四五年还是坚强的站立着。在这中间他还断续的以劳力去换取一种极简单的生活。

在一封信里他写着："我宁愿挑葱卖蒜，不和那些人往来。"那些人是什么人呢？不待推测，我就想到那是充满各地的闭着眼向社会的上层爬的人们。后来他又寄一些新的小诗给我，当我读到其中的这样一首：

> 我愿是一个拣水雀儿
> 在秋天的田坎上
> 啄雨后的露珠

我起了许多感触。我联想到一位古代的愤世者的话："世间无一可食，亦无一可言。"

现在我们见面了。他更加瘦弱而我则带着风尘之色。让我们为着想起了那些已经消逝的岁月再沉默一会儿吧：那些寂寞的使人老的岁月。

我已经开始走入衰老的季节了，却又怀抱着一种很年青的感觉：仍然不关心我的归宿将在何处，仍然不依恋我的乡土。未必有什么新大陆在遥遥的期待我，但我却甘愿冒着风涛，带着渴望，独自在无涯的海上航行。

是什么在驱策着我？是什么使我在稍稍安定的生活里便感到十分悒郁？

我真像是一个命定的"浪子"，不知要到什么时候才"厌倦了幻想，厌倦了自己"，回到家中去作一个安分的人。我真像是跋涉在沙漠里就为着"寻找口渴"。

对于明天我又将离开的乡土，这有着我的家，我的朋友，和我的童年的乡土，我真是冷淡得如一个路人吗，我责问着自己。我不自禁的想起一片可哀的景象：干旱的土地；焦枯得像被火烧过的稻禾；默默的弯着腰，流着汗，在田野里劳作的农夫农妇。

这在地理书上被称为肥沃的山之国，很久很久以来便已为饥饿、贫穷、暴力、和死亡所统治了。无声的统治，无声的倾向灭亡。

或许这就是驱使我甘愿在外面流离的原因吧。

是呵，在树荫下，在望着那浩浩荡荡的东去的扬子江的时候，我幻想它是渴望的愤怒的奔向自由的国土，又幻想它在呜咽。

六月十一日下午莱阳。

某县见闻

一

我到电报局去发一个电报。我把一张写好电文和号码的信笺从柜台上的小窗户递进去。那坐在办公桌的侧边的职员，一个穿着藏青色西服而且偏分着头发的年青人，接过它去看了一下，便大声的说道：

"济南已经不通电报啦。"

"怎么就会不通呢，我刚才从那边回来？"

"你看那墙上贴的布告吧。"

我真有点儿不相信。那是一九三七年九月，不但济南没有失陷，就是南京，上海，太原都还在我们的军队的手中。于是我走到墙跟前去读那布告。那上面大意是说湖南，湖北，安徽，河南等省调动军队，官电甚忙，暂停收发人民拍往那几省的电报。总之，其中没有山东。

"那上面没有说济南不通，"我走回柜台前去这样说。

"济南不是在湖北吗？"

"谁告诉你济南在湖北？"

"你说在哪一省？"

"山东，"我生气的说出这两个字，仿佛不愿再多说了，但接着又补上一句，"假若你不信，你可以拿你那簿子来翻一翻。"

电报终于发了，不过当我走出电报局的大门，走到大街上，我还在想：一个电报局的职员不应该不知道济南在那一省呀。

二

在一个亲戚家里，在那阴暗的潮湿的小屋里坐着我，我的一个刚在初中毕业的兄弟和两个亲戚。一个已七十多岁了，比我大两辈；一个是平辈，大概比我还年青一点。

我们谈到一种可怕的东西，白面。虽说我还没有看见过那种东西，但回到县里来听得的消息已很够使我仿佛看见一个暗暗的存在着的可怖的网了。这想象显然与我曾经读过的一本高尔基传记有关系，那上面说旧俄时候的密探势力像一个暗暗的存在着的黑色大蜘蛛网，而沙皇就是那网的中心的大蜘蛛。白面之流入四川据说是最近一两年的事，然而已经造成一个巨大的细密的网了：除了在城市里"不胫而走"外，它已深入到每一个乡场，而且据说有些乡场上已能自己制造。

我的那位年青的亲戚谈得很起劲。他说他亲眼见过了几十家人因为抽白面而破产，而流落，而倒毙。他说万安桥头晚上站着的那些像上海四马路的野鸡一样的妓女都是抽白面的女人。

我的兄弟的主张是严厉的禁止：完全枪毙。

然而我那位七十多岁的亲戚却提出异议，他说那不过是嗜好罪，不是死罪。

后来我才听说他家里，除了他和他的儿子而外，他的儿媳妇，孙子，孙媳妇，甚至那不过几岁的曾孙都有那种嗜好。

这使我疑惑。严厉的禁毒条例不是贴在城市里和乡场上的墙上吗？不是还有着负禁毒禁烟的责任的机关吗？于是我又隐隐约约的听见这样的话了：还有人从中渔利，从白面贩身上渔利，像挤羊子身上的奶一样，挤干了又放它出去吃草，吃饱了又捉住它来挤。不过这只是一种隐隐约约的流言而已，没有人大声的说出来过，没有人负责的说出来过。唯一的昭昭在人耳目的事实据说是有一次，一个白面贩从监牢里被带出来枪毙，他走过街上的时候大声喊道，"真是不讲理呵，把我的金藤子些拿去了还要枪毙我吗！"

其次是我的一个亲戚告诉我，他有一个远房的侄儿在一个小县里当区长，当了半年就弄了三四千块钱。"怎样弄的呢，一个区区区长？"我问。"那地方出烟，他大概是从私烟贩子身上弄来的，"他像说一件极平常的事情那样安静的说。

三

我时常到书铺去看看，由于寂寞。除了一家常到新书的生意较好的书店而外，大点儿的书铺是商务印书馆，中华书局，名字是一个字也不错，但并不是真的支店，只是不知是用什么方法把那招牌取来而已。这两家是几乎不到新书的，因此都很冷落，但我也时常去看看，看那些旧书，间或也挑选那没有读过的买几本。

有时正在我挑选着书的时候，楼上便飘下了打牌声。

这有什么可怪呢，我认识的人便向我说过，他们有时到商务印书馆或者中华书局去打牌。并且他们还说过书店成为麻将俱乐部的原因，那是一种联络，对教育界人士的联络，为着推销他们的教科书。

但我不能不有一点感慨。

我感慨着这些人既不能热情的工作，而又没有正当的娱乐。我感慨着麻将耗费了中国人的无数时间,无数精力。

当我对成人们不满的时候我常把希望放在下一代人的身上,然而在有着抽白面,抽大烟,打牌,酗酒以及胡里胡涂过日子的成人的家庭里,儿童们能够在身体上精神上都健全的长成起来也实在是难事呀。

有一次我到一个认识的人的家里去,又碰上他和他的朋友们在打牌。为着礼貌,我不能不在那屋里坐一会儿。于是我很觉奇怪的注意到那牌桌子侧边的一个用旧报纸盖着的旧网篮了。那里面是装的什么呢,那也许曾装过书籍,旅行的铺盖卷,食物以及破皮鞋之类的网篮?我正在猜想的时候,一个婴孩的哭声从那里面发出来了。

我感到那是一个很好的象征:那个中国婴孩的"摇篮"。

不过我还得说明一句,它还是极少数的幸福者之中的一个,因为它出生在中产人家,不至于饿死,冻死。

四

有时我在街上碰见了征发出省的壮丁的行列:穿着褴褛的甚至不能蔽体的衣服,每人手中拿着一个土碗,一双竹筷,默默的走着,像一群乞丐。有时手臂上还系着棕索,一串一串的系着,像一群犯人,那种木然的神气仿佛说他们对于他们的新环境和行动和未来都莫名其妙,而且仔细的看一下,那长长的行列里有些人是一点儿不"壮"而且尚未成"丁"。

为着解答我的疑惑,一个从乡下来的朋友这样说:

"我们乡下的壮丁是用钱买来的。大家都不愿当壮丁,所以只有一家出点儿钱，凑起来买那些流氓，瘅神，抽白面的去，五块钱一个。"

"五块钱他们就愿意吗？"

"他们还有逃跑的希望。联保主任就教他们逃跑的方法。"

是的，送到城里来后的壮丁就时常有逃跑的。为着填补名额，城里还闹过几天拉壮丁。据说从乡下来的土头土脑的人走到僻静的巷子里便有被拉的危险。

至于旁的乡下的情形是不是都和我那朋友所说的一样呢？也不一样的。我到乡下去过了一趟后才知道各处有各处的办法。比如有一乡抽壮丁的方法是拈阄。这种极古老的方法是可以使简单的农人无怨言的，除了埋怨他自己的运气。

当我从乡下回到城里来，路上经过一个地方，有一个衣服穿得干净一点的农人向几个人大声的吵着什么，仿佛刚才发生了一件什么严重的事情：

"要还驼的！我说他要还驼的！"

我停下来和他谈了一会儿，才知道他是一个保长，刚才发生的事情是去捉壮丁，打了一场才捉住了，不过被捉住的仍然不服气，又哭又吵，说联保主任收过他十块钱，包不抽他当壮丁。所以这位保长说联保主任一定要把钱还出来。

"你们怎么不到区长那里去告他？"我问。

"告他！我们怎么莫有告他！他给区长筛了七百块钱，专员筛了两千块，什么事都没有了。"

他把数目说得那样确定，仿佛他亲自数过一样。

一九三八年四月十三日在成都追记

1950年与牟决鸣、女儿何京颉合影

论救救孩子

差不多在二十年前，鲁迅先生已经这样喊过了："救救孩子……"

然而直到现在我们还是常常听见孩子的哭声，大人的打骂声。

不知旁人的感觉怎样，我总认为打骂孩子是人的很丑恶的行为，因为那是明明白白地欺负着不能还击，不能自卫，甚至不能为自己辩护的幼小者。至于以为是自己所生的儿女，因此自己很有权力去折磨他们，更是卑劣的想法，虽说这想法有着悠久的伦理观念和社会习惯为它的基础。

去年冬天，《新少年》要我为它写一篇文章，我很迟疑：我到底写一点什么呢，为那以高小和初中程度的孩子为读者的刊物？结果过了许久才寄出了一篇《私塾师》。我当时想，对于现在的孩子们过去的私塾生活是古怪得有趣的，而且他们知道了它，也许还是有益的，因为他们会这样对自己说："感谢我们这时代，和过去比较，我们幸福得多了。让我们努力吧。"但我当时没有想到虽说现在小学已普遍的设立，虽说小学教师已大都不鞭打他们了，孩子们还是逃不掉家庭里的打骂的。长久生活在学校里，我几乎忘记了中国家庭里的孩子们所受的待遇。

回到四川来我才常有机会坐在道地的中国家庭里作客。每次当我坐在餐桌上，主人们或者主妇一面给我奉菜，劝菜，一面打骂着孩子，我就耽心我要得消化不良症。

事实告诉我们孩子仍是大人发泄情感的对象。在这种社会里大人们也多半是不幸地活着,忍受着。即使是不闹"经济恐慌"的家庭吧,大人们也会为牙痛之类的小病,或者为打牌输了一笔钱,或者为老爷受了上司的气而太太又受了老爷的气而打骂孩子的。至于穷苦的家庭更不用提了,大人们和孩子们都过着"非人的生活"。

这是常常使我充满了一种混合着愤怒和难过的复杂情感的,当我走到一条街上,走到一个乡村里,总会看见一些穿着褴褛的衣服,有着黄瘦的污秽的身体,在贫穷,疾病,营养不良和完全没有教育之中生长着的孩子。我常常想这样大声的说:

"人们呵,你们不要再厚颜地夸耀着什么我国人口众多了吧。老鼠是比人更繁殖的。"

同时我想到很多的人就和老鼠一样,在地上挖一个洞,或者不用比譬地说,在社会上占一个栖身之处,然后讨一个太太,生一些孩子,就完了。

我很奇怪人们为什么这样短视,稍微远一点的事就看不见,稍微复杂一点的事就看不清楚,并且为什么这样健忘,自己长成大人了便忽视着,甚至虐待着孩子。

除了在家庭里仍旧挨打挨骂之外,仔细分析起来,孩子们在学校里也未必受着怎么合理的教育。我所接近的是大一点的孩子,也许应该说是少年或者青年,而我借以与他们接近的又是教着所谓国文,让我就从这方面举一些事实来说明吧。

去年九月我到某县的一个师范学校去教三个年级不同的班次,首先横在我面前的是教材问题。因为受了战争的影响,教本无法买,只有自己编选。虽说我不懂什么科学,我却相信着科学和科学方法。我要有一个编选计划。我相信那样对学生有益一点。后来一个学生来找我闲谈，他说有些"古文"他已经读了五六遍：小学时先生选来教过的，初中一年级时先生又选来教，二年级或三年级换了先生时又选上了，翻来覆去是那几篇。那学校的图书馆里几乎可以说没有新文学书籍，而学校指定给他们的暑期读物是《孟子》和《曾国藩家书》。

来到成都我更听见一些奇闻了：从小学到大学的国文教本多半采用《经史百家杂钞》或者《古文辞类纂》；考高中和大学都最好做文言，假若想考上；一些未来的小学教师，一个师范里的学生们讲究着认古字，做古文……

在这种风气之下，我在一个中学里教的一班高中毕业班竟大胆地自动地要求新文学，同时一班初二年级却几乎连学校规定的教本都不接受，因为他们说他们每人都有一部《古文观止》。这些《古文观止》的崇拜者做起文章来呢，有的说"直捣三岛，生擒明治天皇"，有的说"意大利并合奥国后列强始有国际联盟之组织"，甚至一个很用功的文言比较通顺的学生也说"我国三坟五典，经史百家，为世界文学之渊源，泰西各科演变之基础"，读白话则"横梗喉头，若不可消化者"。他是一个瘦弱的规矩的孩子，不过十五六岁。

假若我们希望孩子们在精神上在身体上都健全的长成起来的话，不能不承认这种浓厚的复古空气是有害的。在抗战后的湖南，《全民周刊》某期告诉我们，何健将军提倡的读经教育的恶劣影响大大的暴露出来了，有些高中学生在受测验的时候显示了对时事的十分无知，而且承认最近一年多来没有看过报。这是值得我们注意的。

以上不过是学校教育中的一个枝节问题。在民族解放战争正剧烈的进行着的现在，后方的青年们还有着更大的苦闷，更大的困难：他们渴望着迅速地在精神上在知识上武装起来，并直接地发挥出他们的力量以从事有利于抗战的工作，而他们所受着的教育和训练却不能满足那种渴望。

这是一个整个的战时教育问题，然而是有法解决的。事实上也有着比较适应抗战时期的学校。不过，同样也是事实，有一部分学校仍有着复古的倾向，或抱着形式主义，比如办女学校的还主张着什么三从四德，专门训练着学生包被窝，用洋蜡擦地板，以博得参观者或查学者一句赞语之类。

复古的风气可以使孩子们的脑子麻木，只管表面好看的形式主义虽说可以欺骗胡涂人，在明眼人的面前是掩不住它的狐狸尾巴的。就在今年的儿童节，广安的一个小学要学生们表演游击战，结果当场炸断了一个女孩子的胳膊。炸断胳膊是很惨的，大家都知道责备那小学的负责人。一个人的脑子比胳膊还重要，使人麻木的工作却是暗暗地缓缓地进行，于是便为大家所不注意了。

我要重复地喊道："救救孩子！"

然而我的声音是十分细小的，即使达到了有些人的耳朵内也许还使他们不舒服，因为我这像蚊子一样的声音扰乱了他们的圆满的复古梦，或者完成个人的富贵的成功梦，或者不过仅仅坐在牌桌子上的三番梦。可不是吗，我在一封友人寄来的信上读到这样的话了：

……省师的教职员见着你在《工作》上写的文章，很不满，对学生指责你的错处。但从你走了后,学生不要那继任的教员,再聘一个虽接受了也不好。最近学生为什么事情挨了训育一个耳巴,引起全体反对,四五天来都没有解决。女中跑了几个到陕北,从此女生出街就常有人跟着看管。某校跑得很多,某中亦跑了几个。近来各校长都以学生不守规矩归罪于受军训,说是那样训坏了的,因而一有了事就跑到县府请示。某校请专员去斥退了十多个人,先不走,后来被军队吓走。前头召了个校长会议,议决对学生要严加管束,少加入什么团体活动。如是而已。……

我简直有点儿怀疑这些事的真实,因为我才离开那里两个多月,想不到就闹出了这样多的花样。然而信是明明白白地摆在我面前。事实是残酷的。

四月二十八日清早。

川陕路上杂记

梓潼之夜

梓潼。一个四川北部的小县城。

没有报纸。没有中级学校。这小县的全县人口约共十七万,而烟民竟约有八千。据说每月县政府要解走公烟卖的钱和灯捐三万多。

旅馆里的客人就可以随便买烟膏来抽。

一天晚上,我睡得很早。上床后听见隔壁房间里有陕西口音的谈话声,呼呼的抽大烟声。继续听下去,还有低下的女人的声音在劝着"吃一口"或者"再吃一口"。

从那女人的一些零碎的话推测起来,似乎她是因为抽大烟而穷困而开始卖淫的。无疑地她现在是被叫来陪烧烟。

那些听不完全的陕西口音谈到了成都的"三益公",那是在成都最热闹的大街春熙路上的一个古怪的营业场所,里面有着戏院,茶馆,理发店和澡堂。"有一次我去那里洗澡,"有一个在这样带笑带骂地大声地叙述,"我说,喊一个擦背的来吧,他妈的,来了一个是女的!"另外一个说到擦背的男孩子,也带着很猥亵的口气。他说某一个阔人的儿子去洗澡,一次给某一个擦背的男孩子六十块钱。

后来那个陪烧烟的女人似乎要走了,在用低小的撒娇的声音争着钱:"再给我两角钱。"说了许多告哀怜的话才似乎达到目的了。

这时那给钱的人开心地说道,"就在这里睡一晚吧,给你五角钱。""不行,"低小的声音这样回答。"六角钱?""不行。""七角钱?""不行。""八角钱?""不行。"……那男子这样开玩笑地像唱一个非常简单而又非常下流的歌似地逗着那女人,结果还是那女人的很低小但听得清楚的声音结束了这对白:"给我两块钱吧。"

那女人终于走了。那屋子里的两三个陕西口音的人说了几句话也都不做声了。最后的两句听得很清楚。一个说,"真是又可怜又可笑。"一个说,"她大概有三十多岁啦。从前两块钱还不行呢。"

夜是凄惨地静。

第二天起来,我好奇地猜测着那两三个陕西人是谁。旅馆里住着好几个陕西人,有的是做生意的,有的穿着漂亮的黄色军服。他们都有着成人的正经的脸。我无法猜测。

白龙江边的两个插曲

白龙江在奔流着。

载着我们和几十箱汽油的汽车驶到这样嘉陵江的支流的岸边停住了。这里叫郭家渡。因为下了几天雨,江水骤然涨高了起来,而且流得很急。

公路得从江面走过去,然而没有桥梁。

四川公路局的先生们是聪明的,他们会用木船来代替桥:汽车坐在船上便可以从江面走来走去了。木船不会自己走动,作为它的人造的脚有着木桨,舵,篙竿和船夫的手臂。在白龙江,还得加上拉纤夫。由于江水奔流得很急,木船必须先让许多拉纤夫背着纤索拉到上游,然后斜斜地划过对岸去。

今天，一个拉纤夫被白龙江吞食了。当我们的汽车到了宝轮院便碰着这样一个悲惨的消息：今天淹死了一个人。到了江边才知道是一个拉纤夫。

我们下了车，站在江边眺望。江水从左前方的山峡间冲出来，由于山势的控制，突然转了一个九十度的角度的大弯，然后伸直地奔向另一山峡。碰着了挨近江边的或隐或现的石头它便发出阴郁的怒吼。

在对岸，三辆载着故宫博物院的古物的汽车停着，像三只愚笨的甲虫。在挨近对岸的那边，一条狭长的沙坝静静地伸入上游，伸入水中。

今天，那个不幸的拉纤夫就是为了一辆载古物的汽车要过河，就是背着纤索走在那条沙坝上，走着，走着，一下失足落到水深处去了。奔流得急的江水带走了他，没有一点声息。没有捞着尸首。

他还有年老的父母。他还有妻子和一个小孩。不幸的消息到了他家里，他的父亲用脑袋在石头上撞，他的妻子哭着奔到江边，要跳水。

其他的拉纤夫们简单地，零碎地把这些说了出来，似乎心里都填满了悲戚和愤怒。他们一定在想着这种职业的悲惨性。他们每月工资七元至九元。淹死后的抚恤费每人三十元。他们每人穿着一件青布背心，在胸膛的两边现出六个白布做成的字，每边三个："昭化车站船夫"。

一个年青的小个子粗野地骂着，说他们今天忙得还没有吃晚饭，说那位死者正当他的母亲把午饭送来，他才吃了两口便放下，便去拉纤，便死了。

天色已晚。从远远的山峡间，黄昏像蓝色的薄雾一样慢慢地展开。

我们的汽车还是停在河边。我们到时木船已划过那边了。隔着相当宽阔的河面,我们望见那边的一辆古物汽车像愚笨的甲虫那样蠕动着爬上了木船,那边的一些拉纤夫弯着身子,背着纤索走在那条沙坝上,然后那只木船终于越过疾流和宽阔的河面,斜斜地冲到了这边渡口。

这时我在想着一张旧的成都《新新新闻》上的一条消息。那是关于中英庚款本年度的分配计划的。中间有一项是垫付故宫博物院古物运费六十余万元。

我们的汽车决定开回宝轮院去过夜。宝轮院离郭家渡十里,在申报馆的地图上是"保宁院"。在那里的车站的门前挂着这样一个木牌:"四川公路局昭化车站"。但昭化县城还在几十里以外。

白龙江在阴郁地奔流着。

当我正坐在烛光下记着日记,老杨喊我们出去看"啄啄神"。

不远的一家人户的门前已挤满了人。我们从人的肩头间望进去。屋子里摆着两张方桌子;里面的一张上供着一个塑成坐着的姿势的神像,伸着两只胖大的腿和脚,像一个大胖子;外面的一张上点着香烛。桌子的右边,一个男子在做着法事。他穿着蓝布衣服,和普通农民的装束一样,只是头上用红布缠着几片像花冠一样颤动着的白纸。他低着头,躬着背不住地可怕地颤抖着,颤抖着,过了许久,然后用手拍着桌子摇着"师道圈",然后抱着神的右脚,一边用脸去擦,一边继续颤抖,然后跳了几下,用一种奇异的毫无意义的声音唱了起来。在旁边,另外有一个人在翻译着,说的是病人得病的原因。

我们回到栈房后,一个伙计告诉我们那家的小孩病了,所以请

"啄啄神"来医治。"'啄啄神'会检药呢,"他说。"有一次,那个请'啄啄神'的人正在扶着神的脚检药,一个兵进去看。突然给他一耳光,叫道:'你不扶着,看它还动不动!'结果它哪里会自己动呢。"他说那个人专靠"啄啄神"吃饭。降神一次可以挣几角钱。"啄啄神"是木头做成的,手脚可以活动。

这使我想起了伊凡诺夫的《当我是一个托钵僧的时候》。当那小说里的主人公第一次公演吞剑的把戏,当剑插入他的喉头,痛得很厉害,当他的班主向他说,"你怎么不向观众笑呢",他便忍痛做出笑容。

我歌唱延安

延安的城门成天开着,成天有从各个方向走来的青年,背着行李,燃烧着希望,走进这城门。学习。歌唱。过着紧张的快活的日子。然后一群一群地,穿着军服,燃烧着热情,走散到各个方向去。

在青年们的嘴里,耳里,想象里,回忆里,延安像一只崇高的名曲的开端,响着洪亮的动人的音调。

这简短到只有两个字音的名字究竟包括着什么呢?

包括着三个山:西山,清凉山,宝塔山。

包括着两条河:延水,南河。

包括着在三个山的中间,在两条河的岸上,一个古老的城和它的人民。

包括着历史和传说:韩琦,范仲淹治理过的宋代的边城;明代以前相当繁荣,回回叛乱后才衰落下来……假若你去访问清凉山上一个六十岁的老人,虽说他卧病床上也会滔滔不绝地从同治年间谈到现在。但是让我只谈现在吧。

包括着中国共产党中央委员会,毛泽东同志,陕甘宁边区政府。

包括着一些学校:抗日军政大学,陕北公学,鲁迅艺术学院……

包括着不断的进步:

两年以前,"红军"未到的时候,这是一个荒凉的穷苦的城,然而人民的背上压着繁重的捐税，每月每家要出几元或者几十元。现在，商业繁荣了起来，有了三万以上的资本的商号。

一年以前，"红军"已改成了八路军的时候，人口还只有四五千；饭铺只有四五家，使用着木头挖成的碟子，弯的树枝做成的筷子；商店没有招牌，买错了东西很难找到原家去换，因为它们有着同样肮脏，同样破旧的面貌；大礼堂没有凳子，舞台上只有一盏煤汽灯，十几只洋蜡做成的"脚灯"，简单的舞蹈和"活报"。现在，人口增加成一万多；街上充满了饭铺，饭铺里有了叫"蜜汁咕噜"或者"三不粘"的延安特别菜；所有的商店都换上了蓝底白字的招牌，浅蓝色的铺板，像换上了新的整齐的衣冠；大礼堂演着三幕戏，放映着有声电影，《夏伯阳》或者《十月革命中的列宁》，而且观众要按门票上的号数入座。

两月以前，当我坐着车子，大睁着眼睛走进这个城的时候……在这短短的两个月中也有了许多改变了。代替了一下雨便泥泞难走的土路，一条石板铺成的漂亮的街道从南门一直伸到城中央的鼓楼而且还在向前爬行，不久便会伸到北门前去。

这个活着的城像一个活着的人，不断地生长，不断地改变它的面貌。

"延安有什么可写呢？延安只有三个山……"我们这民族的巨人毛泽东同志穿着蓝布制服，坐在一间窑房里的一条小白木桌前，幽默地客气地微笑着向我们说，当我们告诉他想写延安。但是他接着很正经地，很肯定地，虽说仍是客气地加上："也有一点点儿可写的。"

一点点儿？依据我两个月来的理解，依据我诚实的语言，这个形容词的正确的解释应当是"很多很多"。我充满了印象。我充满了感动。然而我首先要大声地说出来的是延安的空气。

自由的空气。宽大的空气。快活的空气。

我走进这个城后首先就嗅着，呼吸着而且满意着这种空气。

这里没有失学或者失业的现象。没有乞丐。没有妓女。对于外面的深怀成见，专门造谣中伤的人们，这里流行着一个非常宽大的称呼："顽固分子"。

你觉得太宽大了吗？

"是呀，太宽大了！"一位曾经在巴黎生活了十年的女作家大声地叫着说。因为她非常关心延安。因为她听说日本报纸上已登出了这里的后方医院的照片。因为她认为有些不三不四的新闻记者应当加以限制。因为他们有着值一千块钱以上的夜间可以摄影的开麦拉。

但是这对延安并不是什么了不起的损害，敌人直接地或者间接地买去了一张照片。敌人的特务机关布满华北，敌人买去了众多的华北地形的测量图，然而却买不去更众多的华北的人民，在华北许多城市失陷以后，我们还是陆续地建立起来了许多游击根据地。

你还是认为对外面来的人应当加以限制吗？

"不，我们不愿加一点儿限制，"一位高级工作同志在一个集会里说。"我们认为到延安来的知识分子都是中华民族的精华。假若有一万个科学家，工程师要到延安来，我们就挖五千个窑洞给他们住。"他说到抗大的名额满后在从这里到西安的沿途的电线杆上都贴着"抗大停止招生"，"抗大停止招生"，但还是有许多青年徒步走来，而且来后还是得到了学习或工作的机会，没有一个人被拒绝回去。他说到认识人不能单看缺点，而且从缺点也可以看出长处：骄傲的人有自信心，可以把计划好的工作交他去做；怯懦的人谨慎，可以当会计；吊儿郎当的人会交际；而普通认为背景复杂的人多半经验丰富，知道许多理论，总会接近真理，承认真理……

但是，但是这种自由的宽大的空气不会影响到工作的紧张，生活的严肃吗？

"是的，边区讲民主，又讲集中，"一个从友区来的参观者向我们的陕北公学校长成仿吾同志发问了，"但为什么我们的学校一实行民主便弄得乱七八糟，不能集中呢？"

"是的，边区增进工作效率的方法有突击，竞赛，"另一个参观者，一个友军里的高级政治工作人员，也发问了，"但为什么敝军里采用这些方法不能收到效果，而且大家认为什么飞机，乌龟是骗小孩儿的呢？"

"这大概，这大概，"穿着布制服，麻草鞋，端坐在一条木桌前的成仿吾同志回答，"因为边区有着共产党的存在。有一个号召，党员首先便作起来，便没有问题了。"

为着证实这个解释的正确性，一个同志告诉我这样一个小故事：

今年秋天。天气已冷起来了，正在修筑着的汽车路要通过一条小河流。工人们站在河边，望着澄静的寒冷的水，有点儿迟疑，政治委员首先赤脚跳下去，大步走着，说"不冷"。于是大家都跳下去。于是大家在淹没着脚胫的水中工作，直到起来时有些人的脚上的皮肤裂开了，出着血。

这是一个动人的例子。然而一般地说来，在工作的困难的岸边，并不是一定要共产党员先跳下去然后大家才跳。许多非共产党员也一样紧张地工作着。

那么缺点呢？缺点呢？难道一点儿缺点也没有吗？

"说到缺点我却还没有发见。我才到两天。呼吸着这里的空气我只感到快活。仿佛我曾经常常想象着一个好的社会，好的地方，而现在我就像生活在我的那种想象里了。"

两个月以前，当我在鲁迅艺术学院的一个座谈会上这样结束了我的拙劣的谈话，一位曾经学过两年海军的文学系的同志站起来了：

"我们的生活也并不是毫无困难。我们写东西的时候没有桌子，只有一块放在膝头上的木板。下雨的天气，从窑洞里走下山来路非常滑，常常一个一个地跌倒，满身是泥。冬夜里钢笔尖都冻结了，要放在嘴里呵几口气才能写字……"

两个月以后，当我这样素朴地歌唱着延安，我承认我们的生活并不是毫无困难。但比较一年以前，一般的物质生活已有了很大的进步，而且我们成天紧张地快活地工作着，很少的很细微的物质生活上的困难像放在三床鸭绒被下面的几粒豌豆，恐怕真要传说里的公主睡在那上面才会辗转不安。

所以这不能算作延安的缺点。这一点儿也不能使那些深有成见，专门造谣中伤的"顽固分子"满意。因为他们不相信眼睛，不相信理智，却相信着怪诞的幻想。当八路军在华北建立着，巩固着，发展着许多游击根据地的时候，当八路军的兵士们在前线流着血的时候，他们在后方互相做着鬼脸地冷冷地说，"八路军游而不击。"他们的神经非常锐敏，听到"八路军"便联想到"共产"，便想到他们的银行存折。

那么错误呢？错误呢？难道每一个人都没有犯过错误吗？

"错误在延安不能长成起来,"一位诗人同志告诉我。"今年春天。抗大的一个小队里竞赛着内务的整齐。因为被窝厚,不容易折成现直角的方形,有人发明了用牙齿把折痕咬成一条直线的方法。而且有人仿效。这把我气着了,我给毛主席去一封信,我说,假若延安出了几个用牙齿咬被窝的斯塔哈诺夫,不但是中国的笑话,而且是世界的笑话。很快地这种错误便被纠正了。"

所以我说延安这个名字包括着不断的进步。

所以我们成天工作着,笑着,而且歌唱着。

所以一个青年电机工程师不满意地说,"这些人花费太多的时间在唱歌上,但现在还不是唱歌的时候呀。"一年以前,我在外面,我在一本谈延安的小册子上碰见了这样一个老实人,我笑了,我喜欢他。同时我想,延安的人们那样爱唱歌,大概由于生活太苦。然而我错了,刚刚相反地,是由于生活太快乐。

一九三八年十一月十六日夜,延安。

一个平常的故事

——答中国青年社的问题:"你怎样来到延安的?"

  我来到了延安。难道这真需要一点解释吗?

  在开出了许多新窑洞的山上,在道路上,在大会中,我可以碰到太多太多的我这样的知识青年。我已经消失在他们里面。虽说每一个来到这里的人都有他的故事,当我和他们一样忙着工作和学习的时候,我为什么要急于来谈说我的?

  因为我曾经写了《画梦录》?

  这不是一个好理由。那本小书,那本可怜的小书,不过是一个寂寞的孩子为他自己制造的一些玩具。它和延安中间是有着很大的距离的,但并不是没有一条相通的道路。

  或者因为我来得比较困难,比较晚?是的,我时常感到比我更年轻一些的人要比我幸福一些。我回顾我的过去:那真是一条太长,太寂寞的道路。我幼年时候的同伴们,那些小地主的儿子,现在多半躺在家里抽着鸦片,吃着遗产,和老鼠一样生着孩子。我中学时候的同学们现在多半在精疲力竭地窥伺着,争夺着或者保持着一个小位置。我在大学里所碰到的那些有志之士,多半喜欢做着过舒服的生活的梦,现在大概还是在往那个方向努力。从这样一些人的中间我走着,走着,我总是在心里喊,"我一定要做一个榜样!"我感到异常孤独,异常凄凉。来到延安,我时常听见这样一个习惯语,"起模范作用"。有一天,我突然想到它和我自己的那句话的意思差不多。不过大家说着它的时候,不是带着悲凉的心境而是带着快活的，积极的意味。

当我把这一类的感触告诉一个参加过"一二九"运动的同志："我们不同，"他说。"我们的道路是很容易的，就像自然而然地走到了这里一样。"

是的，他们是成群结队地，手臂挽着手臂地走到这里来的，而我却是孤独地走了来，而且带着一些阴暗的记忆。

我想我大概并不是一个强于思索和反抗的人，总是由于重复又重复的经历，感受，我才得到一个思想；由于过分沉重的压抑，我才开始反叛。

我时常用寂寞这个字眼，我太熟悉它所代表的那种意味，那种境界和那些东西了，从我有记忆的时候到现在。我怀疑我幼时是一个哑子，我似乎就从来没有和谁谈过一次话，连童话里的小孩子们的那种对动物，对草木的谈话都没有。一直到十二岁我才开始和书本、和一些旧小说说起话来。我时常徘徊在邻居的亲戚家的窗子下，不敢叫一声，不敢说出我的希望，为着借一本书。当我苦于无法借得新的读物，我夜里便在梦中获得了它。但当我正欢欣地翻阅了那丰富的回目，开始读它，我就醒来了，它就从我的手指间消失。对于正面的生活，对于人，我都完全没有怀疑过它们，我以为世界就是这样，我不能想象它还可能更好一点。我承认了它。

十三岁的时候，当我又在私塾里读着家里仅有的另一些旧文学书籍，一个叔父告诉我一个他辗转听来的道理，地像一个圆球。我不相信。我的理由是那样可笑。我心里想："我所读过的书上都没有这样说过。"读着《礼记》上的"曲礼"和"文王世子"，我想作一个儿子真麻烦。但我的思想并没有滑到那些礼节好不好，应不应该有上面去,只是接着想,好在现在大家都不照着书上所说的那样做。当我像一个小孩子那样哭泣着,要求着家里让我去上中学,我已经十四岁了。我并不曾明显地想到新式学校比私塾好,仅仅由于一种朦胧的欲求,一种几乎是自然而然的对新环境的渴慕而已。

中国历史上的一个伟大的时代到来了。由于地域的偏僻,中国的第一次大革命并没有给与我多少影响,它留给我的一些较深的印象不过是五色旗被青天白日旗代替,当地驻军的布告上把"讨贼联军"改成了"国民革命军",和重庆大屠杀后被难学生的家属们寄到我们学校来的红色的传单。我自己另外经历了一点寂寞的事情。这使我像一个小刺猬,被什么东西碰触了一下便蜷缩起来。我用来保护我自己的刺毛是孤独和书籍。汉斯·安徒生的《小女人鱼》是第一个深深地感动了我的故事。我非常喜欢那用来描写那个最年轻的人鱼公主的两个外国字:beautiful 和 thoughful。而且她的悲惨的结果使我第一次懂得了自我牺牲。不知这三个思想(美,思索,为了爱的牺牲)是刚好适宜于我吗还是开启了我,我这个异常贫穷的人从此才似乎有了一些可珍贵的东西。我几乎要说就靠这三个思想我才能够走完我的太长,太寂寞的道路,而在这道路的尽头就是延安。但它们也限制了我,它们使我不喜欢我觉得是嚣张的情感和事物。这就是我长久地对政治和斗争冷淡,而且脱离了人群的原因。我乖僻到不喜欢流行的,大家承认的,甚至于伟大的东西。在上海住了一年,我讨厌体育活动,我没有看过一次电影,而且正因为当时社会科学书很流行,几乎每个同学的案头上都有一两本,我才完全不翻阅它们。在一个夜里,我写了一首短诗,我说我爱渺小的东西而且我甘愿作一个渺小的人。我有点儿惋惜那些少年时期的作品后来被我烧毁了,因为我现在很想看一看我那时是怎样幼稚地说着那种幼稚的思想。那时我十八岁。

这个幼稚的时期继续得相当长久，一直到我二十二岁，也就是一直到大学二年级。我给我自己制造了一个美丽的，安静的，充满着寂寞的欢欣的小天地，用一些柔和的诗和散文，用带着颓废的色彩的北平城的背景，用幻想，用青春，而且，让我嘲笑一下那时的我吧，用家里差不多按期寄来的并不怎样美丽的汇票。生活在这样的小天地里，我并不感到满足，如我曾经在别处写过的，"每一个夜里我寂寞得与死临近"，而且，"我遗弃了人群而又感到被人群所遗弃的悲哀"。我写着一些短短的诗和散文，我希望和我同样寂寞的孩子也能从它们得到一点快乐和抚慰，如同在酸辛的苦涩的生活里得到一点糖果。我觉得这是我仅能作到的对于人类和世界的一点贡献。我没有更大的志愿，更大的野心，因为我像一个无知的孩子，对于许多事情还没有责任感。

但在这种生活里，新的思想也在开始生长，虽然仍然是不健康的，近乎虚无主义的，在我的思想里它到底是新的。一个阴晦的下午，我独自在一条僻静的街上走着，一个十二三岁的卖报的孩子从我的对面走过来，挂着一个盛报纸的布袋，用可怜的声音叫着一些报纸的名字。我看着他，我忽然想起了我家里的一个小兄弟。一种复杂的思想掠过我的脑子，我想到他和我的那个兄弟一样年幼，为什么他却要在街头求乞似地叫喊着；我想到人类为什么这样自私自利；我想到难道因为他不是我的兄弟，我就毫不注意，毫不难过地让他从我身边走过去。我忽然决心买一份他的报，仿佛这可以给他一点安慰似的。他从布袋里取一份报给我，因为没有零钱，我给一块钱让他找。当他到街旁的小铺里去兑换，我又忽然想，难道我真还要他把那点钱找还我吗。于是我跑进胡同里，一直跑回了我住的地方。一种沉重的难过压在我心里,我哭泣了一会儿。当我恢复了平静,我却责备自己是一个傻子,因为我想那个诚实的小孩子一定在那条街上寻找着我,焦急地而又疑惧地。我不安了许久。我后来想写一个故事来说明一个新生长起来的思想。一个乖僻的年轻人在一些陌生的地方流浪了许多年,最后在一个城市里得了沉重的肺病。他家里的人得到了消息,远远地跑去看护他,而且偷偷地为他哭泣。但他并不感谢他们,反而被触怒了似地说:"正因为每个母亲只爱她的儿子,每个哥哥只帮助他的弟弟,人间才如此寒冷,使我到处遇到残忍和淡漠,使我重病着而且快要死去。"我的生活限制着我的思想更进一步。我不知道人间之所以缺乏着人间爱,基本上由于社会制度的不合理,我不知道惟有完成了社会的改革之后,整个人类的改革才可能进行,而在进行着社会的改革的当中,一部分人类已经改变了他们自己。而且我是那样谦逊,或者说那样怯懦,我没有想到我应该把我所感到的大声叫出来:"这个世界不对!"更没有想到我的声音也可以成为力量。

但我终于从幼稚走向成熟。我丧失了我的充满着寂寞的欢欣的小天地。我的翅膀断折。我从空中坠落到地上。我晚上的梦也变了颜色:从前,一片发着柔和的光辉的白色的花,一道从青草间流着的溪水,或者一个穿着燕子的羽毛一样颜色的衣衫的少女;而现在,一座空洞的屋子,一个愁人的雨天,或者一条长长的灰色的路,我走得非常疲乏而又仍得走着的路。

我曾经把我的这个改变比作印度王子的出游。在这两个时期的中间,我的确有过一次旅行。然而现在想来,并不是从那次旅行我才看见了人间的不幸,因为它并没有使我遭遇到什么特殊的事件,还是从小以来的生活经验的堆积使我在这时达到了一个突变。我到底不是一个思想家，我十几年的经历，感受，似乎还比不上人家一天的出游。现实的荆棘从来就不断地刺伤着我，不过因为是比较轻微的刺伤，我这个年幼的堂·吉诃德才能够昂着头走了一些日子。而且在北平的那几年，我接触的现实是那样狭小，一个小职员的家庭，一个被弃的少妇，一些迷失了的知识分子。而更深入地走到我生活里来的不过是带着不幸的阴影，带着眼泪的爱情。我不夸大，也不减轻这第一次爱情给我思想上的影响。爱情，这响着温柔的，幸福的声音的，在现实里并不完全美好。对于一个小小的幻想家，它更几乎是一阵猛烈的摇撼，一阵打击。我像一只受了伤的兽，哭泣着而且带着愤怒，因为我想不出它有着什么意义（直到后来我把人间的不幸的根源找了出来，我才知道在不合理的社会里难于有圆满的爱情）。然而在另一个意义上它的确教育了我。惟有自己遭遇过不幸的人才能够真正地同情别人的不幸，而一个知识分子，我想诚实地说了出来反而并不是可羞耻的，更要不幸降临到他身上他才知道它的沉重。在以前，虽说我感到我随时可以为别人牺牲，我至多至多只是消极地做到了不损害人，不自私自利，对于人我仍然是漠不关心的。在这以后，我才如我在别处写过的，"对于人间的快乐和幸福我很能够以背相向，对于人间的苦痛和不幸我的骄傲只有低下头来化作眼泪。"我的偏爱的读物也从象征主义的诗歌，柔和的法兰西风的小说换成了杜斯退益夫斯基的受难的灵魂们的呻吟。虽说我自己写的东西仍然远离现实，像霍普特曼的《寂寞的人们》中的那个失掉了丈夫的爱情的妻子，一边痛苦到用针尖刺着她自己的手指都不能感到疼痛，一边还对她的婆婆谈说她的幼年的梦想，又像那个为着同情那当妻子的人的痛苦而决定放弃爱情的女客人，在黄昏里，对她将要别离的爱人，在钢琴上弹着悲哀的小曲。

　　我到天津的一个中学里去教书。在那教员宿舍里，生活比在大学寄宿舍里还要阴暗。那里充满了愤懑而又软弱无力的牢骚，大家都不满于那种工厂式的管理和剥削，然而又只能止于不满。我开始感到生活的可怕：它有时候会把人压得发狂。一个独身者在吃饭的时候对我叹息说："我们太圣洁了，将来进不了天国的。"他本来可以到旁的地方去做事情，但他又不愿离开这个都市和它所有着的电影院，溜冰场，网球场和抽水马桶。因为一个同事病了，一个比较起来还算很强壮的人竟歇斯底里地哭了起来。当他早晨看见阔人们的子弟坐着汽车来上学，他总是对我说："他们一定觉得我们还不如他们家里的汽车夫！"或者，"我们有一天会被他们的汽车压死的！"他是我在那种环境里的惟一的朋友，惟一互相影响又互相鼓励的人。在黄昏中，看着远远的烟囱，看着放工回来的小女工沿着那从都市的中心流出来的污秽的河水的旁边走了过来，我们开始谈说着资本主义的罪恶。在我的班上，一个买办的儿子白天听我讲授着白话文，而晚上回到家里，又从他的家庭教师读古老的经书。我对我的工作和生活渐渐地感到了羞耻。我仿佛看见了我将被毁坏。而在这时候，学生运动起来了。它更使我们处于一个非常难堪的尴尬的地位，在学生和学校的中间，我们是可怜的没有立场的第三者。当"五·二八"那天，游行的队伍一阵暴风雨似地冲到了我们的宿舍外边的操场上，欢迎着我们学校的学生们参加，热烈地开着会，呼着口号，那像一堆突然燃烧了起来的红色的火，照亮了我生活的阴暗，然而我却只能远远地从寒冷的角落望着它，因为虽然我和他们同样年轻，同样热情，我已经不是一个学生而是一个被雇用者。

我总是带着感谢记起山东半岛上的一个小县。在那里我的反抗思想才像果子一样成熟，我才清楚地想到一个诚实的人除了自杀便只有放弃他的孤独和冷漠，走向人群，走向斗争。我才肯定地想到人间的不幸多半是人的手制造出来的，因此可能而且应该用人的手去毁掉。在那个有着"模范县"的称号的地方，农民是那样穷苦，几乎要缴纳土地的收入的一半于捐税。那些在农村里生长起来的青年，那些在他们的前面只有小学教师的位置，每月十二块钱的薪水和无望的生活等待着的师范学生，经常吃着小米，四等黑面，番薯，却对于知识那样热心，像一些新的兵士研究着各种武器的性格和使用方法。而且他们那样关心着政治，有几个因为到邻县去作救亡的宣传而被逮捕。和他们在一起，我感到了我并不是孤独的。我和他们一样充满了信心和希望，我的情感粗了起来，也就是强壮了起来。当我看见了一些丧失了土地的农民带着一束农具从邻县赶来做收获时的零工，清早站在人的市场一样的田野里等待着雇主，晚上为着省一点宿店的钱而睡在我们学校门前的石桥上，又到青岛去看见一排一排的别墅在冬天里空着，锁着，我非常明显地感到了这个对比所代表着的意义。我把我这点感触写了一首短诗，我写着："从此我要叽叽喳喳发议论"，就是说从此我要以我所能运用的文字为武器去斗争，如列蒙托夫的诗句所说的，让我的歌唱变成鞭笞。

抗战来了。对于我它来得正是时候，因为我不复是一个脸色苍白的梦想者，也不复是一个怯懦的人，我已经像一个成人一样有了责任感，我相信我在任何地方都可以做一些事情。我回到四川。我发现我的家乡仍然那样落后，这十分需要着启蒙的工作。在我教着书的一个县里的学校里，教员们几乎成天打着麻将。当上海失陷，南京失陷的消息出现在报纸上，他们也显得不安而且叹息，但仍然关心他们的职业和薪金更甚于关心抗战。那个五十多岁的半聋的校长，一个从前在日本学工程的，在教员休息室里公开地说中国打不赢日本。但是，他接着补救几句，中国还是不会亡。他说从历史上看来，中国没有灭亡过。当大家问他元代和清代算不算异民族统治，他才装作没有听见，停止了他的政论。而且我不喜欢我班上的许多学生那样安静，那样老成。他们对于学校是有着许多意见的，然而他们却很少正面地提出来。我甚至于有一次对快要毕业的那一班说："我看你们比我还世故。"我希望他们多管一些事情，首先从学校里管起。我并不是单责备他们，我没有忘记文化的落后，军阀官僚的统治，革命的低潮，职业和生活对于知识分子的威胁都帮助了某一部分人所施行的训练，那种使年轻人丧失了理想，热情和勇敢的训练。我只是希望能够见到一种蓬勃的气象，一种活跃。后来一件小事情使我感到我需要离开那个环境，我到底不是一个坚苦卓绝的战斗者。我自己还需要伙伴，需要鼓舞和抚慰。一个比较热情的学生写了一篇文章，慨叹着县里的人对于抗战漠不关心，学校里的一位主任劝他不要发表，并且说："你责备别人，应该先从自己做起。"他真的就请假回乡下去作宣传工作，而且不久以后，带着一笔募捐来的钱回到了学校，这时候那个主任对我说到他，就只轻轻的一句："我看他有点神经病。"

我到了成都，我想在大一点的地方或者我可能多做一点事情。我教着书，写着杂文，而且做一个小刊物的发行人。我和一个朋友每期上印刷所去校对；我几十份几十份地把它寄发到外县去，送到许多书店里去；我月底自己带着折子到处去算账。我的文章抨击到浓厚的读经空气，歧视妇女和虐待儿童的封建思想的残余，暗暗地进行着的麻醉年轻人的脑子的工作，知识分子的向上爬的人生观……但当我的笔碰触到那个在北平参加"更生文化座谈会"的周作人，却引起了一些人的不满。一个到希腊去考过古的人，他老早就劝我不要写杂文，还是写"正经的创作"，而且因为我不接受，他后来便嘲笑我将成为一个青年运动家，社会运动家，在这时竟根据我那篇文章断言我一定要短命。我所接近的那些人，连朋友在内，几乎就没有一个赞同我的，不是说我刻薄，就是火气过重。这使我感到异常寂寞，我写了《成都，让我把你摇醒》。像鼓励自己似的，我说：

我像盲人的眼睛终于睁开，
从黑暗的深处看见光明，
那巨大的光明呵，向我走来，
向我的国家走来……

这时，一个在旁的地方的朋友，一个从前喜欢周作人的作品的人，却在一篇文章里取消了他对他的好感和敬意，说他愿意把刊物上的那和汉奸、日本人坐在一起的周作人的像擦掉，而且当他提到了我的时候，他说我不应该再称呼自己为一个个人主义者（一直到这时候我还间或又喜欢称呼自己为一个个人主义者，罗曼·罗兰所辩护过的那种个人主义者），因为我是有着我的伙伴的，不过在另外一个地方。

是的，我应该到另外一个地方去，我应该到前线去。即使我不能拿起武器和兵士们站在一起射击敌人，我也应该去和他们生活在一起，而且把他们的故事写出来,这样可以减少一点我自己的惭愧,同时也可以使后方过着舒服的生活的先生们思索一下,看他们会不会笑那些随时准备牺牲生命的兵士们也是头脑晕眩或者火气过重。

我来到了延安。

我是想经过它到华北战场去。我还不知道我自己需要从它受教育。我那时是那样狂妄,当我坐着川陕公路上的汽车向这个年轻人的圣城进发,我竟想到了倍纳德·萧离开苏维埃联邦时的一句话:"请你们容许我仍然保留批评的自由。"但到了这里,我却充满了感动,充满了印象。我想到应该接受批评的是我自己而不是这个进行着艰苦的伟大的改革的地方。我举起我的手致敬。我写了《我歌唱延安》。

现在,从华北战场回来后,我已经在这里住了十个月。在这里,因为生活里充满了光明和快乐,时间像一支柔和的歌曲一样过逝得容易而又迅速,而且我现在以我的工作来歌唱它,以我生活在这里来作为对于它的辩护,而不仅仅以文字。在这里,当我带着热情和梦想谈说着人类和未来,再也不会有人暗暗地嘲笑。在这里,我这个思想迟钝而且情感脆弱的人从环境,从人,从工作学习了许多许多,有了从来不曾有过的迅速的进步,完全告别了我过去的那种不健康,不快乐的思想,而且像一个小齿轮在一个巨大的机械里和其他无数的齿轮一样快活地规律地旋转着,旋转着。我已经消失在它们里面。

一九四〇年五月八日。

论 快 乐

一

"我们生活在延安的人是快乐的。"

当我这样说时,一个同志提出了修正:"我们生活在延安的人应该是快乐的。"

我们是不是还有着不快乐的同志呢?还是有的。一个写小说的同志,一个快要到了中年的同志,有一天下午和我从抗大那个区域经过。看见许多人在活动着,像一群金色的蜜蜂那样生活得辛勤而且和谐,他叹息着对我说,"看见他们那样的快活我真难过,我想,为什么我不能像他们一样快活呢?"

但这显然也带着延安的特点:他在为他的不快活而不快活。

他常常向我诉说过去的生活对于他的压榨。当他诉说时,他仿佛在这样逼问我:"你看见过那善良的,灰色的,瘦瘦的驴子吗?你看见过那有时因为驮载得过重,走的道路过长而突然跪了下来的驴子吗?"然而,也许由于我自己的船总是航行在平静的河流里面吧,我并不完全同情他。我在想,我们到底并不是驴子而是人。而且世界上有着因为生活的压榨而变得脆弱,狭隘,绝望的人,也有着因之反而更强壮,更阔大,更勇敢的人。只是有一次,我却完全为他所感动了,当他站在我的窑洞的门外,站在暮色里,像一个旧俄罗斯的小说里的人物那样谈说着他的家庭的零落,谈说着他的抽鸦片的哥哥成天躺在床上,他的侄儿们在完全没有教育中长大了,快要被毁坏,他感到对他们有责任而又无力帮助。"我要想法把他们带到这里来,就是来当小鬼也好!"他的声音并不高,但我听着就像他在尖锐地叫喊一样。

每一个人恐怕都有他个人的问题,个人的苦痛。从前在外面,当我和一个朋友谈着这点见解,他用他家乡的一句谚语来结束:"家家有一本难念的经。"在这里,我有一次轻率地猜想一个很年轻的同志大概是很快乐的,他写信来辩白,说了一句很动人的话,就像是那些常常被人引用的有名的话,"每个人都有他的故事,而且多半是忧伤的。"

然而,我们生活在延安。我们的生活里有了一个很重要的支柱。我们知道我们活着是为了什么。正因为我们认识了个人的幸福的位置,我们才更理解它的意义,也更容易获得它。在明澈的理智之下,我们个人的问题和苦痛在开始消失,如同晨光中的露水,而过去的生活留给我们的阴影也在开始被忘记,如同昨夜的梦。

二

涅克拉索夫有一篇长诗叫《在俄罗斯,谁是快乐而自由的》,虽说我还没有读到这篇诗,我曾经很喜欢这个题目,而且猜想它是一篇好诗。我猜想在一种充满着哀愁的柔和的阴影里面,有着各种不幸的可爱的人物从那诗里走过,而且在暗暗地,一致地说着沙皇制度是最黑暗的制度。

旧俄罗斯的作者们总是很吸引我们。不管有的是鞭打,有的是控诉,有的是伸出抚爱的手,有的软弱到带着叹息和眼泪,他们都是真实地写出了当时的人,也就是真实地写出了当时的社会。因为人总是一定的社会制度之下的人。诗人涅克拉索夫还并不是那种有力的作者。最残酷地写出了当时的社会阴暗和当时的人的灵魂的阴暗的是杜斯退益夫斯基。我曾经很喜欢过他。那时我住在一个岩穴一样的都市里的小屋子里，窗子挂着芦苇帘子，不让夏季的阳光进来。我的心里也几乎看不见一点光明。我在这样一种双重的阴影之下读着他的作品。我能够从他那种沉重的压得人不能够呼吸的不快乐中感到一种奇异的快乐，一种被虐待或者虐待人的快乐，一种被虐待后又马上得到热烈的拥抱和爱抚或者虐待人后又马上投到他脚边去哭泣的快乐。然而那不过是一种强烈的酒所能给与的兴奋。当我从书本里回到现实的生活，我总是更加忧郁，更加阴沉。

在延安，有一个晚上我读了他的《赌徒》。我发现我已经不喜欢他了。我异常明确地感到人间并不像他所写的那样可怕，而人的灵魂也并不那样黑暗。由于读了它，我更爱白天和阳光，更爱我所生活着的地方和我的工作。我更快活起来了。我再也不想去重读他那些厚厚的小说。

《从苏联回来》的作者纪德却不理解这点道理。在他那本出名的坏书里面，他很惊讶在今日的苏联，在他所旅行着的苏联，杜斯退益夫斯基已经没有了多少读者。他甚至于怀疑这并不是由于人民自己的选择，而是政府在加以某种禁止和限制。他不知道在今日的中国，在还正经历着分娩的痛苦的中国，杜斯退益夫斯基已经和我们隔得相当遥远了。

三

在一次谈"文艺工作者的人生观，世界观"的座谈会上，当大家谈论到人的问题就是社会的问题，一个同志发言了：

"你们说的只是人的一方面，社会的人，还有人的另一方面，生活的人呢？"

大家都笑了。

我了解他的意思。他在想着人的问题和苦痛除了由于社会来的而外，还有由于人本身来的。

他不知道把人孤立起来看，离开了社会来看，所谓生物的人可以说并没有什么可以非议的地方。饥饿，畏惧寒冷，自然的衰老和死亡，性的要求，生育，从科学的观点说来，它们本身都是合理的。由于社会制度的不合理，它们才成为了问题。一个空想家可以去想象一种童话里的人类，不吃东西，不睡觉，在空气中飞行，或者像植物一样传延种族，然而我们不需要这种空想。我们还是就自然界和人类本身的最大的可能性来改造我们的世界，我们的生活和我们自己吧！

我并不想在这里来谈论空想。我只要说明对于人的问题和苦痛的来源的认识是一个最基本的认识。真理是很简单的。不过在没有找到它以前，我们可能老在它的旁边绕着圈子，像迷失在一个很复杂的迷津里面。许多过去的作者都经历了，看见了人间的不幸，而且写了出来，然而他们没有找到那来源和解决方法，没有找到那把最后的钥匙，因此多半停滞在一种悲观的思想上。我们，感谢我们这时代吧，找寻我们的道路并不太困难。已经有着无数的人在为真理而燃烧着，使它的光辉升得很高，照得很远。投身在它的光辉里面，我们的心里也就慢慢地充满了光明。

四

为什么我要提出乐观的重要呢？为什么我要做一个快乐的说教者呢？

如个别的人一样，整个人类也负担着"他"的过去的生活的重压。那悲伤的，沉郁的，绝望的旧世纪。那迷失中的叫喊和病痛中的呻吟。那黑夜。为着更勇敢地去迎接曙光，去开始新的一日的工作，我们所唱的歌应该是快活的，响亮的，阳光一样明朗的调子。

这是很不同于无知的快乐和幼稚的欢欣的。这是由于充满了信心和希望，而且从残酷，艰辛和黑暗当中清楚地看见了美好的未来。

高尔基说列宁是那种明察的，有大智慧的，而且大智慧中有大悲苦的人。然而列宁有着那种由衷的笑，大声的笑，单纯的笑，健康的笑。一个没有大的快乐的人是不会有那种笑的。那种笑声现在变成了一个巨大的国土里面的人民们的歌声："我们没有见过别的国家可以这样自由呼吸"或者"我们生来要把童话变成现实"。

而我们，现在还需要艰苦地而又快活地工作。艰苦地，而又快活地，这两者并不冲突。因为工作将带给我们以美好的未来，而在工作着的现在，它本身也给与着快乐。有名的颓废派波德莱尔，一边抽着鸦片，说着模糊的象征的语言，也一边宣言惟有工作才能够消除时间加于他的一种可怕的空洞之感的压迫。契诃夫的戏剧里的人物在自杀的枪声未响以前，也常常无力地说着工作。然而那是无可奈何的，无目的的，孤独的工作。因此也就是不快活的。我们的工作带着积极的意义，知道为了什么，而且有着众多的人参加着，那就完全是另外一种性质了。

饥　饿

一

我和一个朋友到少城公园去练习骑自行车。在那种太阳还没有出来的夏天的早晨，街道静静的，两旁的商店都还上着铺板，像在睡早觉。当我们进了公园的门，走到那个大的运动场去，已经有人在骑着车兜圈子了，然而我们却找不到那每天早晨租车子给我们，包我们学会的人。我们去早了一点。

我们到附近的一家茶馆里去，要了两碗不放茶叶的白开水。成都是一个奇怪的地方，这样早就有人坐在茶馆里了。这家茶馆还附设一个射箭场。平常往那旁边过，我总是看见有穿着道地的中式服装的男子或者打扮得像姨太太的女子站在那里拉着弓，让长长的箭飞到那有红色靶子的木板上去。我总是直觉地讨厌这类地方，这类人。现在还好，那场子上是寂静的。我们坐在一个小而矮的茶几的两旁，揭开了那平常挡茶叶的碗盖，喝着水。

一个卖糖糕的小贩从我们的茶座前走过。我叫他停了下来。我记起我们应该吃一点早点了。这种用大米面蒸的糖糕，白色的，圆圆的，而且蒸得顶上裂开了的，在我县城里的小贩们的口中被喊作"白糖碗糕"。当他们用一种清脆的甜的叫卖声喊着从街上跑过，那曾经是怎样诱惑过那时的小孩子的我呵。而现在我却淡然地看着他用筷子把它们从洋铁桶里夹出，一个一个地送到我们桌上的仰翻着的碗盖里。

在这中间，一个糖糕掉了一小块到地上去了。使我很惊讶的是刚好有一个小女孩子走过，她突然弯下腰去，从地上把它拾起来放进嘴里，又很快地走过去了。

她瘦瘦的，不过十岁左右那样，穿着一件洗得很旧，然而相当清洁的浅蓝色的布衣服，左手提着一个旧得颜色发黑的空空的竹篮子。她走得那样快，而且没有回头望我们，仿佛羞涩于做了这样一件事情。那一小块白色的糖糕是很小很小的，比一颗米饭都大不了多少。

我仿佛第一次看见了饥饿，它以这样一个可爱的小女孩子的形象出现，反而更使我感到颤栗。但是我又像看见了一个庄严的景象。我沉默着，什么也没有想，什么也没有对我那个朋友说，虽然在平常我们是很喜欢为一些无论大或小的问题争吵的。

和平的城，有着和平的居民的城呵，在这早晨的静寂的白色的光辉中你睡得很好，你不知道我已经窥见了你的一个可怕的秘密。

二

又是少城公园附近。我和一个朋友坐在一家饭馆的楼下的散座间吃午饭。在成都的那些小饭馆里吃饭，夏天总是有那种流浪在街头的小孩子，穿着褴褛的衣服，拿着一把破蒲扇，突然跑进来站在你背后，用力给你打起扇来。第一次碰到这样的事情我是感到非常难堪的。我拒绝了他们，然而那一顿饭还是吃得非常苦，总是感到他们的饥饿的眼睛盯在我的背上，而我吃着东西就像是做着什么不可饶恕的坏事情一样。过久了一点，我也就习惯于用一两句话拒绝，或者给一点钱，要他们走开，而且那种难堪的感觉也跟着就过去,能够欣赏菜的味道,吃得饱饱的了。人有时候就是这样的。

　　这一次我们开头又是这样地遣开了那些野孩子。但在吃完了饭以后,我们从桌子的旁边站起来,准备付钱,有三个那种小孩子突然跑来,猛烈地扑到我们的桌子前。我以为他们是为了争抢。但当他们没有遭遇阻拦地得到了他们所要的东西,他们都马上安静了下来,由一个岁数大一点的把小洋铁桶里的剩饭倒在那些有残菜的盘子里,用筷子拌了一会儿,然后分成平均的三份,大家开始吃起来。

　　"你们是弟兄吗?"我问他们。

　　"不是,"那个我估计是哥哥的孩子回答。

　　我站着不走了。我想多知道一点他们的事情。我又问:

　　"你家里是做什么的?"

　　"我爸爸拉车子。"

　　"他不管你吃饭吗?"

　　"他自己都还不够吃呢。"

　　很快地我想起了有一次我坐着人力车到哪里去,那个车夫在经过一家什么店铺的时候突然把车子放下来,跑进去过了一会儿,然后出来再拉我走。我问他买什么,他说他的大烟瘾发了,去吞了几颗烟泡。我想起了这个诚实的中年人,仿佛他就是这些孩子的父亲。

　　我温和地看着他们吃完这顿可怜的午餐,使他们一直没有受到堂倌的打扰。当我走出那家饭馆的门,我的心里像被什么堵塞着,又是一句话也没有说。假若说那满满地堵塞着我的心的是一种还没有变成眼泪的哭泣,那就不仅仅是悲悯着人间竟像是一座地狱,而更重要的是仿佛从那种卑微的不幸当中我得到了安慰,因为我看见了饥饿是怎样把人们联合起来,像亲爱的兄弟们一样。

三

在一个大学的教员宿舍里,大家闲谈着。一个到英国去过的人谈着伦敦的剧院,谈着莎士比亚的《李尔王》在舞台上出现的时候的那种人工的暴风雨。一个刚来到成都的穿着闪闪发光的绸衣的人突然问我们到某条街去过没有,我说没有,而且不知道那条街为什么那样重要。他似乎很惊讶我在成都住了半年连这一条街都不知道。他告诉我那是一条住着最下等的妓女的街,他已经去看过了,而且劝我们似地说,"应该去看看。"而且再加上一句,"我是天堂的生活也要去看看,地狱的生活也要去看看。"

我突然记起了上面的那两个小事件。我仿佛在想,要控诉人类的社会的不合理还不容易吗?还要到处去找证据吗?而且我不满意于他只是什么也要去看看。

我没有把这些说出来。只是从此我就不喜欢那种穿着光亮的而且发出响声的丝织品的衣服的人,不喜欢那些心安理得地讲克罗采或者教希腊文的教授们,而且不满意我的有些在文学上讲究风格和趣味,而上馆子吃东西也老是选择又选择,觉得这样不好吃那样也不好吃的朋友。我知道他们不应该太受责备,然而我那时是那样过激,就像一个人发现了自己的弱点往往责备得过于苛刻那样地,我写着:"与其做那样的人我还不如去当洗衣匠,因为洗衣匠能够把脏的衣服洗得雪白,而这些人却会把纯洁的东西弄污秽。"

四

完全是另外的时候，另外的地方，另外的人。

在通过敌人的封锁线平汉路之前，我随着一支军队停顿在一个小村子里。我和一个在文学事业上是朋友，在革命事业上是同志的人住在一起。这个下午我们到附近的一个镇子上去了回来，他一定要我们绕道经过旁边那一片白杨树林而不走那条直的大车路，他说他很想到那林子里去走一走。

但当我们穿进了那些落尽了叶子，向明净的冬天的天空直直地伸着它们的赤裸而且光滑的身体的白杨树中间，在那冻结得硬硬的，没有野草也没有路径的土地上慢慢地走着，他却又不知道是嘲讽他自己吗还是嘲讽我似地说："你不欣赏这样好的风景吗？但是，我愿意用这样的好风景去换两个烧饼。"

我对这样一个同志也间或有一些小小的不满。当他不愿意吃那种陈旧的或者甚至于带着砂的小米煮出的饭和那种用水煮的又苦又酸的干菜，而情愿饿一顿，我总是照例地一句话也不说地在他面前把它们吃下去。

那时我更喜欢另外一个青年的同志，这个在北平的"一二九"运动中挨过到他们学校去逮捕人的警察的鞭打，也跟着游行的队伍去撞过北平的城门的人，有一次叹息着对我说："中国人的平均的生活水准实在太低了，我们只应该取这样的一份。"

我是那种并没有经历过那最本质地折磨着肉体和精神的饥饿的人，因此有时对于生活的贫穷和艰苦还带着一种非无产阶级的漠视的高傲态度，不像那个同志那样朴素地暴露出他的弱点。其实他那时的愿望，想用烧饼去代替小米饭的愿望，不也就是一个值得同情的并不奢侈的愿望吗？

在前方，生活是比较苦一些，但是我恐怕仍然不能说我已经深深地尝味过了饥饿。有时过封锁线而饿一夜一天，那总是疲乏掩盖了饥饿，而且总是睡了一觉起来，部队里的小米饭就送到我们的炕上来了。我记得我们吃过的最坏的菜是那种完全用青色的葱煮的汤，最难吃的饭是那种紫色的看着颜色不错而放进嘴里去像嚼着泥土一样的高粱面蒸的窝窝头。这算得什么呢？

五

我是一个多梦的人。罗曼·罗兰说："人的精神上有这样大的对于幸福的渴望，当实际上没有可享时，那就一定要想法来创造。"当创造也不可能的时候，人有时就用梦来代替。而且我这并不是一种比喻的说法，我是指那种在黑夜的睡眠里出现的真正的梦。

梦其实也是一种生活和思想意识的反映。假若把我所有的梦分类一下，我就会发现有两类新的梦是从前所没有做过的。一种是政治性的，还有一种是饥饿性的。当我在前方骑马把一只手臂摔得脱了臼，被医生接好了而还需要放在绷带里休养的时候，我梦见了牛奶，我梦见在一个高大的，白色的，有嘴有柄的瑞典瓷罐子里盛着满满的牛奶，而且我执着柄把它倾倒到杯子里去的时候，它是浓浓的，冒着热气，上面还浮着一层薄的油皮。然而还没有开始喝它我就醒了。这一类的梦我是间或又做的。最近我又梦见我经过一间放着许多糕点的屋子，我竟至于不自禁地去拿一些来放进我的衣服的口袋里,而且接着我又仿佛坐在一个筵席上,吃着许多盘美味的菜。这样的关于饮食的梦,嘴馋的梦,是不是有人会笑呢?我想假若我的梦从那种比较特殊的,少数人才会有的梦渐渐地变得接近了大多数的中国人的梦,贫穷者的梦,饥饿者的梦,那一点也没有什么可羞耻。在我们的队伍里,也许还有着那种天使一般带着雪白的膀翅飞来的人吧,而我却总是对于那些卑微的,带着不美丽的苦难的烙印的,用粗糙的甚至于流着血的双足从不平坦的道路上一步一步走过来的人感到更亲近,更像同母所生的弟兄,虽然我和这些一边做着关于未来的黄金的梦,一边忍受着当前的最平凡的饥饿和贫穷的人共命运的时间并不太久,而在过去,我长期地感觉到的饥饿是那种另外的,比较起来不足道的,只能作为一种比喻的说法的饥饿——对于人间的爱的饥饿。

一九四一年六月十七日上午。

南行纪事

序

前年四月,随林老南下,过西安住七贤庄。为着少麻烦,我们就相戒不出门,关门读旧小说,翻旧报。好几年了,没有过过这样空闲的日子。无聊之余,就胡诌了四首打油诗。但求可读,管它平仄;顺口凑韵,不分庚青。旧形式便于记忆,至今未忘。现在默写出来,并加注释,或者从其中也还可以看见一点东西。前年出来后,去年一月又曾北上。九月,日寇投降,又南来。在这来来去去之间,当然还有许多印象和感触。若得暇,也许还可继续用这种形式纪录我那些旅途见闻,但到底哪天才能实现,则很难说了。

七月二十九日夜。

一

贵客来自陕甘宁,
街上哨兵赶行人。
哨兵又被官长赶,
破着裤裆难为情。

【注】 林老前年出来,因系受政府党之邀请,沿途可谓颇被

"优待"。洛川专员率县长迎于车站,并招待吃饭住宿。车上的人被专员招待;车上的行李书报都被检查所招待:彻夜检查,到天亮时尚不能放行,以至数次派人往催。车行至中部,中部驻军某师长等亦迎于城外,设宴洗尘。下午,至宜君境某小镇,车子停下来修理零件。这镇上也有驻军,一时甚为紧张。马上给我们站起哨来了,行人为之断绝。有过路老百姓,辄被哨兵大声喝走。哨兵在临街一平台上走来走去。时已四月中旬,天气转热,这位背着枪走来走去的哨兵犹穿棉衣棉裤。棉衣下面烂去了半截;棉裤亦破了裤裆,败絮突出。街旁木门里面,亦锁有尚未成丁之小兵,偷偷从门缝中窥视。这真弄得我们摸不清是怎么一回事。仿佛把我们当成老虎似地,真是光荣地孤立起来了。到了后来,像小说一样还发展到一个顶点,那位站在比街高一些的土台上的哨兵,突然被一个官长模样的人出来把他大声赶走了。我想,那位哨兵一定也会和我们一样莫明其妙吧。我和一个同行者私自推测,恐怕系棉军衣太破之故。

二

> 一望平原麦色青,
> 今年又是好收成。
> 路旁尚有乞食者,
> 更有采食槐花人。

【注】 到了耀县就转搭陇海路支线同咸路火车赴西安。西安当局为林老备花车一节,我们随行者也居然三人单独坐一头等车

厢。尽管车拥挤不堪，也没有人被允许到我们车厢里来坐。中部驻军还派有一参谋长护送，他带的一个勤务兵也只敢在车厢外偷偷摸着我们穿的呢制服的衣袖问："你们那边的兵都是穿这样的衣服吗？"过咸阳后，车向东开行，所谓秦川平原，完全是长得又青又高的麦地。在山地住久了，举眼就是黄土山，忽然看见这样的好平原，好庄稼，这是比看见什么好风景还动人一些。车到一小站停下来。我们到车门口去买几个包子来吃。因为包子里的豆腐馅有些发酸了，我的一个同伴就只吃包子皮，把豆腐馅从车窗里扔下。马上，车厢外边有一个卖稀饭的老太婆用一只碗伸过来接住。这种情形，我也是好几年没有看见了。陡然碰到，说不清是一种什么感触，总之有些酸鼻。车子继续开行。车窗外的风景也真美。远远的天边，山峰透过云块出现，初初一看，以为是颜色深一些的云彩。铁道两旁，全是洋槐，时正开花，香气随风可闻。这时有一现象却又引起了我的注意。车过处，沿途都有人在采集槐花。有的是老人，有的是小孩、妇女。有的是老百姓，有的是兵士。采集的方法也有多种，或爬到树上用手摘，或用一带钩竹竿把树枝勾下来摘，或就提篮拣拾地上的落花。我觉得很奇怪，但却不知道他们采集去作什么。到了西安，西安报纸上的一篇小文章才把我这个疑团解开了。那是一篇小言论，批评西安的某些市民没有公德心，居然把公园里的和马路旁边的洋槐花摘去当饭吃。它说即使饿饭，也不应该这样。

三

西安广告花样新，

何其芳散文

一身二头真奇闻。
怪事更有甚于此，
本保没有卖壮丁。

【注】 闷住七贤庄，一天就是翻西安的旧报纸，那真是从正版看到副刊，从副刊看到广告。那时《北极风情画》正在西安一家报纸上连载完了。作者还写了一篇后记之类的东西，其中有云，读者看他这本书，不过等于逛一次窑子，等等。读之亦觉可哀。仿佛从这也透露出来了这个旧世界的某些东西似的。广告也使我惊奇。有一个，是用四字韵文推销一身两头的婴儿照片的。妙在后面还痛诋有人翻版假冒，模糊失真。唉，不但有买这种照片的人，而且还有翻印这种照片抢生意的人，我真是步入了一个什么样的世界呵！翻过报纸来，还有这样一个启事：某区某乡第几保的保长申明他并没有五千块钱卖一张缓役证，什么人什么人用这攻击他都是假的云云。

四

心理教授讲座开，
劝人练习二十回。
监察专使巡各地，
发见学生砂眼来。

【注】 新闻当然也看的。但几年来看惯了延安的《解放日报》，三大版都是新闻消息，四版也是满满一面，却觉得西安的报纸看不

出个所以然来。新闻是那样少,并且都是中央社中央社,张张报一样,乏味极了。但有些不大重要的新闻却是有趣味的。一条是,当时西安的三青团请心理学教授萧孝嵘作讲演,报上发表了他的讲演纲要。最使我不能忘记者,是他着重地讲了这样一点,说根据心理学的实验,一件新的事情重复二十遍就不会忘记,因此他劝学生对什么功课都作二十遍复习或练习。还有一条是,某监察专使巡视陕西各地后在哪里作报告,其中有一项是他发现许多小学卫生讲得不好,小学生患砂眼者有百分之七八十以上。其他各项大抵也是与这差不多的事情。

扇上的烟云(《画梦录》代序)

设若少女妆台间没有镜子,
成天凝望悬在壁上的宫扇,
扇上的楼阁如水中倒影,
染着剩粉残泪如烟云……

"你说我们的听觉视觉都有很可怜的限制吗?"

"是的。一夏天,我和一患色盲的人散步在农场上,顺手摘一朵红色的花给他,他说是蓝的。"

"那么你替他悲哀?"

"我倒是替我自己。"

"那么你相信着一些神秘的东西了。"

"我倒是喜欢想象着一些辽远的东西,一些不存在的人物,和许多在人类的地图上找不出名字的国土。我说不清有多少日夜,像故事里所说的一样,对着壁上的画出神遂走入画里去了。但我的墙壁是白色的。不过那金色的门,那不知是乐园还是地狱的门,确曾为我开启过而已。"

"那么你对于人生?"

"对于人生我动心的不过是它的表现。唉,自从我乘桴浮于海,一片风涛把我送到这荒岛上,我是很久很久没有和人攀谈了。今天我却有一点说话的兴致。"

"那么你就说吧。"

"我说，我说我这些日子来喜欢一半句古人之言。于我如浮云。我喜欢它是我一句文章的好注脚：不知何时起世上的事都使我厌倦。那时我刚倾听了一位丹麦王子的独语，一个真疯，一个佯狂，古今来如此冷落的宇宙都显得十分热闹，一滴之饮遂使我大有醉意，不禁出语惊人了。但我现在要称赞的是这个比喻的纯粹的表现，与它的含义无关。有时我真慨叹着取譬之难。以此长久不能忘记一位匈牙利作者，他的一篇文章里有了两个优美的比喻：在黄昏里，在酒店的窗子下，他说，许多劳苦人低垂着头像一些折了帆折了桅杆的船停泊在静寂的港口；后来他描写一位少女，就只轻轻一句，说她的眼睛亮着像金钥匙。"

"是说它们可以开启乐园或者地狱的门吗？"

"而我有一次低垂着头在车窗边，在黄昏里，随手翻完了一册忧郁的传记，于是我抬起头，望着天边的白烟，又思索着那写过一个故事叫作《烟》的人的一生。暮色与暮年。我到哪儿去？旅途的尽头等着我的是什么？我在车厢内各种不同的乘客的脸上得着一个回答了：那些刻满了厌倦与不幸的皱纹的脸，谁要静静的多望一会儿都将哭了起来或者发狂的。但是，在那边，有一幅美丽的少女的侧面剪影。暮色作了柔和的背景了。于是我对自己说，假若没有美丽的少女，世界上是多么寂寞呵。因为从她们，我们有时可以窥见那未被诅咒之前的夏娃的面目。于是我望着天边的云彩，正如那个自言见过天使和精灵的十八世纪的神秘歌人所说，在刹那间捉住了永恒。"

"你那时到哪儿去？你这些话又胡为而来？我一点也不能追踪你思想的道路。"

"于是我很珍惜着我的梦。并且想把它们细细的描画出来。"

"是一些什么梦?"

"首先我想描画在一个圆窗上。每当清晨良夜,我常打那下面经过,虽没有窥见人影,却听见过白色的花一样的叹息从那里面飘坠下来。但正在我踌躇之间,那个窗子消隐了。我再寻不着了。后来大概是一枝梦中彩笔,写出一行字给我看:分明一夜文君梦,只有青团扇子知。醒来不胜悲哀,仿佛真有过一段什么故事似的,我从此喜欢在荒凉的地方徘徊了。一夏天,当柔和的夜在街上移动时我走入了一座墓园。猛抬头,原来是一个明月夜,《齐谐》志怪之书里最常出现的境界。我坐在白石上,我的影子像一个黑色的猫。我忍不住伸手去摸它一摸,唉,我还以为是一个苦吟的女鬼遗下的一圈腰带呢,谁知拾起来乃是一把团扇。于是我带回去珍藏着,当我有工作的兴致时就取出来描画我的梦在那上面。"

"现在那扇子呢?"

"当我厌倦了我的乡土到这海上来遨游时,哪还记得把它带在我的身边呢?"

"那么一定遗留在你所从来的那个国土里了。"

"也不一定。"

"那么我将尽我一生之力,飘流到许多大陆上去找它。"

"只怕你找着时那扇上的影子早已十分朦胧了。"

一九三六年二月二十二日夜半。

《燕泥集》后话

去年《大公报》文艺副刊要我写一点对于新诗的意见或者我自己的经验，我觉得是一个很难做的题目。若是非做不可，我的能力也仅能旁敲侧击一下而已。于是我准备写一篇《无弦琴》，准备开头便说那位不为五斗米折腰的古人，说他的墙壁上挂有一张无弦琴，每当春秋佳日，兴会所至，辄取下来抚弄一番。我的意思是说我间或也有一点抚弄之意。但这篇文章终于没有写成，这个事实足以证明渐渐地我那一点抚弄之意也终于消失了。

现在一本小书放在我面前：《汉园集》。翻开：《燕泥集》。

《燕泥集》？这难道是我自己那些情感的灰烬的墓碑吗，这样精致的一个名字又这样生疏？今年春天，之琳来信说我们那本小书①不久可以印出，应该在各人的那一部分上题一个名字。我老早便拟有一个名字，但为了某种缘故不能用。之琳乃借我以《燕泥集》三字。我当即回信说，这个名字我很喜爱，因为它使我记起了孩提时的一种欢欣，而且我现在仿佛就是一只燕子，我说不清我飞翔的方向，但早已忘却了我昔日苦心经营的残留在空梁上的泥巢。是的，我早已忘却了，一直到现在放它在我面前让我凄凉地凭吊着过去的自己，让我重又咀嚼着那些过去的情感，那些忧郁的黄昏和那些夜晚，我独自踯躅在蓝色的天空下，仿佛拾得了一些温柔的白色小花朵，带回去便是一篇诗。但这样的夜晚只和集中的第一辑有

---

① 指《汉园集》。我在大学生时代写的诗，曾选了一部分和卞之琳、李广田的诗一起编为《汉园集》。

关系。对于第一辑中那些短短的歌吟我有一点偏爱——我说偏爱，因为我现在几乎是一个陌生人，我不敢自信我的谛视。然而我从他人的评语里找到了一个字眼，一个理由，快乐。读着那些诗行我感到一种寂寞的快乐，在我的记忆里展开了一个寒冷地方的热带，一个北方的夏夜，使我毫不迟疑地认识我自己，如另外一篇未收入集中的《夏夜》所描写：

> 说呵，是什么哀怨，什么寒冷摇撼
> 你的心，如林叶颤抖于月光的摩抚，
> 摇坠了你眼里纯洁的珍珠，悲伤的露？
> ——是的，我哭了，因为今夜这样美丽。
> 你的声音柔美如天使雪白之手臂
> 触着每秒光阴都成了黄金……

我是一个留连光景的人，我喜欢以我自己的说法来解释那位十八世纪的神秘歌人的名句，在刹那里握住了永恒。第二辑中则是一些不寐的夜晚里的长叹和辗转反侧。一阵远远的铁轨的震动，一声凄厉的汽笛，或者惨白的黎明里一匹驴子的呜咽。阴影那样沉重。又没有一种绝望的静寂。这变徵之音无法继续，我乃寻找着我失掉了的金钥匙，可以开启梦幻的门，让我带着岁月、烦忧和尘土回到那充满了绿荫的园子里去。我乃找到了一片荒凉。我乃发觉我连一张无弦琴也没有，渐渐地我那抚弄之意也终于消失。

甚至现在我谛视着我昔日苦心经营的泥巢，感到一种陌生人的惊讶。

我是芦苇，不知是一阵何等奇异的风鼓动着我，竟发出了声音。风过去了我便沉默。

而且我知道分行的抒写是一种冒险。一篇完美的诗是一个奇迹。我们要用文字制作一个肌肉丰满的形体，其困难正如雕刻师企图在冥顽地抵抗着斧斤的大理石身上表现他的思想和情感。当我们年轻时候，我们心灵的眼睛向着天空，向着爱情，向着人间或者梦中的美完全张开地注视，我们仿佛拾得了一些温柔的白色小花朵，一些珍珠，一些不假人工的宝石。但这算得什么呢，真正的艺术家的条件在于能够自觉地创造。所以不但对于我们同时代的伴侣，就是翻开那些经过了长长的时间的啮损还是盛名未替的古人的著作，我们也会悲哀地喊道：他们写了多少坏诗！艺术是无情的，它要求的挑选的不仅是忠贞。在这中间一定有许多悲剧，一定有许多人像具有征服世界的野心的英雄终于失败了，终于孤独地死在圣赫勒拿岛上。

我并不是在这里作不祥的暗示。对于未来我并不绝望。但我实在有一点悲伤我自己的贫乏，而且当我倾听时，让我诚实地说出来吧，他人的声音也是那么微茫，那么萎靡。

一九三六年六月八日为《新诗》创刊号作，时在天津

1963年，摄于北京

梦中道路

> 从此始感到成人的寂寞，
> 更喜欢梦中道路的迷离。

　　《燕泥集》中有一篇以这样两行收尾的短诗。那仿佛是我的情感的界石，从它我带着零落的盛夏的记忆走入了一个荒凉的季节。那诗篇里的意象的构成基于一次悲伤的经验。那年我回到我的生长地去，像探访一个旧日的友人似地独自走进了我童年的王国，一个柏树林子。在那枝叶覆荫之下有着青草地，有着庄严的坟墓，白色的山羊，草虫的鸣声和翅膀，有着我孩提时的足迹、欢笑和恐惧——那时我独自走进那林子的深处便感到恐惧，一种对于阔大的神秘感觉；但现在，那些巨人似的古木谦逊地低下了头，那压在我幼小的心灵上的影子烟雾一样消散了，"在我带异乡尘土的足下"这昔日的王国"可悲泣的小"。我痴立了一会儿。我叹息我丧失了许多可珍贵的东西。一直到我重又回到这个沙漠地方来，我才觉得我像印度王子出游，多领悟了一些人生；或者像食了智慧之果而被沦谪的亚当，我失掉了我的伊甸但并不追悔。从此我不复是一个望着天上的星星做梦的人。

　　我曾有过一段多么热心写诗的时间，虽说多么短促，我倾听着一些飘忽的心灵的语言。我捕捉着一些在刹那间闪出金光的意象。我最大的快乐或酸辛在于一个崭新的文字建筑的完成或失败。这种寂寞中的工作竟成了我的癖好，我不追问是一阵什么风吹着我，在我的空虚里鼓弄出似乎悦耳的声音，我也不反省是何等偶然的遭遇使我开始了抒情的写作。

我们幼时喜欢收藏许多小小的玩具，一个古铜钱，一枚贝壳，一串从旧宫灯上掉下来的珠子，等到我们长大了则更愿意在自己的庭园里亲自用手栽植一些珍异的芬芳的花草。

书籍，我亲密的朋友，它第一次走进我的玩具中间是以故事的形式。渐渐地在那些情节和人物之外我能欣赏文字本身的优美了。我能读许多另外的书了。我惊讶，玩味，而且沉迷于文字的彩色，图案，典故的组织，含意的幽深和丰富。在一座小楼上，在簌簌的松涛声里，在静静的长昼或者在灯光前，我自己翻读着破旧的大木箱里的书籍，像寻找着适合口味的食物。

一个新环境的变换使我忘记了我那些寂寞的家居中的伴侣。我过了一年半的放纵的学校生活。直到一个波浪把我送到异乡的荒城中，我才重获得了我的平静，过分早熟地甘心让自己关闭在孤独里。我不向那些十五六岁的同辈孩子展开我的友谊和欢乐和悲哀，却重又读着许多许多书，读得我的脸变成苍白。这时我才算接触到新文学。我常常独自走到颓圮的城堞上去听着流向黄昏的忧郁的江涛，或者深夜坐在小屋子里听着檐间的残滴，然后在一本秘藏的小手册上以早期流行的形式写下我那些幼稚的感情，零碎的思想。

之后我在一个荒凉的海滨住了一年。阔大的天空与新鲜的气息并没有给我什么益处。我像一棵托根在硗薄地方的树子，没有阳光，没有雨露，而我小小的骄傲的枝叶反阻碍了自己的生长。

衰落的北方的旧都成为我的第二乡土，在那寒冷的气候和沙漠似的干涸里我却坚忍地长起来了，开了憔悴的花朵。假若这数载光阴过度在别的地方我不知我会结出何种果实。但那无云的蓝天，那鸽笛，那在夕阳里闪耀着凋残的华丽的宫阙确曾使我做过很多的梦。

> *Oh dream how sweet, too sweet, too bittersweet,*
> *Whose wakening should hove heen in paradise……*①

我那时温柔而多感地读着克利斯丁娜·乔治娜·罗塞谛和阿尔弗烈·丁尼生的诗。一种悠扬的俚俗的音乐回荡在我心里。我曾在一日夜间以百余行写出一个流利的平庸的故事，博得一位朋友称许它的音节，又一位朋友从辽远的南方致我以过分的赞赏。那种未成格调的歌继续了半年。那些脆薄的早落的黄叶只能在炉火里发出一次光亮。直到一个夏天，一个郁热的多雨的季节带着一阵奇异的风抚摩我，摇撼我，摧折我，最后给我留下一片又凄清又艳丽的秋光，我才像一块经过了磨琢的璞玉发出自己的光辉，在我自己的心灵里听到了自然流露的真纯的音籁。阴影一样压在我身上的那些十九世纪的浮夸的情感变为宁静，透明了，我仿佛呼吸着一种新的空气流。一种新的柔和，新的美丽。当清晨，当星夜，我独自凭倚在长长的白石桥上，踯躅在槐荫下，或者瞑坐幽暗的小窗前，常有一些微妙的感觉突然浮起又隐去。我又开始推敲吟哦了。这才算是我的真正的开始。然而我没有天赋的匠心和

---

① 这是英国十九世纪女诗人克利斯丁娜·乔治娜·罗塞谛（Christina Georgina Rossetti）的两行诗，意思是："呵，梦是多么甜蜜，太甜蜜，太带有苦味的甜蜜，它的醒来应该是在乐园里……"

忍耐，从这开始便清楚我许多小小建筑的倾斜，坍倒，不值一顾。我自知是一道源头枯窘的溪水，不会有什么壮观的波澜，而且随时都可干涸。我仅仅希望制作一些娱悦自己的玩具。这时我读着晚唐五代时期的那些精致的冶艳的诗词，蛊惑于那种憔悴的红颜上的妩媚，又在几位班纳斯派以后的法兰西诗人的篇什中找到了一种同样的迷醉。

《燕泥集》中的第一辑便是这期间内制作的残留。原有的篇什在这三倍以上。这一段短促的日子我颇珍惜，因为我做了许多好梦。

此后我便越过了一个界石，从它带着零落的盛夏的记忆走入荒凉的季节里。

当我从一次出游回到这北方大城，天空在我眼里变了颜色，它再不能引起我想象一些辽远的温柔的东西。我垂下了翅膀。我发出一些"绝望的姿势，绝望的叫喊"。我读着一些现代英美诗人的诗。我听着啄木鸟的声音，听着更柝，而当我徘徊在那重门锁闭的废宫外，我更仿佛听见了低咽的哭泣，我不知发自那些被禁锢的幽灵还是发自我的心里。

在这阴暗的一年里我另外雕琢出一些短短的散文，我觉得那种不分行的抒写更适宜于表达我的郁结与颓丧。然而我仍未忘情于这侍奉了许久的女神。我仍想从一条道路返回到昔日的宁静，透明。我凝着忍耐继续写了一点。但愈觉枯窘。我沉默着过了整整一年。假若我重又开始，不知是一种使我自己如何惊讶的歌唱。

有一次我指着温庭筠的四句诗给一位朋友看：

楚水悠悠流如马,
　　恨紫愁红满平野。
　　野土千年怨不平,
　　至今烧作鸳鸯瓦。

我说我喜欢,他却说没有什么好。当时我很觉寂寞。后来我才明白我和那位朋友实在有一点分歧。他是一个深思的人,他要在那空幻的光影里寻一分意义;我呢,我从童时翻读着那小楼上的木箱里的书籍以来便坠入了文字魔障。我喜欢那种锤炼,那种色彩的配合,那种镜花水月。我喜欢读一些唐人的绝句。那譬如一微笑,一挥手,纵然表达着意思但我欣赏的却是姿态。

　　我自己的写作也带有这种倾向。我不是从一个概念的闪动去寻找它的形体,浮现在我心灵里的原来就是一些颜色,一些图案。

　　用我们的口语去表现那些颜色,那些图案,真费了我不少苦涩的推敲。我从陈旧的诗文里选择着一些可以重新燃烧的字。使用着一些可以引起新的联想的典故。一个小小苦工的完成是我仅有的愉快。但这种愉快不过犹如叹一口轻松的气,因为这刚脱离了我劳瘁的手而竖立的建筑物于我已一点也不新鲜,我熟悉它每一个栋梁,每一个角落,不像在他人的著作里可以找到一种奇异风土的迷醉。

　　有时我厌弃自己的精致。

　　现在有些人非难着新诗的晦涩,不知道这种非难有没有我的份儿。除了由于一种根本的混乱或不能驾驭文字的仓皇,我们难于索解的原因不在作品而在我们自己不能追踪作者的想象。有些作者常常省略去那些从意象到意象之间的链锁,有如他越过了河流并不指点给我们一座桥,假若我们没有心灵的翅膀,便无从追踪。

然而这些都与我无关。我倒是有一点厌弃我自己的精致。为什么这样枯窘?为什么我回过头去看见我独自摸索的经历的是这样一条迷离的道路?

一九三六年六月十九日为《大公报诗刊》第一期作,天津

1975 年与牟决鸣合影

《刻意集》序[①]

把这些杂乱的东西放在一起并且重读一遍后,我感到一种无可奈何的哀愁。

因为我想起了那些昔日。

对于那些已经消逝的岁月我是惋惜,追悼,还是冷冷地判断呢?我无法辨别我的情感。我感到那不是值得夸耀的好梦,也不是应该谴责的过错,那只是一种无可奈何的存在。许多人都有过的忧郁的苍白色的少年期。一个幼稚的季节。我想起了那些昔日,犹如想起了多年以前读过的一本厚书里的情节,至于其中曾经使我醉心的文句,曾经使我洒同情之泪的主人公的行为与心境,我已记不清了,无法获得同样的体验了,甚至有一点惊异当时的激动了。犹如我们都曾经是儿童但现在并不了解儿童们的情感。

我不是在常态的环境里长起来的。我完全独自地在黑暗中用自己的手摸索着道路。感谢自己,我竟没有在荆棘与歧路间迷失。那么我还有什么可追悔的呢,假如走了许多曲折的路,有过许多浪费时间的半途的徘徊?

这些杂乱的东西就是我徘徊的足印。那时我在一个北方大城中。我居住的地方是破旧的会馆,冷僻的古庙和小公寓,然而我成天梦着一些美丽的温柔的东西。每一个夜晚我寂寞得与死接近,每

[①] 《刻意集》是我在一九三七年五月编的一个集子。第一版收入了我在大学生时代写的一篇故事,一幕戏剧和一些不曾收进《汉园集》的诗,并附录了两篇关于自己的诗的短文。一九四〇年再版时,感到它太杂,就删去了那些诗和短文,另外收入了一篇未完成的小说的四个片段。

一个早晨却又感到露珠一样的新鲜和生的欢欣。假若有人按照那时的我分类，一定要把我归入那些自以为是精神的贵族的人们当中。

我那时唯一可以骄矜的是青春。

但又几乎绝望地期待着爱情。

爱情，一种娇贵的植物，要在暖室里的玻璃屋顶下才会萌芽，生长，开花，然而我那时由于孤独，只听见自己的青春的呼声，不曾震惊于辗转在饥寒死亡之中的无边的呻吟。现实的鞭子终于会打来的。"直到一个夏天，一个郁热的多雨的季节带着一阵奇异的风抚摩我，摇撼我，摧残我"，用更明白的语言说出来，就是我遇上了我后来歌唱的"不幸的爱情"。但对于人间的不幸我仍带着骄矜。在那最后留给我的"一片又凄清又艳丽的秋光里"，我犹如从一个充满了热情与泪的梦转入了另一个虽然有点儿寒冷但很温柔很平静的梦。总之现实的鞭子的第一次鞭打还是没有使我完全醒来，没有使我骤然达到现在的清醒，用带着愤怒的眼睛注视这充满了不幸的人间，而且向这制造不幸的社会伸出了拳头。在那"一片又凄清又艳丽的秋光里"，我自称为"一个留连光景的人"。

"留连光景惜朱颜。"那是一位亡国之君的词。虽然我的手里没有一个国家，我也亡失了我的青春。

亡失了我的青春，剩下的就是一些残留在白纸上的过去的情感的足印，一些杂乱的诗文。除去一部分自以为比较完整的诗被一位朋友编入《汉园集》，又一部分不长不短的文章姑且名之曰散文者另编为《画梦录》之外，尚可以宽容地挑选出来收辑起来的便尽在这个薄薄的集子中了。

我的写作是很艰苦很迟缓的。犹如一个拙劣的雕琢师，不敢率易地挥动他的斧斤，往往夜以继日地思索着，工作着，而且当每一个石像脱手而站立在他面前,虽然尚不十分乖违他的原意,又往往悲哀地发现了一些拙劣的斧斤痕迹。一个忠实于自己的人应当最知道他自己。但直到现在我还是不能断言这到底是我的好处吗还是弱点,这写作时候的过分矜持。

这过分矜持的写作习惯的养成由于自己的思路枯涩,也由于我的文学工作是以写诗开始。有一个时候我成天苦吟。

除了写诗,后来我也学习以散文叙述故事。那都是很幼稚的。对于留存在这里的一篇《王子猷》,我同样感到羞惭,感到几乎没有勇气去重读它。然而终于姑息地留存了,因为在那故事的后半,虽然仍是荒唐可笑地涂抹着千余年前的古人的面目,我读到了一些使我哀怜过去的自己的句子,如在情感的灰烬里找到了一些红色的火花:

> ……谁是真受了老庄的影响?谁是真沉溺于酒与清谈的风气?都是对生活的一种要求。都是要找一点欢快,欢快得使生命颤栗的东西!那狂放的阮籍,不是爱驱车独游,到车辙不通的地方就痛哭而返?那哭声,那时代的哭声呵,就是王子猷这时抑在心头的哭声了。

我仿佛听见了我那时抑在心头的哭声。我想起了我重写那样一个陈腐的故事并不是为着解释古人而是为着解释自己。我想起了一次可哀的心理经验。在过了一个旧历的新年后,一个寒冷的日子,我带着欢欣和一件小礼物去访一位朋友。在冷落的铺满白雪的长街上,我突然感到一种酸辛,一种不可抵御的寂寞,我几乎突然决心回到自己的住处去。这种不应为一个十九岁的少年人所有的孤独倾向不仅这一次使我痛苦。我常常感到在这寒冷的阴暗的人间给我一点温暖以免于僵死，给我一点光辉以照亮路途的只是自己的热情的燃烧。

这是一种不好的倾向，容易使人的心灵变得狭小，对于人间斤斤计较。而且严格地说，我是没有理由抱怨的，因为那时我接触得最多最亲密的并不是活的人类而是带着死亡的芬芳的书籍。

我读着许多时代许多国土里的诗歌。读着小说。有一段短短的时间戏剧也迷住了我。比较冗长的铺叙和描写，我感到它是更直接更紧张地表现心灵的形式。但我一开头便忽视那些动作，我只倾听那些心灵的语言。所以我最喜欢的是几本静默的，微妙的，没有为着迎合观众而设的热闹、夸张和凑巧的戏剧。

我竟想用那种形式来写一个幻想的故事，以四个黄昏为背景，以爱情为中心，叙述一个在他的一生的车道上"缺少了一些而又排列颠倒了一些""适宜的车站"的人物的少年，青年，中年和老年。终于因为没有自信，只挑写了第二部分，就是《夏夜》。我一点不想使它冒充戏剧，我愿意在那题目下注一行小字：一篇对话体的散文。

但我又怕我那些不分行的抒写又是冒充散文。因为我终归是写诗的。

我写了许多诗。就是说写了许多坏诗。把《燕泥集》中的一部分和这集子里的放在一块儿看，一条几乎走入绝径的"梦中道路"展开在我面前。我是怎样从蓬勃，快乐，又带着一点忧郁的歌唱变成彷徨在"荒地"里的"绝望的姿势，绝望的叫喊"，又怎样企图遁入纯粹的幻想国土里而终于在那里找到了一片空虚，一片沉默。

"我沉默着过了整整一年"。我几乎完全忘掉了诗。但在对于它的热情消失之后,我才清醒地得到一个结论,在差不多当作附录编入这集子中的两篇解释自己的文章(《〈燕泥集〉后话》和《梦中道路》)里尚未达到的结论:诗,如同文学中的别的部门,它的根株必须深深地植在人间,植在这充满了不幸的黑压压的大地上。把它从这丰饶的土地里拔出来的定要枯死的,因为它并不是如一些幻想家或逃避现实者所假定的,一棵可以托根、生长并繁荣于空中的树。

然而直到现在仍有人在作这种悬空的企图。

到处浮着一片轻飘飘的歌唱。

现实的鞭子终于会打来的,而一个人最要紧的是诚实,就是当无情的鞭子打到背上的时候应当从梦里惊醒起来,看清它从哪里来的,并愤怒地勇敢地开始反抗。

我自己呢,虽然我并不狂妄到自以为能够吹起一种发出巨大声响的喇叭,也要使自己的歌唱变成鞭子,还击到这不合理的社会的背上。

一九三七年五月二十七日,莱阳

《还乡杂记》代序

我是怎样写起散文来的呢？

假如十年以前有预言家劝我献身文学，并断言除了伏案写文章而外再没有旁的工作于我更合适，更理想，我一定要大声地非笑他。就在五年以前，我自己也料想不到将浪费许多时间来写出一些不长不短的文章，名之曰散文。

我的生活里充满了偶然。

最初引诱我走上写作之路的是诗歌。我写了许多年的诗，我写了许多坏诗。直到大学三年级我才突然发现自己的失败，像一道小河流错了方向，不能找到大海。

我在大学里读着哲学，又是一个偶然的错误。因为我当初只想到作为了解欧洲文化的基础必须明了西方哲学思想的来源的演变，不曾顾及我自己的兴趣。诗歌和故事和美妙的文章使我的肠胃变得娇贵，我再也不愿吞咽粗粝的食物，那些干燥的紊乱的哲学书籍。伊曼纽尔·康德是一个没有趣味的人，他的书更没有趣味。我们的教授说他一生足迹不出六十里，而且一生过着规律的生活像一座钟，邻人们可以从他的散步，吃饭，工作，知道每天的时间。在印度哲学的班上，一位勤恳的白发教授讲着胜论，数论，我却望着教室的窗子外的阳光，不自禁地想象着热带的树林，花草，奇异的蝴蝶和巨大的象。

就在这时候我开始和两位同学常常往还。这在我是很应该提到的事。因为我的名字虽排在这有千余人的学校的名册里，我的生活一直像一个远离陆地的孤岛，与人隔绝。而且这就是使我偶然写起散文来的因子。在那两位同学中，一个正句斟字酌地翻译着一些西欧作家的散文和小说。另一个同学也很勤勉，我去找他，他的案上往往翻着尚未读完的书，或者铺着尚未落笔的白稿纸。于是我感到在我的孤独、懒惰和暗暗的荒唐之后，虽说既不能继续写诗又不能作旁的较巨大的工作，也应该像一个有自知之明的手工匠人坐下来安静地、用心地、慢慢地雕琢出一些小器皿了。于是我开始了不分行的抒写。而且我们常常谈论着这种眇小的工作，觉得在中国新文学的部门中，散文的生长不能说很荒芜，很孱弱，但除去那些说理的，讽刺的，或者说偏重智慧的之外，抒情的多半流入身边杂事的叙述和感伤的个人遭遇的告白。我愿意以微薄的努力来证明每篇散文应该是一种独立的创作，不是一段未完篇的小说，也不是一首短诗的放大。

督促着我的是一个在北方出版的小型刊物。我前面提到的那第一位同学，也就是它的编辑人之一，常到我的寄宿舍里来拿走我刚脱稿的文章。而且为着在刊物的封面上多印一个题目显得热闹些，我几乎每期都凑上一篇。

然而不久刊物停了。我也从大学寄宿舍里出去学习着新的功课了。

"一个制造中学生的工厂"

一个新的环境像一个狞笑的陷阱出现在我面前。我毫不迟疑地走进去。我第一次以自己的劳力换取面包。我的骄傲告诉我在这人间我要找寻的不是幸福,正是苦难。

那是炎热的八月天,我被安置在一间当西晒的小屋子里。隔着一层薄墙壁,那边是电话、电铃和工友的住室。而且在铁纱窗的角上,可怕地满满地爬着黑色的苍蝇。我首先便和那些折磨着威胁着我的敌人,阳光、嘈杂声和苍蝇,开始了争斗。

一个比我先来的同事第一天下午便引我出去游览那周围的风景:

一片接受着从都市流散出的污秽与腐臭的洼地。

洼地的尽头,一道使人想象着海水、沙滩和白帆的长堤出现在夕阳中。在它的身边流着一条臭河。

当我们在堤上散步着,呼吸着不洁的空气,那位同事告诉我这片洼地里从前停放着许多无力埋葬的穷人的棺材;常有野狗去扒开它,偷食着里面的尸首;到了夏天,更常有附近的穷苦人坐在那里,放一把茶壶在棺材上,一边谈天一边喝茶。他又告诉我黄昏时候,这条路上有许多结伴回家的从工厂里出来的小女孩,他常常观察着她们,想象着许多悲惨的故事。

我们感到我们也就是被窃取劳力的工人,因为我所寄身的地方,"与其说那是一个学校,不如说是一家出名的私人营业的现代化的工厂,因为那里制造着中学毕业生"。

在这种生活里我再也不能继续做着一些美丽的温柔的梦,而且安静地用心地描画它们。我沉默了。不过这沉默并不是完全由于为过重的苦难所屈服,所抑制,乃是一种新的工作未开始以前的踌躇。

自然,时间被剥削到没有写作的余裕也是事实。

在月夜,或者在只有星光的天空下,我常和那位同事在一个阔大的空场上缓步着,谈论着许多计划,许多事情。然而我那时对于人间的不合理,仍是带着一种个人主义者的愤怒去非议。我企图着,准备着开始一个较大的工作,写一部长篇小说。我再也不想写所谓散文。我感到只有写长篇小说才能容纳我对于各种问题的见解,才能舒解我精神上的郁结。

但因为没有闲暇,这计划中的工作才做到十分之一便搁下了。在这一年中,我实在惭愧得很,只把过去那些短文章编成了一个薄薄的集子,就是《画梦录》。

关于《画梦录》和那篇代序

从《画梦录》中的首篇到末篇有着两年多的时间上的距离,所以无论在写法上或情调上,那些短文章并不一律,而且严格地说来,有许多篇不能算作散文。比如《墓》,那写得最早的一篇,是在读了一位法国作家的几篇小故事之后写的,我写的时候就不曾想到散文这个名字。又比如《独语》和《梦后》,虽说没有分行排列,显然是我的诗歌写作的继续,因为它们过于紧凑而又缺乏散文中应有的联络。

《岩》才是我有意写散文的起点。一件新的工作的开头总是不顺手的,所以我写得很生硬,很晦涩。渐渐地我驾驭文字的能力增强了,我能够平静地亲切地叙述我的故事,不像开头那样装腔作势,呼吸短促。然而刚才开始走入纯熟之境,我那本小书就完了。我实在写得太少。

如前面所说,我的工作是在为抒情的散文发现一个新的园地。我企图以很少的文字制造出一种情调:有时叙述着一个可以引起许多想象的小故事，有时是一阵伴着深思的情感的波动。正如以前我写诗时一样入迷，我追求着纯粹的柔和，纯粹的美丽。一篇两三千字的文章的完成往往耗费两三天的苦心经营，几乎其中每个字都经过我的精神的手指的抚摩。所以当我在一篇评《画梦录》的文章里读到"然而尽有人如蒙天助，得来全不费力。何其芳先生或许没有经过艰巨的挣扎"，我不胜惊异。幸而还有一个"或许"。从此我才想到，除了几位最亲近的朋友而外，少有人知道我是如何迟钝，如何枯窘。

　　我并不打算在这里解释过去的自己，尤其对于那些微妙的也就是纤弱的情感、思想和感觉。因为现在我已有了这样一种心境，不知应该说是荒凉还是壮健：虽有旧梦，不愿重温。在一年以前我已诚实地说"有时我厌弃我自己的精致"。"因为这种精致"，如上面提到的那篇评论文章里所说，"当我们从坏处想，只是颓废主义的一种变相"。那句议论很对，而且我觉得竟可以去掉那个条件子句。我虽不会像一个暴露病患者那样夸示自己的颓废，却也不缺乏一点自知之明，很早很早便感到自己是一个拘谨的颓废者。

　　或者说一个书斋里的悲观论者。因为这种悲观的来源不在于经历了长长的波澜起伏的人生（当你在那里面浮沉并挣扎时是没有闲暇来唱厌倦之歌的），而在于孤独。孤独，是的，是我那时唯一的伴侣。记得那时我偶尔在什么书上读到一位匈牙利思想家的一则语录，大意说世界上有两种人，一种使人无聊，一种自己无聊，前者是不可忍耐的庸俗之辈，后者却大半是思想家，艺术家，使我非常感动。仿佛我从此有了一个决心：

　　　　甘愿生活在最荒凉的地方，冰天雪地，牧羊十九年，表示我一点忠贞之心。

对于谁呢，这忠贞之心？对于人生。对于人生我实在是充满了热情，充满了渴望，因为孤独的墙壁使我隔绝人世，我才"哭泣着它的寒冷"。

对于人生，现在我更要大声地说，我实在是有所爱恋，有所憎恶。并不像在《画梦录》的代序中所说的，

对于人生我动心的不过是它的表现。

使我轻易地大胆地写出那句话来的是骄傲。那时我在前面描写过的那个制造中学生的工厂里，很久不曾写文章了。一个夜半我突然重又提起笔来，感到非常悒郁，简直想给全世界的人一个白眼。我像写诗一样激动地草成了那篇惊心动魄同时语无伦次的对话。就在不远的后面：

我在车厢内各种不同的乘客的脸上得着一个回答了：那些刻满了厌倦与不幸的皱纹的脸，谁要静静地多望一会，都将哭了起来或者发狂的。

就是另外一个完全相反的对于人生的态度。因为对于人间的幸福和欢乐我很能够以背相向，对于人间的不幸和苦痛我的骄傲却只有低下头来变成了愤怒和同情的眼泪。最近一年，我从流散着污秽与腐臭的都市走到乡下，旷野和清洁的空气和鞭子一样打在我身上的事实使我长得强壮起来，我再也不忧郁地偏起颈子望着天空或者墙壁

做梦。现在我最关心的是人间的事情。

关于《还乡杂记》

我到了山东半岛上的一个小县里。

离开了我的第二乡土，北平，独自到这个偏僻的辽远的陌生地方来，我几乎是带着一种凄凉的被流放的心境。然而正如故事里所说的奇遇，每个环境都有助于我的长成，在这里我竟发现了我的精神上的新大陆。

从前我像一个衰落时期的王国，它的版图日趋缩小。现在我又渐渐地阔大起来。

因为现在我不只是关心着自己。

因为看着无数的人都辗转于饥寒死亡之中，我忘记了个人的哀乐。

乡下的人们的生活是很苦的。我每天对着一些来自田间的诚实的青年热情地谈论，我不能不悲哀地想到横在他们脸面前的未来：贫贱和无休息的工作。同时我又想到居住在都市里的人们，和很有力量可以作事情然而不作的人们：

一方面是庄严的工作，一方面是荒淫与无耻。

这两句话像两条鞭子。但我也想到我自己。在已经逝去了的那样悠长的岁月里，除了彷徨着、找寻着道路之外，我又作了一些什么事情呢？就是现在，我也仅仅能惭愧地记起我那计划中的长篇故事。

这时一位在南方编杂志的朋友来信问我是否可以写一点游记之类的文章。因为暑假中我曾回家一次。这使我突然有了一个很小的暂时的工作计划，想在上课改卷子之余，用几篇散漫的文章描写出我的家乡的一角土地。

这就是《还乡杂记》。一个更偶然的结成的果实。

当我陆续写着，陆续读着它们的时候，我很惊讶。出乎自己的意料之外，我的情感粗起来了。它们和《画梦录》中那些雕饰幻想的东西是多么不同啊。粗起来了也好，我接着对自己说，正不必把感情束得细细的像古代美女的腰肢。于是我继续写下去。但这时我又发现对于家乡我的知识竟也可怜得很，最近这十三天的停留也没有获得多少新的。真要描写出那一角土地的各方面不是我的能力所能达到。我只有抄写过去的记忆。

抄写我那些平平无奇的记忆是索然寡味的，不久我就丧失了开头的热心。我所以仍然要完成它，不是为着快乐，是为着履行对自己约定的允诺。

因此这件小工作竟累赘了我一年。一年是很长的，我那个长篇故事也在我心里长得成熟了，我要让那里面的一位最强的反对自杀的人物终于投海自尽，因为一个诚实的人只有用他自己的手割断他的生命，假若不放弃他的个人主义。

"活着终归是可赞美的"

现在让我重复一遍我开头的话吧，假如十年以前有预言家劝我献身文学，并断言除了伏案写文章而外再没有旁的工作于我更合适，更理想，我一定要大声地非笑他。

十年以后呢？我同样不能想象。

不过，我一定要坚决地勇敢地活下去。活着终归是可赞美的，因为可以工作。

一九三七年六月六日深夜，莱阳。

"自由太多"屋丛话

序

据说今日之文艺作者已经"自由太多"。为了表示不敢有异议，特以名吾屋。行动限于斗室之中，言论不出文艺以外，而又从古人与外国人谈起，庶几其与军事、政治、外交、役政、粮政等等无关乎。是为序。

文学无用论

王国维先生一代名学者。早年所作文学论文，亦颇为世人所称道。但近读《静庵文集》，其文艺思想似并不高明。《论哲学家与美术家的天职》一文中，他开头即说："天下有最神圣最高贵而无与于当世之用者，哲学与美术是也。天下之人嚣然谓之曰无用，无损于哲学美术之价值也。至为此学者自忘其神圣之位置，而求合当世之用，于是二者之价值失。"后面说中国的哲学家如孔墨孟荀都想兼为政治家，诗人如杜甫、韩愈、陆游都有经世济民之抱负，而此为我国哲学美术不发达之一原因。哲学的事情我不大懂得。杜甫则是我佩服的大诗人，我要为他说几句话。

从《自京赴奉先县咏怀》一诗即可以见杜甫的精神。其中有这样两句："穷年忧黎元，叹息肠内热。"这说明他是关怀当时老百姓的痛苦的。后面还说到唐明皇君臣的奢侈荒淫："彤廷所分帛，本自寒女出。鞭靴其夫家，聚敛贡城阙。""朱门酒肉臭，路有冻死骨。荣枯咫尺异，惆怅难再述。"则这位老先生不但愤慨地暴露了当时的专制君主及其官僚们的罪恶，且又能看出世界上有两种人，一是以劳动创造财富反而饥寒者，一是掠夺他人以供其享受浪费者，而他因此痛感不平。他写出了历史的真实。他为当时的老百姓说话。他还写了另外许多沉痛的社会诗。这岂不正是杜甫成为一个大诗人的最主要的原因吗？

是的，杜甫诗中还常流露出一种"忠君"的思想。这点也似并不高明。但这是历史的限制。而且杜甫的思想并不仅只是"忠君"。在"生逢尧舜君，不忍便永诀"之外，他却"默思失业徒，因念远戍卒，忧端齐终南，澒洞不可掇"。另外如《石壕吏》、《新婚别》、《兵车行》等诗，我们现在读时也还能感到他的愤怒与战栗。

但是，是否也可以用"历史的限制"来为王国维的文学无用论辩解呢？我觉得不行。因为他写这些文章的时候已在戊戌政变以后，正我中华民族中的优秀分子奋起救亡之时。他不但赶不上当时那些救亡分子的政治思想水平，而且在《论近年之学术界》一文中菲薄当时的康有为、谭嗣同、梁启超，说他们的著作没有什么价值。这岂不是清楚地说明了他的这种文艺思想并不能由他的时代负责吗？

有些人常借神圣或尊严之名以反对文学有用论。其实，人间尚有什么事情比自觉地用各种武器来为大多数人的翻身与历史的前进而战者更为神圣，更为尊严呢？这些人其亦没有多用脑筋也夫。

当然，必须进一步说明者，文学有用也还要分对什么人有用，有什么样的用。据说法西斯主义者们也是反对文学无用论的，然而与我们不同者,他们是主张文学为他们少数坏蛋而用,当他们张开嘴吃人时文学应该在旁边赞叹道:"你看我们老爷多么好,他在和下等人接吻呢!"或者就干脆吼道:"这些人应该被吃掉!为什么吗,因为他反对我们老爷吃他!为什么反对我们老爷吃他而他就该吃呢,因为我们老爷是代表国家民族要吃他!"总之,这种文学之用是拍马屁,说假话,装疯卖傻,助纣为虐之用。我们不同意违背事实的文学无用论,但更反对这种积极帮凶的文学有用论。

我们的文学有用论是主张文学为大多数被压迫者而用,为"唤起民众"而用。这就是越能说出历史与社会之真实者越有用;越能说得艺术手腕高,即越善于表达与感人者越有用。以此这种用与现实与艺术性三者并无矛盾,而实相依相成。

一九四四年九月。

尽信书,不如无书

书帮助了我们,也害了我们。

这话又怎样讲?

详细一点说,有的书,说了一些真话的书,帮助我们认识这个世界,推动我们走向人生之正途;而有的书,那些说假话的书,则使我们头脑糊涂,眼睛不亮,做了许多傻事,走了许多冤枉路也。

说来话长。姑举一例以明之。

有相当长一个时期我对拜伦没有好感。其实我并没有好好念过他的诗,而却有了成见,你说怪不怪呢?这完全是法国的有名的传记作家兼资本家安德烈·莫洛亚的《拜伦传》害了我的。莫洛亚先生的文章是蛮轻松的,我读了他的《雪莱传》(即《爱俪儿》),就又去找他的《拜伦传》来读。那已经是一九三四年左右的事情了。现在还大约记得的,是它写拜伦与其异母姐姐有恋爱关系,同居关系;而且他不断地和这个女的好又接着和那个女的好;在意大利时,他过着很奢侈的生活,他一出游后面就跟着载鳄鱼,猎犬,女人的车子。总之把他写得很荒淫的样子。过去关于拜伦的一点知识抵抗不了这种影响,于是在我脑子里他就成了一个单纯的"堂·璜"了。

一直到抗战以后,读了勃兰兑斯的《十九世纪文学之主潮》中讲拜伦的那一章,我脑子里的拜伦才变成了另外一个人:才活生生地感到他是一个为自由与民主而战的猛士,一个狂暴地震动了英国当时的统治阶层,因而受到压制,迫害与诽谤的反叛者。而这正是他成为大诗人的主要原因。

爱伦堡有一篇文章,其中说到莫洛亚是个工厂的老板,而他开舞会介绍他的小姐到社交界之奢华铺张,光怪陆离,刚好说明他自己正是一个荒淫者。他之所以讨厌拜伦,并把拜伦写成一个讨厌的人物,岂不就很容易理解了吗。

尽信书,则不如无书。

孟夫子这句话有些道理。但是他这句话也不可尽信。问题在看是什么样的书:说假话的书抑是说真话的书。如何辨别这两类书,与辨别真假都有的第三类书中的真话和假话,除了必要的知识之外,主要还是靠我们读书时有一种思索的批评的态度。

历史与现实

作古今比较论者不外乎三种。或曰：今不如古，真是一代不如一代。或曰：古今差不多，日光之下并无新事。第三说则曰：人类社会是发展着，进步着的；历史已经跨过了几个大阶段，将要走到永久的和平，自由与幸福的社会去；今不如古论和古今差不多论皆非也。

我是相信最后一说的。这已经为过去和现在的事实所证明，还要为将来的事实所证明，用不着我来解释了。

我要来做一点翻案文章的乃是关于前两种说法。今不如古论和古今差不多论虽然作为整个的历史观是错误的，荒谬的，但若就某些局部的现象而言，则它们还是有其片面的道理。

古来的皇帝要挽救其垂危的统治时往往下罪己诏。比如唐末，唐德宗就发表过一个诏，说什么"力役不息，田莱多荒，暴令峻于诛求，疲民空于杼轴，转死沟壑，离去乡里，邑里丘墟，人烟断绝。天谴于上而朕不寤，人怨于下而朕不知。"明末，崇祯帝也发表过一个，也是说什么"今出仕专为身谋，居官有同贸易。催钱粮先比火耗，完正额又欲羡余……嗟此小民，谁能安枕！"民国以来，则仅仅做了三个月皇帝的袁世凯，在全国反对他称帝时，也有过"撤销承认帝位一案之申令"，说什么"苦我生灵，劳我将士，以致群情惶惑，商业凋零，抚衷内省，良用矍然"，因此撤销承认帝位一案，并将各省区的《推戴书》销毁，所有筹备事宜立即停止，这样来"庶希古人罪己之诚，以洽上天好生之德"。然而时至今日，已经完蛋的墨索里尼和快要完蛋的希特勒，却没有听说下过罪己诏。这岂不是真有点今不如古吗？

依我的看法，这倒并不是古来的皇帝心肠软一些，而是今日的法西斯暴君的统治更岌岌可危，连骂自己几句的勇气和魄力都没有之故吧。

又，从上面的罪己诏还可看出那些皇帝有几个共同点：即第一，把祸国殃民的责任都推到他下面的人身上去；第二，许多坏事情假装过去不知道；第三，即使有时不得不猫哭耗子一下，也不过因为眼泪并不是钱而已，实际的压迫与剥削并不会放松。这又似乎真是古今差不多。虽说我不能充分证明希特勒之辈也这样做过，但一二类似的事情还是举得出来的。希特勒不是把战败之罪推到别人身上，曾经处罚过东线的将官吗？

所以我说今不如古论和古今差不多论虽然作为历史观来看是百分之百的不对，但若只就某些事情来比较，也还是说得通的。只有今之蠢才才会说这种蠢话："他们之间，有的拿南宋末年和现在作比，有的拿距今三百年前的甲申（明末）和现在作比。我们愿意问一问：照他们这样说，中国的历史该重演了？中国的命运该下坡了？"

杨应雷先生曰：请放心，中国的历史不会重演，中国也不会走下坡路。伟大的民族抗战已经由人民发动了，已经由人民坚持了下来，也将由人民来完成，来取得最后胜利。早在抗战初期，已经有伟大的政治家作过这样的分析了："我们今天的抗日战争不同于中国一切历史时期的战争……不但战争本身的性质是进步的，而且这个战争是在中国前所未有的进步基础之上进行的……我们有了比之任何历史时期不相同的进步的人民，进步的政党与进步的军队。"这的确是不能以过去来相比拟的。但是，某些事情会不会重演，某些人是不是会走下坡路呢？则我也可以断定：这倒是和过去相同的，阻碍历史前进的腐朽部分一定会死亡，妨害中国命运的民族败类一定会被丢到垃圾堆里去！

学习社会

奇怪得很，高尔基在一九二八年写的《论青年作家》中，指出当时苏联的青年作家有这种现象："诗人觉得阅读散文是多余的，散文家也不阅读诗歌。"

或者这也并不奇怪。刚刚爱上了写作的人往往是热情然而主观，专心然而狭窄的。他们真像在昏头昏脑地恋爱呢。

高尔基责备他们求知欲不强，读得太少。

其实就是读得很多，假若只是读文学书，假若只是读书本（就是说即使不只是读文学书），也不一定要算得求知欲强。

还有书本以外的活的知识。那更丰富，更生动，而且有许多甚至是更必要的。

没有读过普式庚，拜伦或者歌德，弄文学的人大概会觉得不应该，写诗的人大概尤其会觉得不应该。然而活在今日之中国，大之如抗战为什么要这样久，到底是谁坚持下来的，怎样才能胜利，每个人应该怎样来争取这胜利，次之如吃的饭，穿的衣，到底经过了怎样的过程，而造饭造衣者们的生活又是怎样，等等问题，我们却往往不大注意，或知而不深。事之不平，有如此者。

设想有这样的人，读的是文学作品，交的是文学朋友，谈的也是文学问题，这是何等圈子狭呀。而我们却往往落在这样的小圈子中并不觉得天地太小，诚所谓当局者迷也。

自然，客观环境给我们筑了许多围墙，又挖了许多陷阱。我们受了多种的束缚，限制。但是，多数的人都还是在生活之海里呀，并未成为池中物，为什么不放开手游泳呢？就是已经被社会把他装进名叫"作家"的池子里的人，虽说他的不利条件更多，然而人到底不是鱼鳖，也还可以把生活，趣味，朋友的圈子扩大一些。

说这些，并不是因为我已经解决了这问题，不过是因为我正感到了这问题而已。最近有机会听一位牙科医生谈天，他对于中国社会知道得很多，他的话也很有风趣，不是书本上的语言，而是活生生的语言。这引起我不少感慨。我给一个朋友写信就也感叹了一番。我说，"我们自以为我们从事的工作是说明世界又改造世界，而其实我们对于这个世界知道得可怜地少，连一位工作范围只限于人的牙齿的专门家都不如，岂不哀哉！"

当然，这里有着一个矛盾：学习社会多而久，则也许暂时的写作成就会少而慢。急于有成就者或许觉得这并非捷径。但是，这个问题，高尔基的那篇文章里也接触到了。对于那些急于"出人头地"者，高尔基说：

"我觉得，是知道的时候了：人们在群众间，不是突然崛起的，而是循着观察，比较，研究的道路走出来的。"

用我们今天的话说明一下吧：是循着不断地向群众学习的道路才能作群众的教师的，不管你打算作哪一方面的教师。

一九四四年十一月二日夜。

1976年春于重庆，何其芳(右三)与方敬(左二)及亲属合影

关于写诗和读诗

——一九五三年十一月一日在北京图书馆主办的讲演会上的讲演

为了我这个讲演，北京图书馆的同志搜集了很多问题。我不可能对一切问题都讲到，只能就我认为是比较重要的并且也是我的知识和能力比较可以接触的问题来讲一点意见。就这样，恐怕也是未必能够讲得使同志们满意的。

我把同志们提出的问题归纳为以下四项：

一 什么是诗的特点

有同志问："诗的定义是什么？它和其他文学样式的基本不同点究竟在哪里？"这个问题又有一位同志这样提出："形式上和内容上都能够称得起'诗'的作品，它应该具备哪些基本条件？"

过去的某些文学概论上常常列举一些前人的关于诗的说明。虽然这些说明也可以供我们参考，但我觉得从它们中间并不能找到一个可以令人满意的"定义"。

有些同志在问题中也提出了回答，但又不敢自信。他们说："用形象的语言来表达作者的思想感情，这是否是诗的一切特点？""有人说，语言非常精炼、感情充沛的文章排列起来就是诗，这话对吗？"这些说法并没有完全说出诗和其他文学样式的区别。文学作品都是用形象的语言来表达作者的思想感情，而且有些散文也可以做到语言非常精炼、感情充沛。

为了这个讲演，北京图书馆还印发了一点参考资料。其中选了我九年前写的《谈写诗》的前三节。在那里面，我也曾经企图说明这一问题。我说，诗所反映的生活"是一种更激动人的生活，因此这种反映就采取了一种直接抒情或歌咏事物的方式。而诗的语言文字也就更富于音乐性"。现在看来，也不周密。这几天我又考虑了一下，并且和有些同志交换过意见，打算把它补充修正为这样一句话：

诗是一种最集中地反映社会生活的文学样式，它饱和着丰富的想象和感情，常常以直接抒情的方式来表现，而且在精炼与和谐的程度上，特别是在节奏的鲜明上，它的语言有别于散文的语言。

我就根据这样的看法来作一些说明。

"诗是一种最集中地反映社会生活的文学样式"。大概大家都会承认，诗所歌咏的应该是最感动人的生活，无论是顷刻间的生活还是一段时间比较长的生活。为什么这种生活最感动人？这正是因为它本身就是一定的社会生活的最集中的表现的缘故。我们不妨就北京图书馆印发给大家的参考资料举点儿例子来说明。李白的《宣州谢朓楼饯别校书叔云》，开首说"弃我去者昨日之日不可留，乱我心者今日之日多烦忧"，接着说"长风万里送秋雁，对此可以酣高楼"，中间又说到汉魏的文学很好，谢朓的诗也出色，然后这样结束："抽刀断水水更流，举杯消愁愁更愁。人生在世不称意，明朝散发弄扁舟。"意思变化得很快，好像有些不可捉摸，然而这正是表现了作者当时的激动，表现了一个天才诗人在不合理的封建社会里所感到的无法排遣的苦闷。杜甫的《梦李白》也是写的一刹那间的感触，然而这梦后的一刹那间的感触也正是很集中地表现了李白在当时所遭受到的非常不公平的待遇，以及杜甫对于他的深厚的友谊和同情。杜甫的《赠卫八处士》和白居易的《琵琶行》都是描写了一个晚上的生活，时间较长；然而从一个晚上的生活，前者写出了古代社会里面的人们容易感到的"别易会难"和流光易逝，后者写出了古代社会里面因为对当时的政治有所批评而遭贬谪的文人、官吏和一个歌妓的身世可以有共同之处，这仍然是很集中的。

李白的《长干行》写了一个女子的许多年的生活，白居易的《长恨歌》更写了一个爱情故事的全部过程，这是不是就不算很集中呢？不，集中不集中并不是可以根据作品所描写的生活的短暂或长久来判断的，而主要是要看这种生活在当时的社会里有没有典型性，有没有较重要的社会意义。《长干行》所描写的那种女子的痛苦是古代的许多妇女所共有的痛苦。而《长恨歌》，虽然故事的主角是古代的一对特殊的男女，皇帝和贵妃，然而由于诗人用自己的想象和感情去丰富了这个故事，就赋予了它以一般的意义，使它在某些方面和其他描写古代的普通男女的不幸的爱情故事具有相同之点了。引起读者共鸣的绝不是唐明皇和杨贵妃的荒淫生活，而是"但教心似金钿坚，天上人间会相见"，而是"天长地久有时尽，此恨绵绵无绝期"。

文学艺术上的集中不仅表现在它的题材上，而且表现在它的写作方法上。这就是善于用生活中最有特征的形象来表现全体。《长干行》从一个女子的儿童时候的生活写到结婚以后的生活，《长恨歌》从唐明皇和杨贵妃初次见面一直写到杨贵妃死后的事情，然而它们的笔墨是多么经济。前者一共只三十句，一百五十个字（就《长干行》第一首计算，第二首有人说是别的诗人所作）；后者一共只一百二十句，八百四十个字。而且它们并不是粗枝大叶的叙述，还有细致的描写，反复的抒情。这就是由于它们的作者善于选择和表现生活中最有特征的形象的缘故。

无论就题材上说还是就写作方法上说，集中是文学艺术共有的特点。然而以诗为最。《宣州谢朓楼饯别校书叔云》那篇诗如果要改写为散文，一定要增添许多话，否则一句一句的意思连贯不起来。然而诗却可以这样写，可以直接表现思想感情的急遽的变化，想象的大胆的飞跃，省略去那些变化、飞跃之间的过程和联系。这就说明诗是一种最适宜于表现最激动人的生活的文学样式，也就是一种最集中地反映社会生活的文学样式。然而这并不是说只有诗最优越最高，小说、戏剧等文学样式都不行。它们各有各的长处，也各有各的限制。在表现过于复杂的生活、特别是表现包括着复杂的问题的生活上，在刻画人物的性格、特别是刻画人物的内心生活上，诗就不如小说和戏剧。

"它饱和着丰富的想象和感情，常常以直接抒情的方式来表现"。先说想象。文学艺术的创造都需要想象，所以想象并不是诗所独有的特点。然而诗特别需要丰富的大胆的想象。恩格斯评论德国诗人普拉顿的时候，就强调写诗不能只依靠智力和技巧，而必须有大胆的想象。马雅可夫斯基的《开会迷》尖锐地讽刺了成天老是在开会的辛辛苦苦的官僚主义者们，它描写在一个会场上"坐着的都是半截的人"，因为"他们一下子要出席两个会"，"不得已，才把身子劈开，齐腰以上留在这儿，下半截在那里"。这就是一种大胆的想象，一种在文学上不但允许而且有时是很必要的夸张。他还有一篇题目叫做《马雅可夫斯基夏日在别墅中的一次奇遇》的诗。这篇诗说，在一个炎热无比的夏天，他在工作中感到疲乏的时候，他对太阳高声叫喊："下来吧！……你坐在云端里可倒逍遥自在……"太阳果然下来拜访他了，他就招待太阳喝茶，吃果子酱。他对太阳谈起他的工作太忙。太阳说：

> 算了吧，
> 别发愁，
> 不要把事情看得简单！
> 你以为
> 我就那么容易地
> 发光！
> "不信，你就试试看！"
> 如果你要发光——
> 并且已经开始，
> 那就要用尽全副力量！

他和太阳一直谈到天黑。最后，太阳又拍着他的肩膀说：

> "你和我，同志，
> 咱们俩真是天生的一双！
> 来吧，诗人，
> 让我们在那暗淡的宇宙间高高地飞翔，
> 放声地歌唱。
> 我放射着太阳的光辉，

你就——让自己的诗章

　　散发着光芒。"

　于是马雅可夫斯基完全忘掉了工作中的疲倦。当夜晚过去：

　　忽然——我

　　放出我全部的光芒——

　　使白昼重又奏起生活的音乐。

　　　（以上根据丘琴同志特为这次讲演会译出的译文）

这更是一种奇特的想象。然而这篇诗却真是像太阳一样光芒四射。所有我们为革命工作而成天忙碌的人都可以从它得到无限的鼓舞的力量。

　现在我们再说感情。既然诗所反映的是最激动人的生活，饱和着强烈的或者深厚的感情就是一种自然的结果。文学艺术作品都是经过作者的感情的孕育的，然而在感情的集中程度上和表现方法上，诗却有一些不同的地方。小说和戏剧总是通过它们里面的人物来表现作者的思想感情，不像诗常常采取直接抒情的方式。

　"而且在精炼与和谐的程度上，特别是在节奏的鲜明上，它的语言有别于散文的语言"。文学的语言都应该是精炼的，和谐的，而且在这点上都是和口头的语言有些不同的。然而诗的语言应该尤为精炼，尤为和谐。必须有鲜明的节奏，这更是诗的语言的特别的地方。有同志问："节奏是什么？"我想可以这样回答：凡是一种有规律的运动都可以造成节奏。波浪、舞蹈、音乐，都是常常被用来说明节奏的例子。外国诗的节奏是由语言的声音的长短或者轻重相间而成。中国古代的诗的节奏到底是怎样构成的，在这个问题上还有一些不同的看法，还有待于专家们的研究和讨论。但有一点已经为大家所公认：每句有相等数量的顿，如五言诗三顿，七言诗四顿，这是构成中国古代的诗的节奏的一个很重要的因素。格律诗和自由诗的主要区别就在于前者的节奏的规律是严格的，整齐的，后者的节奏的规律是并不严格整齐而比较自由的。但自由诗也仍然应该有比较鲜明的节奏。比如惠特曼写的是自由诗，但读起来仍然有节奏性，和散文不同。我们今天有许多自由诗写得和分行排列的散文一样，没有鲜明的节奏，那是不对的。

　　以上就是我所能想到的关于诗的一些说明。是不是这些都可以说是诗的特点呢？有些好像是和别的文学样式所共有的，不一定都可以算作诗的特点。但"诗是一种最集中地反映社会生活的文学样式"，而且"它的语言有别于散文的语言"，"特别是在节奏的鲜明上"，有别于散文的语言，这两项无论如何是应该算作诗的特点的。这是诗在内容上和形式上都和散文有着显著的差异的主要特点。其次，是不是一切诗都具备以上所说的种种条件呢？坏的诗当然不会具备这些条件，有缺点的诗也当然不会完全具备，但一切好的诗我想大体上都是具备这些条件的。也许有人会这样问：希腊的史诗好像并不完全符合这些条件，它们并不最集中，也不一定饱和着作者的强烈的感情，难道它们也是有缺点的诗吗？这个问题我想可以这样解释：在古代，故事、戏剧、寓言以至论文，最初都常常是用诗的形式来写；希腊的史诗和近代的长篇小说比较接近，而并不是近代的一般的诗的祖先。因此，我在上面所说的那些条件是完全适用于古代的抒情诗，以及长篇小说和话剧兴起以后的一般的诗的。

当然，也有这样的题材，它既可以写成诗，又可以写成小说、戏剧或者散文。这就说明，如果仅就内容而论，文学的不同样式并非存在着绝对的区别，因而我们不能忽视形式上的差异。而且，即使所写的题材一样，形式上的差异也必然会带来内容上的若干差异。

"为什么有人说好的小说、好的散文就是诗？"有同志这样问。这常常是说它们的内容达到了和诗一样动人、和诗一样优美的程度，并不是说它们完全等于我们这里所讨论的文学样式之一的诗。

二 关于写诗

有些同志在学习写诗中感到了苦恼。他们用这样的问题来说明他们的苦恼：

"有些人是具有丰富的斗争经验，或者曾被某些事件深深感动过的，他们对于生活和某些事件的意义的理解有时是深刻的，所以常常想用诗的形式来表现，但下笔很困难，即使写了出来，也常被批评为标语口号化，概念化，无异分行的散文，不感动人，等等。请问应该首先解决什么问题再来入手写诗，才能把诗写好？"

"写诗是否可以强调文艺修养和技巧？为什么有时在鲜明的生活和深刻的体会中想写诗，但写的时候却往往会觉得缺乏形象而结果流入概念化？这是对主题的认识不足呢，还是所谓技巧在作怪？"

"有一定的感情，写不出来，如何办？"

我想我们且不必怀疑这些同志所说的"丰富的斗争经验"是否真是丰富，也不必怀疑他们所说的"深刻的体会"是否真是深刻。这样的情形完全是可能发生的。因为写诗是一种专门的劳动，而且是一种非常精细的劳动，没有一定的准备和条件，生产出来的东西不合诗的规格，严格说来不能叫做诗，这完全不应该奇怪。

那么到底什么是写诗所要求的准备和条件呢？

参加实际斗争，深入工农兵群众生活，自己成为劳动人民中的先进分子，这样自然会在生活中遇到许多感动人的人物、事件、场面，体验到许多激动人的感触、情绪，这就是诗的材料。文学作品所描写的生活必须是作者自己深深感动过的生活，诗尤其如此。列夫·托尔斯泰曾经说过："假使你有意想写一本书，但是可以不把它写出来，那就不要写。"现在有些作者（包括诗的作者）好像已经忘记了这样一条创作规律，因此他们写的作品不能吸引人。当然，这感动应该是一个先进分子的感动，而不是落后的人或者幼稚的人的感动。这样的准备和条件，对于写诗也是首要的，基本的；然而这还没有包括写诗所要求的准备和条件的全部。

还有思想修养。如果思想修养不高，很可能自以为是深刻的理解和体会其实不过是一般的东西。像上面说过的马雅可夫斯基的《开会迷》那样的作品，思想修养不高的人是写不出来的。即使他可能也接触到这种题材，但绝不会写得那样尖锐，泼辣。马雅可夫斯基在那篇诗里不但作了上面说过的那样的大胆的夸张，而且在最后说："噢，假使能再召开一次会，来讨论根绝一切会议，那该多好！"会开得太多固然不好，但因此就希望根绝一切会议，那岂不是很错误的想法吗？也许还有人会这样非难。然而，苏联的报纸发表了这篇诗，而且列宁读到以后对它大加称赞。这是因为诗究竟不是社论和指示，而且，正如列宁所说，迷于开会那是很愚蠢的，因而对这种很愚蠢的事情表示愤慨完全是应该的。这篇诗的最后一句话不过是作者表示他的愤慨而已,并非真是主张根绝一切会议。高度的思想修养,这对于写诗也是很重要的;然而生活经验加上思想修养也仍然并不等于写诗所要求的准备和条件的全部。

还有一般的文艺修养和诗的修养。还有写作经验。没有一般的文艺修养和诗的修养,我们在生活中的体会、感受、观察、理解都会受到限制。这就是说,不能以创作家和诗人的眼睛去看,也不能以创作家和诗人的心去感受。没有一般的文艺修养和诗的修养,没有较多的写作经验,我们在写作中就不能自觉地掌握创作的规律,诗的规律,就不能运用自如地以诗的形式来描写我们的生活,表达我们的思想感情,就常常在集中方面、形象方面、语言方面以及其他有关艺术性的方面出毛病,就常常会在写作中感到上面几位同志所说的那些苦恼。要提高一般文艺的和诗的修养,累积写作经验,没有别的捷径,只有多读多写。读得多,写得少,常常会成为"眼高手低"。但如果只是盲目地写,而不广泛地阅读,那就会成为手低眼也低。读前人的作品,如果不是有意地模仿,而是自然地接受一些影响,那不但是难免的,而且对于我们的生长和成熟是必要的,有益的。但不要只是接受一家一派的影响。必须广泛地大量地吸取营养,然后我们才可能健壮地成长起来,以至形成自己的独创的风格。

是不是还有别的条件?比如才能是不是一个条件?中国古代有这样一句话:"诗有别才。"也曾经有年轻的同志寄一些诗给我看,并且问我:"你看我有没有写诗的天才?"我想,才能也应该是一个条件吧。但对于才能或者天才我们到底应当怎样解释呢?高尔基在给一位青年作家的信里面说:"才能是从对于工作的热情中成长起来的。极端地说来,甚至可以说:所谓'才能',本质上不过是对于工作，对于工作过程的一种'爱'而已。"李卜克内西在《马克思回忆录》中也曾经这样写过："'天才就是勤奋'，有人曾这么说。如果这话不十分正确，但依然至少有很大限度是正确的。"他接着加以说明："没有一个天才不是有非常的精力和非常的工作能力的。完全没有这两个特点的所谓天才，不过是一个漂亮的肥皂泡，或者一张无处兑现的支票而已。但是，如果我们发现一个人精力与工作能力比常人强得多，那我们就发现天才了。"这些话都说得很好。但是，他们的解释和我们习惯上的想法多么不同呵！我们习惯上的想法大概是这样的：所谓天才就是苦工夫用得很少然而成就却很大。这种想法，实际不过是一种空想而已。当然，我们并不否认这样的事实，有些人比较适宜于向科学方面发展，有些人又比较适宜于向文学艺术方面发展，而且无论在哪一方面，的确都曾出现过一些非常人所能及的天才人物。李卜克内西对"天才就是勤奋"这句话还作了若干保留，大概也就是因为想到这样的事实。然而，无论如何这是可以断言的，离开了后天的环境和条件，离开了个人的长期的刻苦努力，就不可能有才能的成长和发展，也不可能有什么天才人物。

我想我们一般的人大概不是天才，但也不是低能。努力加时间，再加正确的方向和方法，都是会有成就的。如果写诗没有成就，也可以在别的方面有成就。

年轻的同志们关心自己的前途，关心将来的成就，这是很自然的。但如果成天都去幻想自己的前途，幻想将来的成就，把个人的利益放在人民的利益之上，并且因此发生一些困惑和苦恼，不能全心全意去努力学习，努力工作，那哪里会有什么成就呢？苏联诗人伊萨柯夫斯基在《给初学写诗的人的信》中说，"诗是一种相当不可靠的东西,从来也不可以预先说一个人能够成为诗人或者不能够成为诗人,虽然他在写诗。"他又说,"光荣不会给予一个专门去寻求它的人,然而它自己会走向一个并不想望光荣,但却诚恳地和自我牺牲地为公共福利而劳动的人。"这都是一些良言。

我这些意见是很平凡的,可能对于在学习写诗中感到苦恼的同志们没有什么具体的帮助。每个同志所感到的困难可能是很不一样的,每一篇诗的缺点也不会完全相同。但是,这里面是有一些共同的问题,根本的问题的。这些共同的问题、根本的问题解决得很好,许多写作中的具体问题自然就随之解决。这就是我为什么没有按照同志们问的问题一个一个回答,而却总起来讲了这样一点一般的意见的缘故。当然,这些根本的问题的解决都是需要较长以至很长的时间的。并不是说要等到这些根本的问题得到很好的解决之后我们才可以学习写诗,而是说在我们学习写诗的过程中要努力去解决这些问题,也就是努力从各方面充实自己,提高自己。

常有一些学习写诗的同志寄诗给我看。但我总是不能较快地、尤其是不能较详细地给他们提意见。因为我实在没有这样多的业余时间。就我的印象说来,一般习作的缺点是这样的:许多都在集中的问题上,在语言的精炼、和谐和节奏性的问题上违反了诗的要求;还有,就是违反了文学艺术的共同的要求,缺乏生动的优美的形象;更有甚者,有些习作还显出作者的一般文化修养也很不够,它们的语言不但说不上是诗的语言,而且和正确的通顺的散文的语言也还颇有距离。

有一位同志寄了一些诗给我看。我过了很久才看了,写了一点意见寄给他。但我的信却被邮局退回来了,上面批注着"原机关已撤销"。因此他的作品还保存在我这里。让我引一篇他的诗来作例子吧：

> 我们是后勤战士，
> 我们是祖国的英雄儿女，
> 在艰辛的工作岗位上，
> 英勇、沉着又活泼。
> 千山万水，满地风雪，
> 阻止不了英雄的前进。
> 弹粮送前方，车马飞奔忙，
> 健儿多杀美国狼！
>
> 我们是后勤战士，
> 我们是祖国人民的儿子，
> 在神圣的工作岗位上，
> 坚强、机智又荣光。
> 飞机大炮，生死存亡，
> 阻止不了英雄的前进。
> 抢救伤员，救死扶伤，
> 健儿伤愈上战场。

这篇诗很像是受了某些歌词的影响。但是，就是当作歌词看，这也不是好歌词。因为这里面的形象和语言都太一般化了，不能给予我们什么新鲜的感觉。北京图书馆印发给大家的参考资料里面选得有普希金的一篇题目叫做《囚徒》的诗。我们很可以用它和这篇作品对照着看一看：

我坐在潮湿的牢狱的铁栅栏里：
一只养在笼中的年轻的鹰，
这是我的悲哀的同伴，正在我的窗下，
拍着翅膀，啄着带血的食物。

它啄着，掷着，又看着我的窗户，
好像在和我想着同样的事情；
它用它的目光和叫声呼唤我。
想对我说：来，我们一齐飞走吧！

我们都是自由的鸟儿，是时候啦，兄弟，
　是时候啦！
让我们飞到那儿，在乌云那边山岭发着白
　光的地方，
让我们飞到那儿，大海闪耀着蓝色的光芒
　的地方，
让我们飞到那儿，那只有风……同我在一
　起散步的地方！

"囚徒"这个题材是多么容易写得一般化呵，但是普希金却写得这样有特点，这样动人。它只用一行的文字去描写囚徒自己的生活，接着就描写到一只挂在牢狱的窗子下的笼中的鹰。鹰是一种猛禽，而且这是一只年轻的鹰，关在笼中也是不会驯服的。而这篇诗就从囚徒对于鹰的目光和叫声的感觉、想象，深刻地表现了他对于自由的渴望。它描写鹰的时候是"拍着翅膀，啄着带血的食物"，这样，一个鹰的形象就活现出来了。它写到囚徒从鹰的目光和叫声感到他们共同的对于自由的渴望的时候也不是抽象的一般的语言，而是那样一些鲜明的形象，那样一些使人向往的广阔自由的生活的描绘。

应该说明，那位同志寄来的诗里面也还有一些是比较好的，比较有生活内容的。但是，这些内容较好的诗也写得不够集中，不够精炼。

三　关于读诗

不仅学习写诗的人必须读诗，不打算写诗的人也是应该读诗，应该喜欢诗的，应该把读诗作为我们的文化生活的一部分。马克思年轻时候曾经写过诗，后来不写诗了，但对于优美的诗歌仍是一直保持着爱好。拉法格和李卜克内西在回忆录中说，马克思记得许多海涅和歌德的诗，并且在谈话中时常引用。他从一切欧洲语文中选择作家，不断地阅读各诗人的作品。他喜爱但丁和彭士。对于但丁的《神曲》他几乎全能背诵，对于莎士比亚的戏剧的某些场也能背诵。克鲁普斯卡雅在一篇文章里说，列宁在忙碌的革命活动中也常常读文学作品，他喜欢读普希金、莱蒙托夫、涅克拉索夫、雨果、凡尔哈仑等人的诗歌。他们对于人类的精神劳动的重要成果之一——优美的诗歌的重视和爱好的态度，也是我们应该学习的。

有同志问："如何分别诗的好或坏？如何分析、评价一首诗？"

我觉得根本的办法是努力提高我们的鉴赏能力，从广泛地阅读古今中外的好作品和学习马克思主义的文艺理论来提高我们的鉴赏能力。《聊斋志异》的一篇故事里面描写有一个瞎子，他虽说不能阅读文章，但仍能够辨别好坏。他用什么办法呢？人家把文章烧成灰，他用鼻子闻一闻，就能对它的好坏作出准确的评价。这自然不过是一种寓言，一种讽刺。像蒲松龄这样杰出的文学家，却得不到当时的清朝的主持考试的人们的赏识，所以他写了这篇故事，嘲讽有些有眼睛的人还不如瞎子。但如果我们有很高的鉴赏能力，也的确是可以把作品读一遍就能凭直觉辨别它的好坏的。

有高度的鉴赏能力的人虽然可以凭阅读后的总的感觉、总的印象来直接判断一篇作品，但要他说出道理来，那还是需要思考，需要进行分析。需要细心地进行思想的分析和艺术的分析，即是说需要对于作品的题材、主题、作者在作品中表现出的全部思想感情、作品里面的形象、语言、结构等等都加以衡量，并作出判断来。文学作品的思想性常常是表现得比较曲折的，古代的作品尤其如此。读古代的作品，还需要具备一些关于那个时代、关于它的作者、关于当时的一般文学情况的基本知识，才不致陷入反历史主义的错误。文学作品的艺术性方面的问题也常常是复杂的、细微的。中国过去把做诗斟酌字句叫做："推敲"。这里面有一个故事。唐朝有一个诗人叫贾岛，他有一天骑在驴背上想好了两句诗："鸟宿池边树，僧敲月下门。"他又想把"敲"字改作"推"字，不能决定到底是用哪个字好。考虑得入神了，不觉冲犯了韩愈的车骑。警卫把他推到韩愈面前。韩愈问他，他就把情形说明。韩愈想了一会儿，对他说："敲字好。"缺少文学修养的人也许根本就感觉不出来"敲"字比"推"字好。比较有修养的人大概能够感觉得出来。但到底为什么好呢？大家想一想，就知道要科学地说明这样一个艺术上的个别的小问题也是并不太容易的。

当然，作一个普通读者和作一个批评家，两者所需要具备的知识和条件是可以有许多差别的。一个普通的诗歌爱好者，能够凭读后的感觉和印象正确地判断作品的好坏，这也就可以了。而这，只要经常广泛地阅读各种各样的好的诗歌，从中国到外国，从古代到现在，并具有一些基本的文艺理论知识，大致就可以达到的。

还有同志问："如何欣赏翻译的诗？"

翻译的诗读起来有困难，我想首先是因为它们表现的是外国的社会生活，我们比较隔膜。其次，外国的诗有它们自己的传统，自己的特点，我们开头不大习惯。这两种困难，其实是我们越多读外国的诗就越会减少的。另外，我们还可以用多读关于这些作品的批评介绍文字来帮助解决。再次，有时也可能是由于翻译得不高明。这样的情况是存在的，现在翻译的诗，许多都是把原来的格律诗的形式翻译成没有规律的节奏和韵脚的自由诗的形式，把原来的优美的诗的语言翻译成平庸的散文的语言。

四　关于新诗的状况及其他

有许多同志对目前的诗歌的状况不满意，提出了疑问和批评：

"祖国现在的诗歌的情况不够好；冷冷静静的，诗人们在干什么？学习吗？体验生活吗？还是改行了？"

"我感觉现在有好多诗都唱着一种低沉的调子，而祖国的人民却正进行着大规模的经济建设，怎样使我们的歌声和人民坚决前进的步伐和谐一致呢？"

"诗歌创作不旺盛的原因何在？为什么许多有成就的诗人近来不写了？譬如何其芳同志本人为什么很久不见有作品发表？"

我完全拥护同志们的批评。我们这样一个大国家，这样一个具有非常悠久非常丰富的诗歌的传统的国家，又在这个充满了伟大的历史事变和伟大的胜利的时期，然而却没有振奋人心的诗歌，没有深刻地反映这些事变和胜利的诗歌，这的确是很令人不能满意的。这到底是为什么呢？

这里面有多种多样的原因。诗歌作者们缺少从近几年来的实际斗争中积累诗歌的原料，忙于别的工作，新诗的形式问题没有得到适当的解决，修养不高，写作态度不够严肃，这都是原因。不过有的作者主要是由于这一种原因，有的又主要是由于那一种原因，情况并不完全相同而已。而这些情况合起来就产生了这样一个总的情况：我们今天还没有一个诗歌方面的乐队。大家都曾经听过职业的乐队的演奏吧。一个乐队能够演奏得很整齐，很雄壮，那首先是因为有那样一批经过比较充分的专门训练的人，而且这些人都是在全神贯注地演奏的缘故。我们今天的诗歌方面的情况却是这样：虽说也有一些写诗的人，然而却零零落落，很不整齐；其中有些人并没有经过认真的专门训练，还不能熟练地使用他们的乐器；有些人偶尔拿起乐器来吹奏几声，马上又跑到后台里面做别的事情去了；剩下三几个人在那里勉强撑持场面，但也是无精打采地吹奏着。像这样，台下的群众喝倒彩完全是应该的。我想我们大概都会承认，训练出一个可以上台的乐队队员总还是比培养出一个像样的诗歌作者比较容易一些。然而我们今天却存在着一种奇异的逻辑：因为作乐队队员是比较容易的，所以需要有一批受过专门训练的人，不可随便拉一些人上台去演奏；因为写诗是比较困难的，所以不要管它，听其自然发展，而且如果诗歌的状况因此不佳，那就是怪事。我并不是说真有谁发表过这样的主张和议论，而是说我们今天的事实呈现出来了这样一种逻辑。

　　有同志问我为什么很久不写诗。我很感谢这样的批评和督促。但应该说明，这位同志把我列入有成就的作者之中，那是使我十分惭愧的。虽说我过去有过相当长的一段时间写诗，但恐怕还说不上有什么成就。一个人花很长的时间去做一件事情而没有成就，按照道理是应该灰心了吧，然而我很久没有写诗倒并不是由于这而是由于别的原因。要我说真心话，我还是很想写诗的，而且我相信，如果能够再写的话，大概总可以比过去稍微写得好一点。那么到底又为什么很久不写呢？真是有些说来话长。整风运动以后我对于自己过去的诗作了批判，认识到无论在内容上还是在形式上都不能照那样写下去了。我认为首先应该改造自己的思想感情，然后是改造自己的诗的形式。后来好几年都忙于做别的事情，连业余的时间都轮不到用在诗歌上。由于没有时间去研究和实践，诗的形式问题也长期得不到解决。一直到最近一二年我才有了一个比较确定的看法，因此很想按照这种看法去重新写诗。我的看法说来也是很平常的，那就是虽然自由诗可以算作中国新诗之一体，我们仍很有必要建立中国现代的格律诗；但这种格律诗不能采用古代的五七言体（我认为有些同志想用五七言体来建立现代的格律诗，那是一种可悲的误解，事实上已证明走不通），而必须适合现代的口语的特点；现代的口语的基本单位是词而不是字，而且两个字以上的词最多，因此我们的格律诗不应该是每行字数整齐，而应该是每行的顿数一样，而且每行的收尾应该基本上是两个字的词；中国古代的诗都是押韵的，中国的语言同韵母的字很多，押韵并不太困难，因此我们的格律诗应该是押韵的，而不必搬运欧洲的每行音组整齐但不押韵的无韵诗体。然而有了比较确定的对于形式的看法并不等于马上就可以坐下来写诗。我向来的习惯是这样，没有真正的感动，没有比较充分的酝酿，我是不写诗的，因为那样写出来的诗一定是坏诗。最近几年来我都是在学校里工作，而且是成天坐在桌子面前的工作，这首先在取得诗的原料方面受到了极大的限制。有时从生活中、从报纸上也得到了一些感触，想把它们写成诗，但又总是没有酝酿的时间。总是忙于这样那样的事情，不能把这些感触提高、丰富，以至可以动笔去写它。而且我现在打算采取的格律诗的形式又比过去的形式要求有更多的推敲的时间。极其简单地说来，这就是我很久没有写诗的原因。

　　诗歌方面的不好情况，我相信不过是短时期的现象。既然大家不满意这种情况，这就是一种推动的力量，有助于这种情况的改变。我们的社会是新生的蓬蓬勃勃地向前发展的社会，我们不可能设想一切都大步前进，而诗歌却长时期地落在后面。至于个别的人写不出诗来，或者写不出好诗来，那是没有什么要紧的。当然，我们并不能用这来推脱自己的责任。虽说写诗对于我一直不过是一种业余的活动，而且这几年来更连业余的时间都轮不到用到它身上，现在的情况也仍然如此，但只要可能，我还是要努力去写的。我希望我不至于永远辜负同志们的鼓励和督促。

1976年摄于万县长江口红沙碛

写诗的经过

一

这样的信已经收到不少了，要我讲一讲写诗的经过。对这些信我总是这样回答："这不是几句话讲得清楚，以后我写篇文章来谈谈吧。"

一个人作了诺言是应该实践的。尽管把我学习写诗的过程写出来，很可能使这些同志大为失望，我还是应该来写一下。

我最初接触我国古代的诗歌是上私塾的时候。我所上的私塾是封建性很浓厚的，完全不适合儿童的智力和兴趣的。那种乏味的私塾生活使我的童年过得很暗淡。由于私塾生活和家庭生活的暗淡，我从十二岁起就养成了在假期中自己读书的习惯。起初是迷于读旧小说。我常常从早晨一直读到深夜。当然，有许多小说并没有价值；但有名的作品《三国志演义》、《水浒》、《西游记》、《聊斋志异》等，也就是在这些时候读的。后来阅读能力增强了一些，别的书也读起来了。家里的藏书很少。在一个红色的大书箱里，占了大部分位置的是一部《十三经》。我还记得那是刻印得相当讲究的，纸张也很洁白，但可惜它并不能作为儿童的课外读物。找来找去，找到了一部《昭明文选》。开头就是《两都赋》、《三都赋》之类。左思的《三都赋》，那是读别的书的时候从典故中知道它的名字的，据说作者构思十年，写成后大家争着抄写，以至洛阳纸贵。我就开始来读这些有名的赋。但硬着头皮读了一部分，终于读不下去。找到了一部《赋学正鹄》，那大概是选来供考科举的人揣摩用的，从汉魏六朝的短赋、唐朝的律赋，一直选到清初尤侗等人的赋。应该说这并不是一个什么好选本。然而我倒读下去了，其中一小部分我还读得好像很有些味道。还有一部《唐宋诗醇》，选的是李白、杜甫、白居易、韩愈、苏轼、陆游六家的诗。记得是十四岁那年的暑假，我把这部份量相当重的选本读完了，而且记得最能打动我的是李白和杜甫的某些作品。这是我第一次真正接触到诗歌。不管当时的理解是怎样幼稚吧，我是真正从心里爱好它们，从它们感到了艺术的魅力，艺术的愉快。伟大的诗人是这样的，他们的有些作品是能够使人从少年一直喜爱到老年的。虽然现在的理解和那时已经很不相同，在我的心上，在那六个诗人当中，仍然是李白和杜甫高出于其他诸人之上。

我爱好诗歌就是从这开始。但我又记得当时并不曾有过自己想写诗的冲动。私塾的老师给我规定的功课是这样的：除了经书而外，还要念古文、唐诗和试帖诗的选本；并且每三天之内，一天学做论说文，一天学做七言绝句，一天学做试帖诗。那个作为功课念的唐诗选本选得并不好，给我的印象不如我自己读的《唐宋诗醇》深。绝句一共只四句，倒不难胡乱凑成。学做试帖诗却是一件苦事。试帖诗是清朝考科举的一种诗体，每篇限定十六句，每句五字；除了开头两句和结尾两句，都要对仗工整；而且平仄讲得很严格，除了个别的字，一律不准错用。这种所谓诗，我学做了一年还不能完篇，只做到了八句。把诗当作功课来做，题目都是老师出的，叫做赋得什么，这和创作是完全不相干的（即使是十分幼稚的创作）。那时候，清朝已被推翻了十三四年，我还学做那种八股文式的试帖诗干什么呢？那是因为我的祖父很守旧，他坚信还有皇帝要出世，而且坚信科举制度还要恢复，所以他就请一位老秀才来教我那一套。

后来我离开私塾，上新式学校去了。在初级中学里过了一年半胡闹的日子，功课没有好好念，文学也没有怎样更加接近。值得提起的事情不过是接受了白话文和有机会读到了《红楼梦》而已。后来转学到另外一个学校，环境陌生了，生活过得安静而寂寞，我才重又把课外的时间消磨在文学书上。多数的功课还是没有好好念。给我带来的恶果之一就是我直到现在，连自然科学的基本常识都很缺乏。但有两门课我却是用心听的。一门是几何。教几何的老师讲得那样明晰，使我感到这个功课不但不枯燥，而且那种逻辑和推理的精密好像有着吸引力。这对少年人的头脑是一种有益的训练。再一门是英文。教英文的老师很认真负责，我至今仅有的一点英文文法知识都是他给予的。还应该感谢他的，是他介绍一本英译的安徒生童话选集作我们的课外读物。那个选集不过八篇童话，而且我记得我并未读完。但是，其中的《小女人鱼》、《丑小鸭》和《卖火柴的女儿》却给了我很深的影响。我至今还是认为，那个人鱼公主的故事是世界上最美丽最动人的故事之一。它们引导我更走近了文学。虽然那不是用分行的形式写的，它们却是真正的诗。自然，我当时读得更多的还是"五四"以后的新文学作品。但大概是由于理解和趣味的限制吧，我喜欢的作家是很少的。冰心女士是我当时爱读的作家，我喜欢她的《寄小读者》，她的那些题作《往事》的散文，她的小诗集《繁星》和《春水》。也读了泰戈尔的《飞鸟集》和《新月集》。就是在这样一些影响之下，我开始用一个小本子写起诗来了。那时我十七岁。

那时小诗的形式是流行的。记得有一天我读报纸，报上发表了

一个女中学生因为恋爱问题而自杀的新闻,新闻里面抄得有她的几首遗诗。现在我还记得一首:

> 不梳的发儿偏偏,
> 不画的眉儿弯弯,
> 不乐的心儿酸酸。

小诗的形式就是这样的。不过不一定都押韵,也不一定字数整齐。我当时写的也是小诗。我上的那个中学是在江边。黄昏时候我踯躅在废圮的城墙上,半夜里我听着万马奔腾似的江水的怒号,或者月夜里独自在那满是树叶和花枝的影子的校园中走着走着,有了一点感触,就把它们写在本子上。内容自然是十分幼稚的。我记得我写满了一本,一直没有给谁看过。后来大概是自己也觉得太幼稚吧,偷偷烧掉了。现在我仅仅记得三行了。但它还不如上面那位少年的死者写得好,所以我举出她那一首作为小诗的例子,而没有勇气把自己的三行写出来。

我上高中的时候,刊物上流行的是另外一种诗的形式。因为它每行字数整齐,曾被嘲笑为豆腐干体。其实也并不全是豆腐干,有时字数是有变化的,不过每节的变化都一样,看起来还是很匀称而已。我的小本子的习作,也就变为这样的形式了。那时我对于新诗是多么入迷呵!我几乎把所有能够找到的新诗集子都找来读完了。我不去好好学高等代数和解析几何,却像第一次坠入恋爱的人那样沉醉于写诗。这种形式整齐的诗我写了两年,写满了两三个本子。其中有些篇章我当时觉得还不太坏,还有笔名发表过。但是,那些胡乱的涂抹不要等待多久我也就认识到它们没有多少价值了。那多半都是一些幼稚的浮夸的感情的抒写。而且,当我感到一边写着,一边还要计算字数,这未免有些可笑,我就连那种形式也否定了。这些习作我也全部烧掉了,一首都没有保存。

二

我开始保存我的习作,并且有勇气署上真名发表它们,那已经是在我上大学以后了。那已经是在我多读了许多文学作品以后。

我只念了一年高中。后来失学了一年,就上大学了。我在大学里念的是哲学系。我的志愿本来是终身从事文学。但我当时有这样一种想法:从事文学的人应该了解人类的思想的历史;文学作品是可以自己读的,而思想史却恐怕要学一学。于是我就上哲学系了。结果却出乎意料以外,我原来有的那一点点对于思想史的兴趣,在学哲学的过程中几乎全部消失了。就西洋哲学来说,笛卡尔好像还可以念懂;康德就很吃力,念得似懂非懂;到了念黑格尔的哲学,就存心不好好念,干脆还它个不懂了。我们的那位教康德和黑格尔的秃头的教授,他说他每次讲这两门功课,必定从头到尾把康德和黑格尔的著作静心再读一遍。然而他却无法把他的功课教得人可以听懂。我上他的课总是这样:用心听就必然要打瞌睡;不用心听就听不进去,就望着窗子外边的金色的阳光幻想起许多别的事情来了。这位在外国以关于黑格尔的论文得了哲学博士学位的教授,他从来不发讲义,甚至连黑板也不写,在讲堂上总是翻起康德或者黑格尔的著作,东念一段,西念一段,然后半闭着眼睛,像和尚念经似地咕噜起来。要抵抗这种催眠术是很困难的。但更根本的原因还并不在教学方法上。离开了大学几年之后,接触了一点马克思主义的哲学，我才知道用唯心主义的观点来讲解唯心主义的哲学，那是永远也无法讲得清楚明白的。我们的另一位教中国哲学的教授，他的教学方法也颇为别致。他的讲义倒是事先写好的，然而他并不印发给大家。上课的时候，他总是拿着稿子每一句话念两遍，要大家静静地坐着默写。上这样的课实在太闷气了。所以我有计划地缺课，准备缺到不至于被取消学分为止。但后来不知怎么还是超过了规定，我白白地作了一半年的记录。我还曾选过一门叫做释典文学的功课，以为这会有助于念佛教的经典，研究佛教的哲学。但教这个功课的先生更令我失望。他每次上课都是这样：前一小时在黑板上用拳头大的楷书抄写他的讲稿，要大家照着抄；后一小时就全部用来骂人，骂五四新文化运动。我那时在政治上已经够落后了，但对这种顽固和反动也实在无法忍受。我很气愤地把这个选课取消了。应该说一句公道话，当时也有个别的教授是勤恳的，上讲堂一句闲话也不说，就按着他的提纲讲起功课来。然而上面所说的那种总的情况却把我对哲学的兴趣消磨殆尽了。我一下课就完全沉浸在文学书籍里。到了晚上，我常常从我的宿舍出发，经过景山前面那条静寂的长街，踏过北海和中海之间的白石桥，一个人到北京图书馆阅览室去读书。我记得我差不多把北京图书馆当时所有的外国文学作品的中译本都读完了。

　　我在中学时候主要是读的"五四"以后的新文学作品。那时读翻译的外国小说，常常觉得那些人物的名字不好记；读翻译的外国戏剧，也常常觉得第一幕头绪纷繁，记不清那些线索。是在失学的那一年，才开始多读了一些翻译的作品。以后，这种困难就不存在了，而且反过来再读当时有些本国作家的作品，却觉得像加了过多的水的酒一样，不能给人以强烈的感觉了。所以在大学四年中，我主要是读了许多外国文学作品。我读了屠格涅夫、陀思妥也夫斯基、托尔斯泰、契诃夫、雨果、福楼拜尔、莫泊桑等人的小说。我读了莎士比亚、易卜生、契诃夫、霍卜特曼等人的戏剧。我也曾用我那位中学的英文老师教给我的那点可怜的外国语程度，直接读了一点雪莱和济慈等人的短诗。在这些杰出的作家而外，我还读了许多比较次要比较小的作家的作品，而且其中包括了一些没落资产阶级的形式主义的作品。由于当时在政治上的落后，有一个期间我从那些病态的倾向不好的作品所接受的影响竟至超过了那些正常的现实主义的杰作。我就曾经爱好陀思妥也夫斯基甚于托尔斯泰，爱好法国某些象征主义的诗人甚于一些大诗人。记得当时我也曾读过一些高尔基的短篇小说和回忆录，觉得那是很动人的，但我当时最欣赏的却是他的《为了单调的缘故》和《当一个人独自的时候》那一类的作品。我写过一篇题目叫做《独语》的短文，就是在读了高尔基的那篇把孤独描写得阴森可怕的奇异的散文之后。这时我又还读了一些我国的古典文学作品。我买了一部《全唐诗》，一部《宋六十家词》，一部《元曲选》，但我都只读了一部分。那时我很讲求艺术的完美，读到一些我觉得不好的作品就不愿读下去了。我曾经在一篇短文里这样记下过我当时的感觉："不但对于我们同时代的伴侣，就是翻开那些经过了长长的时间的啮损还是盛名未替的古人的著作，我们也会悲哀地喊道：他们写了多少坏诗！"我记得我有一个时候特别醉心的是一些富于情调的唐人的绝句，是李商隐的《无题》，冯延己的《蝶恋花》那样一类的诗词。这种趣味比我最初接触我国古代诗歌的时候反而狭窄了，反而不很正常了。总之，我不加选择地广泛阅读的结果，或者更正确些说，依照我当时的思想倾向和艺术趣味在阅读以后实际上还是有所选择的结果，我的文学修养大为提高了，但同时也接受了许多消极的东西。其中最不好的是腐朽的悲观思想的影响。

我在大学生时代所写的诗和散文大致就是这种情形之下的产物。如果要略为加一点区别，也可以这样说，那些消极的思想在散文里比在诗里表现得更多。这是因为我那些诗大半写于一九三二年以前，那时我受那些鼓吹悲观、怀疑和神秘主义的世纪末文学的影响还不深，而那些散文却多数都写得晚一些，是写不大出来诗以后的代替品。大学生时代我经常有写诗的冲动的期间不过是一九三二年夏天到秋天那几个月。有时一天之中，清早也写，晚上也写。过去做旧诗的人，常常有梦中得句的经验。我那时也就入迷到那样的程度，有一次就梦见在梦里做成了一首诗，而且其中有一些奇特的句子。醒来只记得几行，但我把它补写成了。这首诗后来还收入了我的第一个诗集，题目叫做《爱情》。里面有"南方的爱情是沉沉地睡着的，它醒来的扑翅声也催人入睡"，"北方的爱情是警醒着的，而且有轻趑的残忍的脚步"那样一些近乎怪话的句子，好像就是醒来还记得的几行。我的第一个诗集《预言》是这样编成的：那时原稿都不在手边，全部是凭记忆把它们默写了出来。凡是不能全篇默写出来的诗都没有收入。这也可以说明我当时对于写诗是多么入迷。一个人如果不是高度地把他的精力和心思集中在他的写作上，他是不可能把好几百行诗全部记住的。高度地把精力和心思集中在一种工作上，固然也未必就一定可以把工作做得很好；但这种热爱和入迷却是我们做好任何工作的一个必要的条件。我这并不是想说明我那些诗已经写得不错。那些诗，既然是脱离时代、脱离当时中国的革命斗争的产物，它们的内容不可能不是贫乏的。如果说那里面也还有一点点内容的话，也不过是一个政治上落后的青年的一些幼稚的欢欣，幼稚的苦闷，即是说也不过是多少还可以从它们感到一点微弱的生命的脉搏的跳动而已。不久以后我自己也就认识到了。我曾借用一句李煜的词来概括过我那些诗的内容："留连光景惜朱颜"。我大学一年级正是"九·一八"事变爆发的那一年。中国和世界的局势都在发生着巨大的变化。接着是日本帝国主义进一步的侵略，蒋介石反动集团坚持对外不抵抗，对内屠杀人民，全国人民抗日救亡的爱国热潮日益高涨。在这样的时候，我还在那里"留连光景惜朱颜"，实在太落后了。但是，革命的形势太强大了，就是我这样落后的青年，也不可能不受到它的影响，它的鞭策。我从大学毕业以后，就逐渐地而且最后是坚决地抛弃了我那些错误的思想，终于走向进步了。

三

有同志问我，"你是怎样写起诗来的？"以上就是我的回答。这实在是一个太古老太过时的故事。今天的年轻的同志们，生活在完全不同的时代，走着完全不同的生活的道路，也走着完全不同的文学的道路，难道从这里面还可以找到什么可供参考的东西吗？

我已经尽可能客观地作了一点叙述。同志们自己去得出结论来吧。

高尔基曾经说过，创作的欲望可以在两种不同的情况之下发生：一种是由于生活的贫乏，一种是由于生活的丰富。在前一种情况之下就产生了美化生活的装饰生活的浪漫主义，在后一种情况之下就产生了真实地赤裸裸地描写生活的现实主义。我之所以爱好文学并开始写作，就是由于生活的贫乏，就是由于在生活中感到寂寞和不满足。在我参加革命以前,有很长一个时期我的生活里存在着两个世界。一个是出现在文学书籍里和我的幻想里的世界。那个世界是闪耀着光亮的,是充满着纯真的欢乐、高尚的行为和善良可爱的心灵的。另外一个是环绕在我周围的现实的世界。这个世界却是灰色的,却是缺乏同情、理想、而且到处伸张着堕落的道路的。我总是依恋和留连于前一个世界而忽视和逃避后一个世界。我几乎没有想到文学的世界正是从现实的世界来的,而且好像愚昧到以为环绕在我周围的那个异常狭小的世界就等于整个现实的世界。其实在我当时的狭小的生活圈子以外,革命就正在轰轰烈烈地进行。在那前进的生活的激流里就正是充满着理想的光辉,斗争的欢乐,可歌可泣的崇高的人物和行动。这个现实的世界的生活的丰富和动人,早已超过了我所沉醉的那个文学的世界。然而我不知道它,也不试图去了解它。在这种情形之下去开始写作,如果说高尔基的那样的话仍然适用的话,我想恐怕应该加一点限制,就是说那很容易产生引导人脱离现实的消极的浪漫主义。能够加强人的生活的意志的积极的浪漫主义,仍然是必须以积极的生活和斗争为基础的。

　　对于今天初学写作的年轻的同志们,生活本身已经给他们规定了广阔的健康的道路。我想不至于还有人会走入我那样的歧途吧。不少的同志写信给我,说他们想学写诗,是因为在生活中见到了感动人的事情。那么在诗和生活这个问题上,对于那些积极地参加社会主义建设的同志,恐怕应该多讲几句的已经不是诗的根株必须深深地种植在生活的黑土里,而是到底需要加些什么养料然后才可以从生活里生长出花朵一样的诗。花必须从泥土里生长出来,然而从地里长出来的并不都是花。不少初学写诗的同志喜欢把习作寄给别人看,并且问:"你看我这到底像不像诗?"我并不反对向别人请教。我也不否认从别人的意见常常可以得到益处。但是，我想最重要的还是自己要有判断力。如果暂时还没有，也应该努力去获得它。一个织布的工人，我想他是不会把他的劳动的产物拿出来这样向人请教的："你看这像不像布？"

judge一篇分行写的东西是不是诗，比判断一匹布自然要复杂一些。但在具有相当的文学修养（包括关于诗歌的特殊修养）的人，这恐怕也并不是什么难事。一篇可以无愧于被称为诗的作品，我想总要具备这样两个基本条件：首先要有能够感动人的诗的内容；其次，要有相当优美的诗的表现形式。也许困难就在这里，自己觉得从内容到形式都配得上叫做诗，然而别人读来，却既不感动，也不觉得优美。对文学作品的评价是常常有争论的。这种争论不仅可以发生在作家和批评家之间，而且还可以发生在批评家和批评家之间。然而，无论如何，文学艺术总有它的客观标准。作为社会主义社会的公民，我们是有共同的思想感情的，我们是有共同的道德观念的，因此什么样的内容能够感动我们，什么样的内容不能感动我们，就有了一个标准。当然，文学艺术的标准问题并不就是这样简单。违背我们的共同的思想感情和道德观念的固然不能为我们所接受；符合我们的共同的思想感情和道德观念的也并不一定都能感动人。文学艺术要求它自己在这一点上和生活一样，无穷无尽地提供着新鲜的东西，深刻的东西。而诗歌，更要求它自己是从生活的泥沙里淘洗出来的灿烂的金子，是从生活的丛林里突然发现的奇异的花，是从百花之精华里酝酿出来的蜜。文学艺术要求的并不仅仅是正确，尤其不是那种一般化、公式化的正确。至于诗的表现形式，那是千变万化的，到底怎样才算优美，就更难于归纳为一些条文。不同的民族和不同的时代各有它们的优美的形式，甚至每一个杰出的诗人也各有他的独特的创造。但是，或许还是可以举出一些主要的共同的东西来，那就是形象的优美和丰满，语言的精炼、和谐和富于音乐性，作为一个整体的天衣无缝的有机的构成。

我的同乡扬雄曾经说过："能读千赋则善赋。"但他的赋写得并不好，而毛病正出在有意模仿前人的作品。杜甫也曾经讲过他的创作经验："读书破万卷，下笔如有神。"这一条也不是人人适用。读过万卷书的人未必都能写出好诗来。不过这一点却是完全可以肯定的：一个人如果读了一千种古今中外的名著，他的文学欣赏力和判断力一定会大大地提高。我在初学写诗的阶段，能够年纪大了一岁或两岁就否定自己以前的作品，看得出它们的艺术上的不行，并不是由于什么人的指导，就仅仅是因为多读了一些名著。向别人请教，他可以告诉你写得还不好，也可以告诉你努力的方向。但是，要自己能够真正懂得什么是好，什么是不好，并从而有可能把习作写得比较好一些，首先还是要依靠自己的修养的提高。

现在爱好文学并想学习写作的人的成分，和过去比较起来是有很大的变化的。过去大致都是一些文化水平较高的青年知识分子。现在却有很多是人民解放军的战士，是工人，是各种各样的实际工作岗位上的干部。这说明新文学所到达的社会层扩大了很多，作家的后备队伍也扩大了很多。从这个后备队伍里，将要越来越多地从劳动人民中间产生出一些作家来。这都是很好的现象。但随着这，自然也就有这样一种情况，许多想学习写作的同志准备还很不够。其中有些同志不但文学修养不高，而且文化水平也较低。真要学习写作，是必须重视和解决这一问题的。奥斯特洛夫斯基在开始写《钢铁是怎样炼成的》之前，他说他准备了好几年，他"如饥如渴地寝食于文艺书籍之中"。他说，"没有这个大而深邃的准备，是没有可能从事写作的"。至于工人阶级的最伟大的作家高尔基，他在从事写作之前所作的准备，所读的书籍之多，那更是大家都知道，不必细说。丘可夫斯基在一篇回忆高尔基的文章中说，十月革命后他参加了高尔基所领导的编辑《世界文学》丛书的工作，他发现高尔基对于外国文学比许多教授还熟悉。不但是有名的，而且是不很有名的作家，他都读过他们的作品。高尔基和奥斯特洛夫斯基这样的作家的才能不可能人人都有；但这种在写作之前必须有所准备、必须大量地阅读文艺书籍的经验却是人人都适用的。在解放以前，许多初学写作的人主要是从当时的少数流行的文学刊物、文学书籍得到一点修养。我初学写作的时候也是如此。不知道现在的情形是否还是这样。要知道，这是非常不够的。仅只就写诗来说吧。一个学写诗的人，我想首先必须了解和继承"五四"以来的新诗的传统。只从当前的文学刊物，就无法解决这个问题。我们亟需有一个选本，把"五四"以来所有写得比较成功的诗编在一起，以便于大家阅读。其次，要把我们的诗写得更精炼一些，更优美一些，我们还必须多读我国古代的那些杰出的诗人的作品，认真地向它们学习。翻译过来的世界各国的名诗人的作品也是必须读的，这可以使我们的眼界更广阔，更多了解一些诗歌的成就和传统。如果可能，我还想劝学习写诗的同志们学一二种外国语，学习那种曾经产生过许多迷人的诗篇的外国语。诗歌的语言和形式的美，经过了翻译，是无法不受到损失的。我做大学生的时候，曾经直接读过莎士比亚的《哈孟雷特》和《暴风雨》，后来又读过这两部名著的散文译本，它们之间的差异简直就像葡萄酒和白开水一样。

　　学习写诗必须有关于诗歌的特殊修养。但只阅读诗歌仍然是不够的，还必须多读古今中外的著名的小说、戏剧和散文。还必须有文学史的知识，文学理论的知识。这样才可能有比较完全的文学修养。文学艺术的各个种类都有它们的特点，但也有它们的共同的地方。不但同是语言艺术的文学的各个种类，就是音乐吧，从它的特点看来它和文学是很不相同的，然而它和诗歌却实在又很有相似和相同之处。我国许多地区的民间歌曲，比如陕北、内蒙古、新疆、云南等处的某些歌曲，那是多么迷人呵！我们的抒情诗如果能写得那样单纯，那样强烈，那样长久地在人的心灵中缭绕，那就很好了。写诗的人从音乐和其他艺术都是可以学到东西的。

四

我在大学毕业以后做过三年中学教员。就是在这期间，由于抗日爱国运动的高涨，也由于多接触到了一些社会生活，我的思想发生了变化。思想上的变化使我当时最爱读的作家变成鲁迅、高尔基和罗曼·罗兰。而这些作家的著作又反过来使我的思想更倾向进步。文学，曾经是它引导我逃避现实和脱离政治的，仍然是它又引导我正视现实和关心政治了。抗日战争爆发的第二年，我参加了革命。我的第二个诗集《夜歌和白天的歌》，除了第一篇，都是参加革命后写的。写它的经过以及它的限制和缺点，我已在它的《初版后记》中作过说明，不必重复。这一段写作生活有这样一个最根本的经验：一个从旧社会生长起来的人，如果不经过思想改造，即使参加了革命，他对新的生活的接触和认识仍然是会受到很大的限制的，他的作品仍然是会流露出许多不健康的思想情感的。诗歌常常比小说戏剧更为直接地显露出作者的思想感情。一个新时代的诗人，必须有这个时代的最先进的思想，工人阶级的思想，然后才可能成为强有力的革命的歌手。我这个集子,把它放在它所从之产生的时代的背景上来加以考察,它的内容仍然是很狭窄的,而且仍然是显得落后的。但在我个人的写作经历上,比起《预言》来,它的内容却开展得多,也进步得多了。过去所受到的形式主义的影响和束缚,也可以说基本上已经摆脱了。生活和思想发生了很大的变化自然是最根本的原因。这个期间曾经读了一些马雅可夫斯基和惠特曼的诗,曾经读了歌德的《浮士德》,也是对于我摆脱形式主义的影响和束缚很有帮助的。《夜歌和白天的歌》这个集子说明我还在生长,还没有成熟。然而,我在写诗方面的学习阶段还没有结束,由于工作的需要,我不得不把它放在一边,学习起别的东西来了。学习理论,学习写批评文章,学习做其他革命工作。而现在,我又得在我国古典文学研究工作中作一个新的学徒。

我学习写诗的经过可以谈谈的就不过是这些了。经验产生于大量的劳动。我写得不多,所以就谈不出多少经验来。参加革命以前,除了最初的胡乱涂抹的那三年不算而外,我经常有写诗冲动的时候实际不过几个月。参加革命以后,我创作欲比较旺盛的时候也不过是一九四〇年那一年和一九四二年春天。其余的时间我不是写得极少,就是完全没有写。这个不能经常地写出诗来的弱点,我自己是很早就感到了的。一九三六年我就曾经在一篇文章里这样写过:"我自知是一道源泉枯窘的溪水,不会有什么壮观的波澜,而且随时都可干涸。"但我当时还不明白这枯窘的原因是什么。延安文艺座谈会以后我才恍然大悟:这是由于我的生活很狭窄,这是由于我很少接触劳动人民的生活。这当然是无可怀疑的根本原因。不过也还可以追问一下。不管我的生活怎样狭窄,我所写出来的和我所生活过的真是相称吗?不用说,还是写得太少了。或者还可以找到一个解释：写诗一直是我的业余活动，而且后来连业余的时间也轮不到它了。应该承认这个客观原因。不过也还可以再追问下去。如果真有许多东西想写，而且它们像火一样非燃烧起来不可，像河水一样非奔流到海不可，客观的条件真能阻止它们吗？不用说，还是得承认要写的东西并不多，并不强烈。

　　本来是有这样两种作者的。一种作者，他们的创作很旺盛，就像喷泉一样不断地喷射出来，好像他们生到世界上来就是为了歌唱，就是为了把他们的光芒四射的才华尽量发挥出来一样。这就是那些有重要的成就的作者，文学的历史就主要是由他们所创造的。还有一种作者，他们对于文学艺术不是不热爱，不是不严肃，然而他们却只能贡献出那样一点不多的东西。原因自然是复杂的，但总之是有这样的事实……当我这样想的时候，这很像是在为自己的不努力作辩护了。努力不够也是应当承认的。两年以前，我读到一本关于马雅可夫斯基的书，从那本书我才知道他成天都在写诗。他从早到晚，无论是街上蹓跶，无论是在和人谈话，他的脑子里都在酝酿他的诗。因此他对于别的事情总是心不在焉。因此他每天都有他的经常的产量。从这样的记载我才感到我过去所作的人为的努力实在太不够了。正因为我对于诗是那样重视，那样不愿糟蹋它的名字，我从来就极少勉强去写它。我总是要有创作冲动的时候才去写。我以为如果为了使自己的名字经常在刊物上出现而去写诗，为了保持诗人的称号而去写诗，为了怕被读者忘记而去写诗，那都是近乎不道德的事情。但自然而然地有创作冲动的时候又总是很少。这样就常常沉默了。从那本关于马雅可夫斯基的书，我才知道诗也是可以每天都写的；我才知道应该把严肃的每天写作和不严肃的粗制滥造加以严格的区别；我才知道如果每天都去写诗，都去酝酿诗，创作冲动也就可以经常有了。但可惜这我知道得太晚了一些。我读到那本书的时候，我的职业的工作已经不可能允许我每天都抽出一部分时间来写诗或酝酿诗了。而且我们今天的任何职业的工作都是决不允许人成天心不在焉的。

　　有时候我也这样想，读了许多前人的作品，从它们得到了那样多的艺术的享受，如果写不出一点可以留传的东西，就像蚕子吃了许多桑叶却吐不出丝来一样，实在是负了一笔精神上的重债。但当我埋头于别的工作，我又想，社会的需要是多方面的，一个人可以贡献给国家和人民的并不仅仅是诗歌。就像我现在的工作，如果能够好好把我国过去的那些杰出的作品研究一下，能够为它们作出一点较好的解释和说明，这或许也是还债之一法吧。使我苦恼的是尽管我早已改行了，从一九四二年夏天起就基本上停止写诗了，但直到现在仍然有一些好心的同志写信来督促我，责备我，鼓励我写诗。而且有时候这种督促、责备和鼓励是表达得这样动人："请求你多为我们写诗，写关于科学进军的，或者是关于友谊的……我们爱诗，爱一切美好的诗的语言。我们爱它的刚强，爱它的温柔，爱它的激烈，爱它的诚挚，爱它的恳切……请为我们写一点什么吧！我们等着。""我们的诗是多么少呀！可是，我们需要诗，就好像饥饿的人贪求食物一样。我们不能老读外国的诗呀！我们自己的生活是这么美好，为什么会没有我们自己的诗呢？请回答我，为什么没有？为什么会没有呢？"收到这样的信，一个人就是在心里已经结了冰，也会被这些热情的语言所溶化的。然而却不能用作品来回答。这种对于同时代的人所负的债，是比对于前人所负的债更加沉重的。

五

　　有一些同志问我："你是怎样从生活里取得主题和题材的？"因为我写得少，绝大多数的情况是我在生活中自然而然地有了写诗的冲动，也就是有了可写的主题和题材然后去写，所以这个问题好像实际上并不成为问题。我最初学写诗的时候，连主题和题材这两个名词都没有听说过，但我还是写了。后来在生活中有了写诗的冲动，有了想写的东西，倒总是要考虑一下它是否值得去写。但这种考虑也常常只是大致想一想而已。因为那时候主要是处于一种感动和沉醉的精神状态中。写一个规模较大的作品事前的考虑是应该更充分一些，更细致一些的，但写短小的抒情诗却事实上常常不过如此。我在前面提到过，我当大学生的时候，曾根据梦里做成的一些诗的断片写过诗。这首诗的形成好像是一种很荒唐很特殊的情况。然而它仍然是从生活中孕育出来的。就是那里面的"南方的爱情是沉沉地睡着的，它醒来的扑翅声也催人入睡"，"北方的爱情是警醒着的，而且有轻躅的残忍的脚步"那种近乎怪话的句子，也不仅仅是受了形式主义的影响的结果，或者是不必认真去追问它们的含义的梦话，而是表现了一个年轻人对于幻想中的美满的爱情的歌颂和对于现实中的并不美满的爱情的怨言。爱情当然并无南北之分，只不过因为作者当时生活在北方，他就有了那样的奇特的想象罢了。文学艺术理论是一种科学，然而文学艺术创作却不是科学。对于文学艺术创作中的某些想象，不但不能用自然科学去反对，而且是不能用社会科学去约束的。这首诗的最后一节就更为明显地表现出来了它的主题：

> 爱情是很老很老了，但不厌倦，
> 而且会作婴孩脸涡里的微笑。
> 它是传说里的王子的金冠。
> 它是田野间的少女的蓝布衫。
> 你呵，你有了爱情
> 而你又为它的寒冷哭泣！
> 烧起落叶与断枝的火来，
> 让我们坐在火光里，爆炸声里，
> 让树林惊醒了而且微颤地
> 来窃听我们静静地谈说爱情。

然而，老实说，这些解释和说明是我现在才给与它的。二十三年以前我写它的时候，我并不是这样明确，只是为这样一些形象、情绪和气氛所萦绕，觉得这可以写成诗，就把它写了出来而已。这大概是创作和批评的一种很重要的区别吧。

抒情诗的主题和题材，我想一般都是生活的自然的累积的结果。累积到一定的时候，由于某种因素的刺激，它就成为具体的创作冲动，成为具体的诗的内容。有些时候，我们首先得到的是几行主要的句子或者一些主要的意境，好像一只乐曲中的主要的旋律一样。有了这，往往就顺利地写下去了。一九四〇年在延安，我对于一切革命工作都是积极的。白天总是在忙碌中过去了。晚上，由于当时的物质生活的困难，每天只能发很少一点灯油。这样就有一些空闲的时间，就间或又想起了在旧社会的经历以及其他许多事情。驰骋这些散漫的思想的时候，自己也意识到有些感情是软弱的，知识分子气的，但又好像不能一下子克服。当时接触到有些从旧社会来的年轻的同志，他们也有这样的苦恼。这就是产生我那些《夜歌》的生活的基础。记得有一次，那真是一个美丽的五月之夜，我很久很久不能入睡，于是我想到了许多许多事情。我想到了《雅歌》中的"我的身体睡着，我的心却醒着"。而且由此我想到了这样一些诗句：

> 而且我的脑子是一个开着的窗子，
> 而且我的思想，我的众多的云，
> 向我纷乱地飘来，
>
> 而且五月，
> 白天有太好太好的阳光，
> 晚上有太好太好的月亮……

这样好像我脑子里出现的许多杂乱的思想和形象就有一个什么东西把它们贯串起来了。就形成了一首诗了。第二天早晨，我把它写到纸上，就是现在集子里面的《夜歌（一）》。写成以后，我一直不曾去分析过它。直到最近，有些学写诗的同志要我以它为例子来谈谈写诗的问题，我才用批评者的态度去读了它一遍。我才清楚地认识到把它里面的许多杂乱的形象贯串起来和统一起来的东西到底是什么。原来那是一种强烈的矛盾的思想情感。那些杂乱的形象本来是这种矛盾的思想感情的具体内容，所以它们就成为这首诗的必要的有机的组成部分，而不是一些偶然的东西的拼凑和罗列了。当然，敢于采取那样的写法，那是和读过一些现代的自由诗很有关系的。

古典的诗歌总是单纯得多。

  有比较强烈的感情的抒情诗，大概都是在一种激动的精神状态之下形成的。那时候脑子特别紧张，而又特别清晰。那时候要写的东西好像是自动地出现在脑子里，写的人不过是把它用文字记下来，并且作一些剪裁和修饰而已，有些像绘画的人速写美丽动人的风景一样。古人所说的"神来之笔"，现在所说的"灵感"，大概就是指的这种状态。

  像这种情况，就几乎可以说并不存在怎样从生活里取得主题和题材的问题。认真地生活，热情地生活，在一定的时候，生活就把可以写的东西提供出来了，或者说有些东西就在你的脑子里长成了，而且它们使你感到非写不可。好像写了出来然后可以精神上得到一种解放。

  我过去写的那些抒情诗，绝大多数都是在这种情况之下写出来的。只是并不是每一次的创作冲动都同样强烈，有些时候也比较柔和一些。那是随着内容不同而有差异的。

  但是，也有另外一种很不相同的情况。这种情况的特点就是并不像上面所说的那样自然，那样经过比较长时期的孕育和酝酿，而是在一定的条件下，经过理智的肯定和人为的努力，也可以写出诗来。《一个泥水匠的故事》就是这样写成的。一九三九年，有一位从前方回来的八路军将领到鲁迅艺术学院来作报告，他讲到了那样一个故事。听了以后，我并没有想到去写它。但是，沙汀同志对我说："这个故事很动人，你为什么不把它写成诗呢？"经过了他的鼓动，我也就觉得应该去写它并且很愿意去写它了。这首诗我写得很慢，很吃力。我整半天整半天地在附近那些山头上，一个人走来走去，去想象那些情节的景象，去体会其中的人物的情感，然后回到安静而且阴凉的窑洞里来写一点。每天只能写二十几行。记得写了六七天才写完了。写到那个泥水匠的妻子惨死以后，我感到很难表现他的感情。我在山头上跑来跑去，就像在荆棘中乱闯一样，就像自己遭到了什么痛苦的事情一样，结果却只写出来了那样朴素的八行。那些妇女的自杀，主人公的被烧死，以及其他场面，都是依靠苦思和想象去写出来的。

这样说来，是不是这首诗的写成并不是在生活的基础之上，而是单纯依靠苦思和想象呢？也不然。如果那时候我没有到过山西和河北的抗日民主根据地，没有在八路军里面生活过几个月，没有接触过一些北方的农民，那首诗是绝对写不出来的。想象和虚构仍然必须以生活经验为基础。也正是因为到底没有亲自看到敌人的暴行，特别是对于农民还没有较深的了解，所以那首诗只是写得还大致过得去。如果生活的基础更深厚一些，那是可以写得更好一些的。

我国古典诗歌中的有些叙事诗，包括《孔雀东南飞》、《木兰辞》和《长恨歌》，我想大概也是这样写成的。它们的作者未必全经历过诗中所描写的那些生活，然而凭着传闻得来的故事的情节和在自己的生活基础之上的想象，也写出了那样动人的成功的诗歌。

不但叙事诗，抒情诗也是可以在和这类似的情况之下产生的。一九四九年，在参加中国人民政治协商会议的第一届全体会议之前，艾青同志鼓励我在会议中写一首诗。这样我就有意识地企图写一点什么。第一次的会议上，毛泽东主席以宏亮的声音宣布了中华人民共和国的成立，并且预言了我们在未来的建设中的胜利。他的短短的开幕词是那样鼓舞人。接着我听到了一阵突然来临的暴风雨的声音，雷的声音，雨点打在会场的屋顶上的声音。这样就好像有了一点"灵感"。晚上回到旅社,我就写了《我们的最伟大的节日》的第一节。以后在会议期间,我继续写了一些。但写了第四节,我就再也写不下去了,一直到会议闭幕以后,参加了十月一日天安门前的庆祝大会,看到了一些动人的景象,才把最后三节写成了。这首诗我自己是不满意的。它情绪不饱满,形象性不强,有些片段又写得不精炼。但产生这些缺点的原因我想并不在于我事先就有意识地企图写一点什么,而是在于我长久地停止了写诗。我的家乡有一句谚语:"三天不做手艺生。"就是写诗这种精细的特殊的劳动,这句话也是适用的。

  我的经验证明在以上两种不同的情况之下,都是可以写出诗来的。第一种情况不用说了。就是第二种情况,好像比较困难一些,但只要有一定的生活的基础,补上一些酝酿的时间,再加以人为的努力,仍然可以写出诗来。无论是哪一种情况,根本的关键都在于我们平时认真地生活,热情地生活,并且努力提高自己的思想修养和文学艺术修养。在今天的新社会的生活中,如果并不是一个先进的积极的分子,并不是一个有高尚的思想感情的人,却以为诗的主题和题材可以像到商店里去买货物似地,或者像到树林里去拣蘑菇似地,那样去从生活中"取得",我看是得不到的,就是得到了也写不好的。

六

  同志们还问过我一些关于学习的问题:
  "你是怎样从前人的作品学习的?"
  "你是怎样学习语言的?"

"对我国的古典诗歌,不知应该怎样学习?"

等等。

让我在这最后部分来作一些简单的回答吧。

我在前面,其实已经说到过一些我从前人的作品学习的情形了。但是,同志们可能不满意:"你只是讲你读了哪些作品,并没有谈到怎样学习。"要知道,有相当长一个时期,虽然我在摸索着学写诗,并且经常读一些中国的和外国的文学作品,但却没有接触科学的文艺理论,许多今天已经成为大家的常识的文艺理论知识我都没有,所以那时我不知道怎样分析作品。我只是带着一种欣赏的态度去读,有些像喜欢喝酒的人对于酒一样。当我沉醉于许多小说和戏剧为我打开的各种各样迷人的世界的时候,当我沉醉于许多诗篇所创造出的美丽动人的境界和气氛的时候,甚至于并没有想到我应该向它们学习什么。记得屠格涅夫的那些有名的小说,我差不多都是这样读完的:我已经上床了,我本来准备只看几页就睡觉的,但很快我就完全沉浸到里面去了,一直读到故事结束才重又回到我自己的生活中来,而且好像这补偿了我的平凡的一天。对于那些我爱好的韵文,我常常把它们读到能够背诵出来。许多优美的韵文正是都有这样的特点,它们很容易被记住,并不需要读多少遍。我幼年时候读旧小说,读唐诗,也是这样。可见在读书的方法上,一直到我作大学生的时候都没有多少改进。这显然是有很大的缺点的。正确的读文学作品的方法应该是欣赏和分析的适当的结合。只是欣赏和沉醉,那是一种盲目的态度。但是,一个从事文学工作的人,无论是创作还是批评,如果对优美的作品缺乏这样一种欣赏和热爱的态度,也是不行的。文学作品不是数学算式,采取数学教员看学生的练习本那样的态度,只是检查那里面有没有什么错误,那是永远也不可能理解作品的。

　　我说我过去读文学作品的时候，甚至于并没有想到应该向它们学习什么，这不是说我并没有从它们得到许多益处。所有那些使我沉醉过的作品都是曾经对我的写作发生了影响的。不过这有些像我们经常从各种各样的食物吸取了许多营养，变成我们的血和肉一样，要指出我们身体上的哪一部分是由哪一次吃的东西变成的，却实在无法说清而已。许多初学写诗的同志们的习作，普遍地存在这样两个缺点。一个是缺乏诗的形象。常常是一些平淡无味的叙述；或者是大段大段地讲道理；有时甚至于是把一些标语口号连接起来，虽然标语口号也是可以鼓动人的，但是诗还需要一些别的东西，不能只是依靠这种鼓动。还有一种情况就是虽然也有些形象，但那是人云亦云的，不能给人以新鲜的优美的感觉。另一个缺点是写得不精炼。常常是十分慷慨地浪费行和节，以至有时在整篇诗里找不到什么精彩的句子；或者是叙述描写的时候，把许多平常的生活细节和对话写得那样琐碎，沉闷，就像不成功的小说一样。诗必须每一行都有它的内容，它的分量。不然，它就没有必要分行写，没有必要占那样多空白的纸张。这些缺点，只要我们多读了一些过去的杰出的诗歌，就会减少或者避免的。当然，形象是从生活中来的，是从自然界来的，并不能在书本上去寻找。但是，那些杰出的诗歌却能帮助我们加强对于生活和自然界的形象的感觉，提高辨别和塑造优美的形象的能力。马雅可夫斯基的楼梯式的诗的形式为什么能站得住呢？就是因为它除了有强烈的感情而外，还有新鲜的有力的形象。采取他的诗的形式而没有这种特点，那就会显得单薄，显得空泛了。中国的许多古典诗歌，在形象和精炼方面，它们的成就实在是惊人的。我说过我曾经很喜欢读唐人的绝句，不妨抄两首来看一看：

　　　　回乐峰前沙似雪，
　　　　受降城外月如霜。
　　　　不知何处吹芦管，
　　　　一夜征人尽望乡。

　　　　　　　　　　李益：《夜上受降城闻笛》

　　　　江城吹角水茫茫，
　　　　曲引边声怨思长。
　　　　惊起暮天沙上雁，
　　　　海门斜去两三行。

　　　　　　　　　　李涉：《润州听暮角》

　　这两位作者还并不是大家。然而这样短短的两首诗，多么真切地使我们好像看到了塞外的沙，寒冷的月色，斜飞的雁，而且好像听到了夜晚的芦笛，黄昏的号角！而且不仅形象性很强，不仅写得很精炼，它们还能创造出一种情调，一种气氛，一种塞外辽阔之感和暮色苍茫之感。诗当然有各种各样的写法。表现今天的复杂的生活，不可能限制于只写四行。但我们许多初学写诗的同志，而且可惜还不仅仅是初学写诗的同志，他们的作品所缺少的常常正是这种精炼，这种强烈的形象感觉，这种余音绕梁似的情调和气氛。

　　我最初胡乱涂写的时候，和今天许多初学写诗的同志一样，在形象和精炼的问题上也是不符合诗的要求的。后来过了两三年，到我写《预言》中的那些诗的时候，其实也还并不是从理论上明确了这些问题，仅仅是因为多读了一些好诗，就在生活的感受上和写作的表现上有了很大的改变。

我是特别感谢我国古代的那些诗人的。如果我过去的那样两本分行写的东西里面，并不完全是一些枯燥无味的文字，某些部分还有一点诗的味道，一点流动在字里行间的抒情的气氛，那就在很大的程度上是这些古代的作者给我的教育的结果。尽管我过去写的绝大多数都是自由诗，很像受外来的影响更深更多，然而在某些抒写和歌咏的特点上，仍然是可以看得出我们的民族诗歌的血统的。

当然，必须说明，从中国的某些过于讲究词藻的古典诗词我也曾接受了一些不好的影响。不仅在内容上，而且在艺术上。一九三六年我就曾这样说明过："我从童时翻读着那小楼上的木箱里的书籍以来就坠入了文字魔障。我喜欢那种锤炼，那种彩色的配合，那种镜花水月。我喜欢读一些唐人的绝句。那譬如一微笑，一挥手，纵然表达着意思但我欣赏的都是姿态。""我自己的写作也带有这种倾向。我不是从一个概念的闪动去寻找它的形体，浮现在我心灵里的原来就是一些颜色，一些图案。"这个说明是有些混乱的。因为我那时候还不能把好的东西和坏的东西加以明白的划分。但是我那时候也就这样写了："有时我厌弃我自己的精致。"我只是还不知道有形式主义这样一个更恰当的名字而已。《预言》中的那些诗，语言上都是相当雕琢的，用了过多的文言的词藻，而且写得不开展，因而生活的容量很小。写《夜歌和白天的歌》中的那些诗的时候，我是有意识地想改正这些缺点的。我努力把语言写得朴素一些，单纯一些，使每个词每个句子都尽可能口语化。我努力使每句诗都写得能够朗读，尽可能不用那些我们在口语中不说的词藻和那些说起来不顺口的句法。其中有些诗,我曾经在鲁迅艺术学院朗读过。我想,朗读是一个考验我的诗歌的语言的好办法。不止一位同志曾经问我:"诗歌应该怎样朗诵?有几种朗诵方法?"我想,只有一种方法,就是朗读。其他的方法,比如手舞脚动的演戏似的方法,或者怪声怪气的似唱非唱的方法,或者乱喊乱叫的把声音夸张得吓人的方法,都是一些左道旁门。如果真正是诗,它应该依靠它本身来感动人,它应该依靠它的内容和它的语言节奏之美来产生效果,决不应该依靠这一类的花腔和怪样子。这一类花腔和怪样子对于真正的诗是一种直接的破坏,对于假诗或坏诗也不可能把它们变为好诗。至于和诗的内容相适应的朗读上的高低快慢的变化,那却是可以有而且有时是必须有的。

《夜歌和白天的歌》中的许多诗,在语言上也是有缺点的。我尽量要写得符合口头语言,而又采用了自由诗体,这样就使许多部分写得不够精炼,有些散文化。有些句子太长,或者句法过于复杂,这也是一个缺点。我当学生的时候没有学过汉语语法,有很长一个时期,我不大了然汉语的句法的一些特点,常常以外国语的语法的某些观念来讲求汉语的句法的完整和变化。这样就产生了语言上有些不适当的欧化。

诗的语言同样是以口头语言为基础。然而诗的语言又有它的特点,不但和口头语言有些不同,而且和一般文学语言也有些差别。古代的诗词和散文,同样是文言,然而它们之间却存在着明显的差异。在新诗的语言上,也应该容许一些按照汉语的语法可以容许的省略和倒装句。某些欧化的句法也还是可以适当地吸收。特别是写格律诗,句法多一些变化,我想是必要的。

同志们特别问到我国古典诗歌怎样学习，可能是因为它们的内容、语言和形式都和我们现在很有距离，学习起来感到困难吧。我的看法在前面已经说了一些，我觉得我们今天的诗歌的一些常见的弱点，刚好是必须从我国古典诗歌学习，然后容易克服的。向古典诗歌学习，决不是简单地去学它的五字一句，七字一句，这种作法和向古典小说学习只学它的章回体和说说唱唱一样，都是异常皮毛的。向古典诗歌学习，应该去学它的一些更根本的地方，更重要的地方，那就是它们的形象的优美和丰富，它们的特有的精炼，它们的带有民族特点的表现方法和独创的风格。对古典诗歌比较生疏的同志们，最初读起来是会有困难的。我想，可以先读一些有注释的选本。那些真正优美的诗歌，其实只要略为有一些阅读文言的能力，就是可以读懂的。在诗里面用许多典故，而且喜欢用比较冷僻的典故，那是我国古典诗歌在走下坡路的时候，由于缺少丰富的生活内容和充沛的感情才逐渐普遍起来的现象。

　　从我国古典诗歌还可以学到一个很重要的东西，那就是如何建立我们现代的格律诗。我在《关于现代格律诗》里提出的那些意见，就是根据我国古典诗歌的一些格律上的特点并且参考"五四"以来某些作者试写格律诗的主张和经验而提出来的。有同志写信问我："为什么不见你再写关于格律诗的文章了？你的意见有什么改变没有？"我的意见没有什么改变。没有再写这方面的文章是因为我没有新的意见。但我可以在这里再作这样一个预言：在将来，我们的现代格律诗是会大大地发展起来的；那些成功地建立了并且丰富了现代格律诗的作者将是我们这个时代的杰出的诗人。我那些有关现代格律诗的具体意见，当然还需要在实践中去证明，去补充，去修正。但这一点却是无可怀疑的，诗的某些形式完全可以通过有意的主张去建立起来。俄罗斯文学史告诉我们这样的事实：在罗蒙诺索夫以前，俄罗斯的诗歌以每行音节数目相等的音节诗体占优势；罗蒙诺索夫和其他诗人根据俄罗斯的语言的特点和俄罗斯民歌的节奏，主张采取每行重音和轻音都有一定的数目和排列的音节重音并重诗体；结果这种诗体就真的在俄罗斯文学中确立了，俄罗斯诗歌从此才富有音乐性。自由诗体的建立也是一个例子。在外国和中国，自由诗最初出现的时候都是受到多少嘲笑、鄙视和攻击呵。惠特曼的《草叶集》自费出版以后，当时美国的某些评论竟至叫喊"用皮鞭"来"对付"这个诗人，并且诋毁他"像一个从疯人院里逃出的可怜的狂人在那里胡言乱语"。然而，自由诗还是建立了。我们现在却又出现了这样奇怪的事情，在有些保守的人还不承认自由诗是诗的同时，竟又有些人不相信我们不但有必要而且有可能根据我国古典诗歌的一些格律上的特点和我们现代的语言的特点，来建立新的格律诗。我那篇《关于现代格律诗》发表以后，收到过不少的读者的来信。这说明许多人是关心这个问题的。绝大多数的来信都赞同建立现代格律诗。但也有人怀疑，说我轻视自由诗。我最近把我那篇文章再看了一遍。我觉得我对自由诗的肯定已经最充分不过了。但是，不管怎样肯定，总不能用自由诗来全部代替格律诗。这样，提倡和试写现代格律诗就仍然很必要了。

我们的国家是一个十分爱好诗歌的国家。不但像屈原、李白、杜甫这样一些大诗人，一直受到人民的极大的尊敬和喜爱，就是许多较次要较小的诗人，只要他们真正写出了一些优美的作品，也一直是被传诵不已。最近关于李煜的词的争论，一方面反映了我们今天的文艺理论水平不高，某些观点和方法的混乱；另一方面也反映了这样一个事实：我们十分爱好优美的诗歌。李煜的词留传下来的一共不过四十首左右，其中写得成功的又不过只有其中的一半。然而因为这一部分作品写得优美，感情真挚，艺术上很成熟，人们就总是愿意把它们评价得高一些。这样就不惜牵强附会地要给它们加上"人民性"和"爱国主义"一类的美名。从观点和方法上来说，这是错误的。但从十分爱好优美的诗歌这一点来说，这却是我们大家所共同的。"五四"以来，新诗的发展的历史还很短，它所走的道路又是曲折的，还带有摸索的性质，然而也产生了一些优秀的作品。像郭沫若的《女神》，闻一多的《死水》，艾青的《大堰河》、《北方》和《向太阳》，这些诗集中的不少作品以及其他有成就的诗人的某些作品，都是成功的，都是使人喜爱的。文学艺术作品的真正的成功的标志，应该是使我们不由自主地从心里去喜爱它，使我们愿意反复不已地去欣赏它，使我们的精神生活能够得到一些丰富或提高并从而对它带有一种感谢之情。要知道，并不是文学史上的一切有名的作品都是达到了这样的成功的。常常有这样一些作品，它们由于这种或那种原因出了名，有时甚至是负有盛名，然而除了研究文学史的人而外，一般读者却实在并不喜欢去读它们。从这个标志来观察"五四"以来的新诗，我们应该给予充分的评价。那种由于自己不爱好诗歌便以为"五四"以来的新诗成绩特别差的看法，完全是错误的。如果把我们的眼光向着未来，那就更应该乐观了。爱好诗歌的人是这样众多。随着全国人民的文化水平的提高，许多爱好诗歌并愿意学写诗的同志们的修养必然也将大为提高。那时候更为熟练地掌握诗歌这一形式的作者就会大量涌现出来了。而且或早或迟，从这些大量涌现的作者当中就将产生我们这个时代的伟大的歌手了。让我们向我们的后来者欢呼和致敬吧！

一九五六年二月十七日初稿，
同年五月十五日修改完毕。

杜甫《梦李白》

前一些日子参加内蒙古自治区百万民歌歌唱展览会，听见过一首题目叫做《诗海》的民歌。它的大意是：

> 我没有见过大海，却看到了诗歌的海洋，还闻到了人民的智慧的花香。要是渡过海洋，坐上船可以上岸；可是遇到这诗海呵，我的心就沉入了诗海的深处。

这写得很有诗意。我们今天的群众诗歌像海洋，这是大家共有的感觉。难得的是这首歌词写得这样有感情，这样动人：它说诗歌的海洋比真正的海洋使人沉醉。

我们已经选择了一些群众诗歌来作为欣赏的例子。它们都是这个海洋中的引人注目的浪花。我们的航行还要继续。我们的欣赏还要从这一个海洋走进另一个海洋——我国古典诗歌的海洋。

李白和杜甫是我国唐代的两个大诗人。他们生于同一个时代。他们的思想和艺术的特色各不相同。但他们并不因为这种不同就不能互相了解。他们之间存在着动人的友谊。在杜甫的集子中，赠李白和谈到李白的诗有十多首。他说他们的感情"如弟兄"一样："醉眠秋共被，携手日同行"（《与李十二白同寻范十隐居》）。他这样称赞李白："白也诗无敌，飘然思不群"，又说他"笔落惊风雨，诗成泣鬼神"（《春日忆李白》和《寄李十二白二十韵》）。其中最动人的是《梦李白二首》：

死别已吞声,生别常恻恻。江南瘴疠地,逐客无消息。故人入我梦,明我长相忆。恐非平生魂,路远不可测。魂来枫林青,魂返关塞黑。今君在罗网,何以有羽翼?落月满屋梁,犹疑照颜色。水深波浪阔,无使蛟龙得!

　　浮云终日行,游子久不至。三夜频梦君,情亲见君意。告归常局促,苦道来不易。江湖多风波,舟楫恐失坠。出门搔白首,若负平生志。冠盖满京华,斯人独憔悴。孰云网恢恢,将老身反累。千秋万岁名,寂寞身后事!

　　安禄山叛变,唐玄宗李隆基向四川逃跑,他的太子李亨在西北即皇帝位。他的另一个被封为永王的儿子李璘在南方拥有一部分军队,从湖北引兵东下,想多占领一些地方。这时李白隐居庐山。李璘慕他的名,邀请他参加幕府。后来李璘和长江下游的守军冲突,兵败身死。李白曾因这件事入狱,后来又被判罪流放夜郎。从诗中"君今在罗网,何以有羽翼"两句看来,杜甫这两首《梦李白》可能作于李白入狱之后。当时的统治者想用这件事来迫害李白,杜甫一直是抗议的。他在另外的诗里还说过这样的话:"文章憎命达,魑魅喜人过","世人皆欲杀,吾意独怜才"(《天末怀李白》和《不见》),都是指的这种迫害。他对罗织李白罪状的人很痛恨,称之为"魑魅"。他所说的想杀李白的"世人",也就是这种封建统治阶级中的人形的鬼怪。但李白究竟犯了什么罪呢?不过因为他是一个对封建秩序并不怎样驯服的天才的诗人而已。

　　杜甫的这两首《梦李白》写得十分沉痛,写出了他和李白之间的友谊的深厚,也表现了他对于封建社会的不平的愤懑。第一首开头说死别固然很悲痛,生别常常在心里担忧,也是悲苦的。因为许久没有得到李白的消息,时常想念,就梦见了他。梦见了他也并不能减少担忧,因为道路很远,不知他究竟是活着还是已遭到意外。"魂来枫林青,魂返关塞黑",过去的注释家说"楚岸多枫",上句"谓白魂自南楚而来",下句"关塞指同州,甫时卜居同谷,谓白魂自同谷而返"。我想这或许不过是接上句"路远不可测"说来路之远,归路之难,并用这种闪烁的句子渲染梦中人来人去、迷离惝恍之状而已。这时做梦的人已经醒来了,他忍不住发出疑问:你不是在监狱里面吗?怎么能够飞到这里来呢?西斜的月光照在屋梁上,借着月光好像还看得见李白的面容。这是写梦初醒时的朦胧状态。结尾说,"水深波浪阔,无使蛟龙得"!这是对李白的最后两句嘱咐。好像李白真的在眼前,将走未走,叫他回到南方去的时候,路途上要小心。这里的蛟龙恐怕不只是指水中的族类,同时把那些害过人的"魑魅"也暗暗包括在内了。作者就是这样好像不加文饰地直写胸臆,真切地说出了他对于李白的处境的忧虑,有些话就像面对面地和友人交谈。真正有充沛的感情,本来是用不着过多的修饰的。

《古诗十九首》里有这样两句诗:"浮云蔽白日,游子不顾返。"杜甫在《梦李白》第二首的开头袭用了浮云和游子的形象而意思不同:天上的浮云成天移动,人间的游子却久不见归来。然后就又写到了梦李白。这一首诗更多地描写了梦境。它写到了梦中的友人的亲切。它写到了梦中的友人的局促,没有能够畅谈就告别了,只是说道路来往不易。"江湖多风波,舟楫恐失坠",粗粗看来好像和第一首的"水深波浪阔,无使蛟龙得"语意重复。但第一首的结尾两句是作者的叮咛，这一首的这两句却是接上句具体地说明了道路来往不易。然后是它写到了梦中的友人分别时的神态："出门搔白首，若负平生志。"作者的愤慨和控诉就从这里开始了：为什么很多庸碌的人身居高位，李白这样的天才却这样坎坷不幸？谁说"天网恢恢，疏而不失"，李白这样年老了还要遭受这种冤屈？他的诗将要流传千年万载是一定的，但他生前这样不幸，身后的名声又有什么用？当然，这不过是作者在倾吐他的悲愤而已。李白和杜甫的身后的不朽的名声并不是寂寞的事情。他们的名字像巨大的星斗一样闪耀在历史的蓝色的天空中，而且至今仍然可以引起我们的民族自豪感。和他们同时的那些"冠盖满京华"的人，却像古代的长安道上的尘土一样无声无息地消失了。

　　这两首诗是梦后一气写成的还是两次分别写的，我们无法确定。因为是"三夜频梦"，所以两首写的梦境并不一样。前一首写的梦境比较闪烁，后一首写的梦境却历历如在眼前。两首诗的感情是一贯的，只是内容的重点有所不同。这样它们就各有独立存在的价值。前一首诗的层次好像不够分明。因此有人主张把"君今在罗网，何以有羽翼"两句移到第六句"明我长相忆"下面，说这样语气方顺。这就是说，杜甫一在梦中见到李白，就这样惊讶地相问了。我觉得不必改动。这是感情激动时写的抒情诗，本来不一定很讲究层次。语句有些反复，反而可见真情。我们用作者的另一首很动人的赠朋友的诗《赠卫八处士》来比较，问题就更清楚了：

　　　　人生不相见，动如参与商。今夕复何夕，共此灯烛光。少壮能几时，鬓发各已苍。访旧半为鬼，惊呼热中肠。焉知二十载，重上君子堂。昔别君未婚，儿女忽成行。怡然敬父执，问我来何方。问答乃未已,儿女罗酒浆。夜雨剪春韭,新炊间黄粱。主称会面难,一举累十觞。十觞亦不醉,感子故意长。明日隔山岳,世事两茫茫。

《梦李白》写梦境使我们读时恍若梦中。《赠卫八处士》写一宿的夜境又使我们好像看见了灯烛光,接触到了罗酒浆的儿女,闻到了新剪下的韭菜和新煮熟的黄粱饭的香气。写得多么自然,多么成熟,多么不费力地就造成了浓厚的气氛!在这方面说,它和《梦李白》异曲同工。但这首诗更层次井然,一丝不乱。我想这是因为内容不同,这首诗的感情不像《梦李白》那样激动,而又带有相当大的叙事诗的成分的缘故。叙事诗和抒情诗不同,它是要求层次分明的。抒情诗也不一定都要写得反复颠倒。我只是说对某些抒写强烈的感情的诗歌,我们不应该要求它们写得和科学论文一样逻辑谨严而已。

过去有人讲《赠卫八处士》的剪裁讲得不错。他说:"怡然敬父执,问我来何方",如果是他人写到这里,下面一定还要写几句。这首诗却接着就说"问答乃未已,儿女罗酒浆",这真像一下子用土来堵住了黄河的奔流一样。最后一句或许有些夸张。但对于写诗写文章常害啰嗦病、不知道怎样剪裁、怎样写得精炼的人,这类地方的确是很可以借鉴的。

《赠卫八处士》在诗的艺术上同样是杰作,但它的思想内容不如《梦李白》深厚。它只是白描似地描绘了一宿的夜境,写出了分别二十年才重又相见的朋友的感情和这个朋友的一家人的亲切可爱,此外还发出了流光易逝和后会难期一类的人生感慨。然而它同样流传千古,脍炙人口。这不仅因为它在艺术上很成功,很完美,还因为人对于多种多样的生活都是有兴趣的。这首诗虽然写的是比较平常的生活，但作者从其中感到了亲切的动人的东西，并且优美地圆满地表现了出来，它就同样能够深深地打进人的心里了。有些读者或许会说："人生不相见，动如参与商"，"明日隔山岳，世事两茫茫"，这样的开头和结尾不是使这首诗笼罩上了不健康的情绪吗？我们今天自然不会有这样的感情。但生在一千二百多年以前的杜甫，他的时代和遭遇和我们根本不同，那时候的交通条件也和现在很不一样，朋友远别之后的确很不容易再相见。他有这样的感叹是不应当受到责备的。杜甫之成为伟大的诗人，并非仅仅因为他写了《梦李白》和《赠卫八处士》这样的作品，还因为他写了《自京赴奉先咏怀》、《北征》、《三吏》、《三别》、《茅屋为秋风所破歌》以及其他数以百计的各种各样的好诗。一个伟大的作家所表现的生活及其成就总是多方面的。去掉了繁茂的枝叶就无法看到参天的大树的全貌。

一九五九年一月二十二日晨三时。

李白《蜀道难》

噫吁嚱，危乎高哉！蜀道之难难于上青天！

蚕丛及鱼凫，开国何茫然。尔来四万八千岁，不与秦塞通人烟。西当太白有鸟道，可以横绝峨眉巅。地崩山摧壮士死，然后天梯石栈相钩连。

上有六龙回日之高标，下有冲波逆折之回川。黄鹤之飞尚不得过，猿猱欲度愁攀援。青泥何盘盘，百步九折萦岩峦。扪参历井仰胁息，以手抚膺坐长叹。

问君西游何时还，畏途巉岩不可攀。但见悲鸟号古木，雄飞雌从绕林间。又闻子规啼夜月，愁空山。蜀道之难难于上青天，使人听此凋朱颜！

连峰去天不盈尺，枯松倒挂倚绝壁。飞湍瀑流争喧豗，砯崖转石万壑雷。其险也若此，嗟尔远道之人胡为乎来哉？

剑阁峥嵘而崔嵬，一夫当关，万夫莫开。所守或匪亲，化为狼与豺。朝避猛虎，夕避长蛇，磨牙吮血，杀人如麻。锦城虽云乐，不如早还家。蜀道之难难于上青天，侧身西望长咨嗟！

我想选一两首李白的诗来谈谈的时候，我遭到了上一次谈杜甫的诗一样的困难。李白和杜甫同样是"浑涵汪茫，千汇万状"的伟大诗人，都是至少要举出几十首诗才能大致看清楚他们的面貌的。仅仅是一两篇诗，无论哪一两篇，都好像不能代表他们。虽然管中窥豹，可见一斑，究竟和全貌差得太远了。

唐朝人殷璠说李白的《蜀道难》等篇"奇之又奇"，"自骚人以还，鲜有此体调"。宋朝人李廌说李白的《远别离》、《蜀道难》和杜甫的《乾元中寓同谷县作歌七首》同为"风骚之极致，不在屈原之下"。明朝人李东阳也说《远别离》、《蜀道难》和杜甫的《咏怀古迹五首》、《新婚别》、《兵车行》等诗同样是"阅数千百年、几千万人而莫有异议"的诗篇，"终日诵之不厌"。《蜀道难》或许可以代表李白诗歌的艺术特色的一个方面，而且或许是最重要的一个方面。

这个方面就是他的诗歌的豪放、雄壮和浪漫主义色彩。相传李白初到长安，贺知章见着他，读了他的《蜀道难》，再三称赞，叫他作"谪仙"（被贬谪下凡的仙人）。杜甫在《寄李十二白二十韵》中说过："昔年有狂客，号尔谪仙人。"李白自己在《对酒忆贺监二首》中也说过："四明有狂客，风流贺季真。长安一相见，呼我谪仙人。"（贺知章字季真）可见贺知章在长安见到李白，叫他作"谪仙"，确是事实。只是叫他作"谪仙"是否由于读了《蜀道难》却得不到旁证了。也可能正是李白诗歌的豪放，飘逸，出语惊人，不同凡响，才使他想到了那样的称呼吧。

《蜀道难》一开头就很不平凡，就用强烈的感叹的话说西蜀的道路比上天还难。蜀道再难，总还是可以走；古代没有飞机，天空是根本无法上的。作者为什么要说"蜀道之难难于上青天"呢？这是李白诗歌中常常运用的一种文学上的高度的夸张。他的充沛的感情和后面的动人的描写使人感到这种夸张是真实的。因此，这句诗在全诗中用了三次，我们却不觉得形容过分，也不觉得重复，反而像一支乐曲的主题一样，把全诗的感染力量集中起来了。

接着是用过去的传说来描写蜀道从来就十分险要。蚕丛，鱼凫，相传是"蜀王之先"，是原始时代的人物。作者想象说，从他们开国以来，四川和陕西一直是不相通的。直到传说中的蜀国的五个壮士，因为拔进入山洞的大蛇的尾巴，把山都拔得崩裂了，然后四川和陕西之间有了山上的"天梯石栈"，可以来往。

下面就是正面描写蜀道之难了。山上的高峰是那样高，传说中驾着六条龙乘车行走的太阳到此也只得回车；而在山的下面，又有波涛汹涌、曲折回旋的河水在奔流。作者的想象是这样没有羁绊，而又这样切合他们描写的景象：一举千里的黄鹤也飞不过这样的高山，敏捷的猿猴也为了要翻山越岭而发愁。在道路非常曲折的青泥岭的山巅，人好像可以仰头屏息地摸天上的星宿。描写山的高，描写山的险要，没有比这更惊心动魄的了。

作者并不停止于只是正面描写山的高，山的险要。刻画过多而没有变化，那也并非天才横溢之作。作者仅仅作了几句正面的描写，接着就从旅行者方面来着笔了。"问君西游何时还，畏途巉岩不可攀"，好像在这崇山峻岭之间出现了一个愁容满面的旅行者，他不但面对这样崎岖的道路感到困难，而且白天和夜晚都听见山鸟的悲鸣。在这样的情形下，他还不感到"蜀道之难难于上青天"吗？

写出了这样一个旅行者，然后从他的眼里又写了几句山的高和险。不但描写了山峰离天很近，而且描写了枯松倒挂在山岩的绝壁间，瀑布从山上飞流下来，碰着岩石发出雷一样的响声。这又是从另一个方面来描写，和前面并不重复。然后是作者呼唤这个旅行者而发问了："你这个远方人，你来这里干什么呵？"

就是用这样一点不多的文字，作者就塑造出来了一个雄壮的奇异的景象。我们好像看见了插入云间的高峰。我们好像走入了绵连不绝的万山丛中。我们好像听见了河水的奔流,山鸟的悲鸣,瀑布的飞泻。只有大自然才能创造出如此庄严如此瑰丽的景象,但却被李白用诗歌重又塑造出来了。后面就是这首诗的尾声了。剑阁很险要,如果守它的人不好,就会变为盗贼。行走在这样的道路上的人,有遭遇各种各样的危险的可能。锦城(成都)虽然快乐,但来往的道路却不安全,还是不如早日还家。作者就是这样地结束了这篇诗:"蜀道之难难于上青天,侧身西望长咨嗟!"

读者们也许会说:"这首诗写是写得很好,但它的思想意义在哪里呢?'所守或匪亲,化为狼与豺','锦城虽云乐,不如早还家',好像全诗的结语不过如此。这样的思想又有什么高明呢?"

这是一个值得探讨的问题。

李白这首诗的主题是什么,到底是为什么作的,过去有种种不同的说法。大致可分作两派。一派主张具体有所指,一派认为并不是为一时一人之事而作。主张具体有所指的人又有三种不同的说法:一、杜甫、房琯二人在西蜀,冒犯了当时的剑南节度使严武,严武将对他们不利。这首诗是替杜甫、房琯感到危险而作的。二、是讽刺唐朝的另一个剑南节度使章仇兼琼。三、是为安禄山造反后唐玄宗逃难到四川而作。主张并不是为一时一人之事而作的人,说李白是四川人,他这首诗就是歌咏四川的山水,他描写了自然的险要,也说了"所守或匪亲,化为狼与豺"这样的警惕人的话,不过如此而已。

主张具体有所指的三种说法都是并无根据的想象之词。有些做考据工作的人已经考出了它们的不合理。从文学本身说来,这些说法还有一个大缺点,就是把这首诗的意义狭隘化了。按照他们的说法，全诗着力描写的自然界的景象就不是主体了。这和一般读者的感受是不符合的。我们读这首诗，首先是被它所描画出来的庄严瑰丽的自然界所吸引。因此，主张不是为一时一人之事而作的说法是有道理的。

应该以"嗟尔远道之人胡为乎来哉"以上的内容为主体。"所守或匪亲，化为狼与豺"，"锦城虽云乐，不如早还家"，虽然也是从上面的描写得出来的，却不是这篇诗的主要的客观意义。文学作品，特别是抒情诗，它的主要的客观意义有时并不表现在作者的主观的议论里面，而是由它的一些最吸引人的形象来形成的。《蜀道难》的主要的客观意义就是描画了雄壮奇异的自然美，并从而创造了庄严瑰丽的艺术美。这样的自然美和艺术美都是可以丰富我们的精神生活的，都是可以引起我们对于祖国的河山和祖国的文学艺术的热爱的。这就是《蜀道难》的主要的思想意义所在。"所守或匪亲，化为狼与豺"，"锦城虽云乐，不如早还家"，这样的思想虽然不高明，又何损于这篇不朽的杰作呢？（其实"一夫当关，万夫莫开。所守或匪亲，化为狼与豺"，是李白用晋朝人张载的《剑阁铭》中的"一夫荷戟，万夫趑趄，形胜之地，匪亲勿居"四句的意思写成，并非他特有的思想。）

为了说明这个问题，我们还可以再举一个例子。再举一篇李白的诗，《春日醉起言志》：

处世若大梦，胡为劳其生？所以终日醉，颓然卧前楹。觉来盼庭前，一鸟花间鸣。借问此何时，春风语流莺。感之欲叹息，对酒还自倾。浩歌待明月，曲尽已忘情。

你看他第一句就说人生如梦，首尾都鼓吹喝酒，这不是提倡消极颓废吗？但是，这首诗里最吸引人的形象是春天的景色，是生命的活动，是作者对于春天的景色和生命的活动的赞美。喝酒也好，唱歌也好，都不过是表现作者对于生活的爱好而已。所以这首诗的主要的客观意义并不是厌弃生活，而是对于生活充满了兴趣。

上面所说的李白的诗歌的思想意义，仅仅是两首诗以及和它们相类似的诗的思想意义而已。作为一个伟大的诗人，他的整个诗歌的思想内容是远为巨大、远为丰富的。他曾以"安能摧眉折腰事权贵，使我不得开心颜"、"弹剑作歌奏苦声，曳裾王门不称情"、"人生在世不称意，明朝散发弄扁舟"这样一些诗句表现了他对于封建社会的现实的不满。他曾以一些描写战争和普通人民的诗篇表现了他对于人民的同情。他是很有抱负的。他在诗中多次表现过他的抱负："余亦草间人，颇怀拯物情"，"苟无济代心，独善亦何益？"然而他却落落寡合："时人见我恒殊调，见余大言皆冷笑。"到了后来，他竟至遭到监禁和流放。他的命运是和许多天才的人物在过去的不合理的社会里的遭遇相同的。

作为一个伟大的诗人，他的整个诗歌的艺术特色也不只是《蜀道难》所代表的一个方面。除了豪放、雄壮和有浓厚的浪漫主义色彩这一个最重要的方面而外，他还有不少写得清新秀丽的诗。比如《长干行》、《子夜吴歌四首》等篇就是。在他的诗歌里面，是阳刚之美和阴柔之美，崇高之美和秀丽之美，同时存在的。作品里面能够同时具有这两种不同的美，这正是许多伟大的文学家和艺术家的一种标志。此外，李白还有很多写得平易亲切，却又很有特色的短诗。这类诗也是他的风格的一个方面：

青山横北郭，白水绕东城。此地一为别，孤蓬万里征。浮云游子意，落日故人情。挥手自兹去，萧萧斑马鸣。

——《送友人》

　　牛渚西江夜，青天无片云。登舟望秋月，空忆谢将军。余亦能高咏，斯人不可闻。明朝挂帆去，枫叶落纷纷。

——《夜泊牛渚怀古》

　　犬吠水声中，桃花带雨浓。树深时见鹿，溪午不闻钟。野竹分青霭，飞泉挂碧峰。无人知所去，愁倚两三松。

——《访戴天山道士不遇》

你看他是写得多么容易，多么不费力，却又多么抒情，多么有余味！这种诗体叫作五言律诗。他不大遵守五言律诗的规矩，有些该讲对偶的地方他却不讲。然而不管是对偶的句子也好，不是对偶的句子也好，都是那么自然，就和行云流水一样。李白的绝句也是向来很被推崇的。过去曾有人说他和王昌龄的绝句是"有唐绝唱"。我却觉得他的这些五言律诗似乎比他的绝句还更有特色一些。

二月二十七日晨一时半。

白居易《长恨歌》、《琵琶行》

在古典诗歌最繁荣的唐代，在闪耀在天空上的繁星一样众多的诗人之中，除了李白和杜甫，我们还应该谈到谁呢？

多少有特色的诗人！多少不朽的美丽的诗篇！那是一个宝藏。那是一个可以使我们的眼界大为开阔的宝藏。

或许应该首先谈到白居易，重要性仅次于李白和杜甫的白居易。

白居易的诗没有李白那种豪放雄壮的气概和强烈的浪漫主义色彩。他反映民生疾苦的诗也似乎不如杜甫写得更沉痛。但较之前人，他的诗是有新的发展的。他主张"文章合为时而著，歌诗合为事而作"。更具体一些说，他强调用诗来批评当时社会上和政治上的不合理的现象。他把他自己写的这种诗叫做讽谕诗。他的讽谕诗接触到的问题是很广泛的。它们写出了农民生活的穷苦，赋税的过重（《观刈麦诗》、《重赋》、《杜陵叟》）。它们暴露了当时的封建统治阶级从皇帝到官僚的生活的奢侈（《红线毯》、《轻肥》、《歌舞》、《买花》）。它们描写了当时的封建帝王的爪牙是怎样掠夺人民（《宿紫阁山北村诗》、《卖炭翁》）。它们表现了封建社会的妇女的苦痛和作者对于妇女的同情（《上阳白发人》、《陵园妾》、《母别子》、《井底引银瓶》）。它们还反对用兵边疆的战争，反对把人当作贡品的虐政，并且写到了某些普通人民的悲惨的遭遇（《新丰折臂翁》、《道州民》、《缚戎人》）。这些诗都是他的讽谕诗的精华，都是能够感动人的作品。白居易在《新乐府》序中说，"其辞质而径，欲见之者易谕也"。可见他是有意识地把他的诗写得比较通俗一些。这样他的诗就有了一种平易近人的风格。

白居易的另一个新的发展是在叙事诗方面。在故事的完整、描写的细致和抒情气氛的浓厚等方面，他的《长恨歌》和《琵琶行》是其他唐代诗人和以后许多朝代的诗人的叙事诗不能比并的。李白和杜甫没有写过这样情节曲折的叙事诗。白居易的朋友元稹写过一篇《连昌宫词》，也是歌咏唐明皇杨贵妃的故事的，但却比《长恨歌》逊色多了。《长恨歌》和《琵琶行》曾多次被后代的人改编为戏曲。值得注意的是后人改编的戏曲都不如白居易的原作。这更说明它们的成就是难于企及了。

唐明皇杨贵妃的故事在唐代就已经成为传说了。白居易的《长恨歌》就是根据当时的传说写成的。这个故事本身就含有矛盾的成分：前半有些暴露封建统治者的荒淫，后半却成了令人同情的爱情故事。白居易把这个矛盾处理得恰到好处。这篇诗的开头虽然也对唐明皇杨贵妃作了批评，"春宵苦短日高起，从此君王不早朝"，"渔阳鼙鼓动地来，惊破霓裳羽衣曲"，写出了他们的欢娱误国，但着墨不多，而且写得比较含蓄。他着重描写的是杨贵妃死后唐明皇的追忆和道士到海外去寻访的传说。感动古今的读者的也正是这两个部分。洪昇的《长生殿》把故事前半的暴露成分增加了许多，这就扩大了原来的矛盾，使读者很难同情这个故事里的男女主人公了。再加上他要翻案，把原来的悲剧结局改为团圆结局，而团圆的可能性又在于杨贵妃的忏悔，"一悔能教万孽清"，在于编造出唐明皇杨贵妃原来都是仙人，最后又有玉帝降旨，叫他们"永为夫妇"，这就更在思想上和情节上都落入庸俗陈套，一点也不如《长恨歌》的结尾有余味了。白朴的《唐明皇秋夜梧桐雨》虽然是敷演

《长恨歌》而成,独创之处不多,但还没有这些问题和缺点。《长生殿》的文采也远不如《长恨歌》。许多读者能够背诵《长恨歌》全诗,《长生殿》却很少使人能够记住的句子。

把唐明皇杨贵妃写成互有爱情的人物,这是不是违背历史呢?这有些像曹操这个人物一样。曹操本来有奸雄的一面,后来的传说和小说却夸大了这一方面,抹杀了他有优点的另一方面,就成了和历史上的人物不完全相同的人物了。唐明皇杨贵妃可能是互有感情的。但把他们写得那样感情真挚,"天长地久有时尽,此恨绵绵无绝期",减弱了他们的故事中不能令人同情的一面,却也是文学作品的夸张。

《琵琶行》的故事比较平常一些,但它的艺术感染力却或许更为强烈。它一开头就像画一样描绘出来了景色和人物:

> 浔阳江头夜送客,枫叶荻花秋瑟瑟。主人下马客在船,举酒欲饮无管弦。醉不成欢惨将别,别时茫茫江浸月。忽闻水上琵琶声,主人忘归客不发。寻声暗问弹者谁,琵琶声停欲语迟。移船相近邀相见,添酒回灯重开宴。千呼万唤始出来,犹抱琵琶半遮面。

写的情节这样细致,这样次序井然,而又这样从容,这样毫不费力,这样文字经济。这是艺术上很成熟的表现。接着是描写弹琵琶:

> 转轴拨弦三两声,未成曲调先有情。弦弦掩抑声声思,似诉平生不得志。低眉信手续续弹,说尽心中无限事。轻拢慢捻

抹复挑，初为霓裳后六幺。大弦嘈嘈如急雨，小弦切切如私语。嘈嘈切切错杂弹，大珠小珠落玉盘。间关莺语花底滑，幽咽泉流水下滩。水泉冷涩弦凝绝，凝绝不通声暂歇。别有幽愁暗恨生，此时无声胜有声。银瓶乍破水浆迸，铁骑突出刀枪鸣。曲终收拨当心划，四弦一声如裂帛。东船西舫悄无言，惟见江心秋月白。

如果说前一段是诗中有画，读着这一段诗就简直像听见琵琶正在弹奏一样了。从最初的和弦到最后的结束都写得如闻其声。而且中间描写曲调的变化是多么逼真呵。这应该是诗歌中描写音乐的杰作了。

沉吟放拨插弦中，整顿衣裳起敛容。自言本是京城女，家在虾蟆陵下住。十三学得琵琶成，名属教坊第一部。曲罢曾教善才伏，妆成每被秋娘妒。五陵年少争缠头，一曲红绡不知数。钿头云篦击节碎，血色罗裙翻酒污。今年欢笑复明年，秋月春风等闲度。弟走从军阿姨死，暮去朝来颜色故。门前冷落鞍马稀，老大嫁作商人妇。商人重利轻别离，前月浮梁买茶去。去来江口守空船，绕船月明江水寒。夜深忽梦少年事，梦啼妆泪红阑干。

这是写弹琵琶的女子自述身世。通过这样一段短短的文字，一个女子的半生的经历就再现出来了。这是一个封建社会里面的平常的人物的悲剧，然而由于这里面饱和着作者的同情，而且写得这样抒情，这个悲剧的动人之处就显得突出了。下面就是作者写到自己并

结束全诗了:

> 我闻琵琶已叹息,又闻此语重唧唧。同是天涯沦落人,相逢何必曾相识!我从去年辞帝京,谪居卧病浔阳城。浔阳地僻无音乐,终岁不闻丝竹声。住近湓江地低湿,黄芦苦竹绕宅生。其间旦暮闻何物,杜鹃啼血猿哀鸣。春江花朝秋月夜,往往取酒还独倾。岂无山歌与村笛,呕哑嘲哳难为听。今夜闻君琵琶语,如听仙乐耳暂明。莫辞更坐弹一曲,为君翻作琵琶行。感我此言良久立,却坐促弦弦转急。凄凄不似向前声,满座重闻皆掩泣。座中泣下谁最多,江州司马青衫湿。

"同是天涯沦落人,相逢何必曾相识!"这是过去的社会里许多不如意的人都喜欢吟咏的句子。它的确表达出来了一种典型的感情。杰出的抒情诗是应该能够写出一种典型的感情的。作者写到自己的贬谪的处境,写到重听琵琶时候的下泪,全诗的调子就变得十分凄楚了。他不再去描写琵琶的声音,只写出听者的悲泣。读者读到这里,不能不为这个杰出的诗人在封建社会里的不公平的遭遇感到愤懑了。

情节曲折动人,描写细致,很有抒情的气氛,又很有文采,每个句子都那样和谐好读——这就是白居易的叙事诗给我们留下的十分宝贵的传统。我们现在有多少动人的故事可以歌咏呵。我们应该大为发扬我国古典叙事诗的传统。

白居易在给他的朋友元稹的一封长信里,把他自己的诗分为四类。第一类就是讽谕诗。第二类他叫做闲适诗。他说是"退公独处,或移病闲居,知足保和,吟玩情性者"。第三类他叫做感伤诗。他说是"事物牵于外,情理动于内,随感遇而形于叹咏者"。《长恨歌》和《琵琶行》就编在这一类里面。第四类他叫做杂律诗,就是不能归入以上三类的其他作品。他自己认为有价值的是讽谕诗和闲适诗。但当时的读者并不喜爱。他们喜爱的是《长恨歌》和杂律诗。白居易在信里很是感慨。他说:"时之所重,仆之所轻。"

杰出的作家对于自己的作品的评论是很可珍贵的材料。但白居易的这段话我们并不能完全同意。

他的讽谕诗固然有许多很有价值的作品,但他的闲适诗却好诗很少。这一类诗的总的倾向是不好的。很多都提倡安分守己、乐天知命的思想。有的诗竟至鼓吹"不分物黑白,但与时沉浮"。杂律诗并不是没有好诗。后人传诵的《赋得古原草送别》就在杂律诗中。至于感伤诗中的《长恨歌》和《琵琶行》这样杰出的作品,白居易认为不重要,我们就更不能赞成了。

白居易死后,唐宣宗李忱曾写一首诗追悼他。其中有这样两句:"童子解吟《长恨》曲,胡儿能唱《琵琶》篇。"可见从当时到现在,这两篇诗都是很受读者喜爱的。白居易自己也曾在一首诗里说:"一篇《长恨》有风情,十首《秦吟》近正声。"可见他自己也并不是不欣赏《长恨歌》。为什么他要在给元稹的信里那样说呢?那是因为他在那封信里要提倡一种诗歌理论。按照那种理论,《长恨歌》和《琵琶行》就算不上重要的作品了。他那种理论是从古代对于《诗经》的解释来的。汉朝人解释《诗经》,把里面绝大多数的诗都看作不是美某人某事,就是刺某人某事。白居易根据这种传统,强调用诗歌来批评当时的社会和政治。他不满意陶渊明写了许多田园诗。他认为李白的诗很少符合他的理论的要求,杜甫的这样的诗也不够多。他决心在这方面大加努力。他这种理论当然是进步的。正是由于这种理论,他才写出了那些讽谕诗。但他这种理论也有缺点,就是把诗歌的作用和诗歌的题材的范围看得比较狭窄了一些。我们常引用他的这样的话:"文章合为时而著,歌诗合为事而作。"单从这两句话还看不出有什么缺点。要从他整个给元稹的信,才会发觉他把"为时"和"为事"都看得狭窄了一些。白居易的讽谕诗,杜甫的写民生疾苦的诗,自然都十分难得,它们反映了封建社会的阶级的对立,暴露了封建制度的严重的不合理。但陶渊明、李白、杜甫和白居易自己表现其他方面的生活的诗歌,也有许多好诗,也是我们应该珍视的遗产,是不可否定和抹杀的。汉朝人把《诗经》就解释得太狭窄了,而且很多都是没有根据的牵强附会的解释。《诗经》所反映的生活其实是比汉朝人的解释广阔得多的。这是因为人的生活,无论是古代的人还是现代的人的生活,本来就是很广阔很多方面的缘故。现在有些著作把白居易关于诗歌的理论称为现实主义的理论,有的甚至说是比较全面的现实主义的理论,这并不恰当。我们今天的现实主义的文学理论是比白居易的诗歌理论更为广阔,因而也更为正确的。

三月十八日深夜。

李贺《李凭箜篌引》、李商隐《无题》

唐朝有两个诗人,他们的作品很有特色,历来受到推崇,近来却被有些人称为唯美主义的作家,以至被否定——他们就是李贺和李商隐。

李贺集子中的第一首诗就很能代表他的风格:

> 吴丝蜀桐张高秋,空山凝云颓不流;江娥啼竹素女愁,李凭中国弹箜篌。昆山玉碎凤凰叫,芙蓉泣露香兰笑。十二门前融冷光,二十三弦动紫皇。女娲炼石补天处,石破天惊逗秋雨。梦入神山教神妪,老鱼跳波瘦蛟舞。吴质不眠倚桂树,露脚斜飞湿寒兔。
>
> ——《李凭箜篌引》

李凭是唐朝的一个很善于弹箜篌的音乐家。箜篌是古代的乐器,据说有好几种。这首诗说它"二十三弦",是竖箜篌,和竖琴相似。这首诗全篇都是描写李凭弹箜篌弹得异常地好。从它可看出李贺的诗的一个鲜明的特色:想象是那样丰富,那样奇特;用来表现这种想象的语言也很有特点,很不平常;这样就形成了一种特殊的风格。

这首诗开头点明时间是秋天。接着就描写李凭弹奏的箜篌是那样有魅力,它使得天上的云为之不流动,古代传说中的湘妃和素女为之流泪或忧愁。"空山凝云颓不流",还可能是从过去的"响遏行云"来的。直接描写箜篌的声音的两句就更为奇特了：像玉石碎裂，像凤凰鸣叫；像莲花在哭，像兰花在笑。谁曾听见过花的哭泣和欢笑呢？然而诗人不妨这样想象。接着诗人的想象又变换了。这种音乐能使长安十二门前的冷光为之消融，能使天上的玉皇为之感动。想象到这里，作者突然写出来了这样惊人的诗句："女娲炼石补天处，石破天惊逗秋雨。"不是已经写到音乐感动了天上的玉皇吗，作者就更进而幻想箜篌的声音震动了女娲炼石补天的地方，把补天石震动破了，引得秋雨从天空降落。要有何等大胆的想象何等的魄力才能写出这样的诗句！写到这里，可以说这首诗已经达到了它的高潮，好像难以为继了。作者却又幻想好像梦入神山去教神妪弹箜篌，弹得鱼为之跳，蛟为之舞，弹得月亮里的吴刚也倚着桂树倾听（姚文燮《昌谷集注》引《余冬序录》："吴刚字质，谪月中砍桂树"），不想睡眠，一直到深夜的露水打湿了月亮里的玉兔。这首诗就在这种奇异而且美丽的幻想中结束了，结束了仍然很有余味。

　　白居易的《琵琶行》对于琵琶的声音的描写是细腻、真切而又很有变化的。读着它好像听见了琵琶的弹奏。白居易用的那些比喻是生活中比较习见的事物，急雨，私语，珠子落在玉盘上，莺语，泉流，瓶破水迸，刀枪交鸣……那种描写使我们觉得自然和亲切。读着李贺的这首诗，我们或许会感到并不能知道箜篌的声音是怎样的，然而它却唤起了我们很多想象，给了我们一种奇异的美的感觉。唐朝的另一个名诗人杜牧，曾经说李贺的诗"盖骚之苗裔，理虽不及，辞或过之"。杜牧的这句话是很有见解的，他看出了李贺的诗和屈原的作品有相近之处，并且指出了它在思想内容方面赶不上。用我们现在的话来说，白居易的那种描写是现实主义的；李贺这种描写和屈原的风格相近，是浪漫主义的。同样是想象丰富，然而色彩不同。两种色彩不同的文学艺术都是我们所需要的。文学艺术的价值并不仅仅在于它们能够把生活中的事物描摹得像真的一样，而且还在于它们能够在反映现实中创造出一种美的境界。

当然，从《李凭箜篌引》也可以看出李贺的诗的艺术上的弱点。有许多警句，许多奇特的想象，然而连贯起来，却好像并不能构成一个很完整很和谐的统一体。那些想象忽然从这里跳到那里，读者不容易追踪。过去有些人批评他的诗有些怪，无天真自然之趣，是有道理的。李贺的诗只有少数是完整的，多数都有这种弱点。他这样醉心于寻求奇特的意境和惊人的诗句，是否可以把他称为唯美主义的诗人呢？从他的诗的弱点方面看来，或许可以说是有一种形式主义的倾向；但从他的整个成就看来，却并不能说他只是一个唯美主义或者形式主义的诗人。唯美主义也好，形式主义也好，都是只追求形式的美，或者只追求形式的新颖和奇特，而缺乏文学艺术的灵魂和生命，缺乏生活内容和思想内容。李贺的诗只能说生活内容和思想生活不足，不能说没有内容。

李贺也写过社会意义比较明显的诗，如《老夫采玉歌》、《黄家洞》等。有些人就举出这些诗来证明他不是唯美主义的诗人。但这种诗到底很少，而且不如杜甫和白居易写得动人。李贺的长处并不在这方面。对于古代作品的思想性，我们是应该理解得广泛一些的。李贺只活了二十七岁就死了。由于生活经验的限制，他的作品反映的现实的幅度是比较狭窄的。然而从他的诗里我们仍然看到了封建社会和有才能的人的矛盾。李贺从人民的角度对当时的社会表示不满的诗是极少的，但从他个人的被压抑来表示不满的诗却比较多。这些诗往往写得更动人也更完整。这些诗的思想内容是和我国古代的许多杰出的诗人有共同之处的。

> 秋风吹地百草干,华容碧影生晚寒。我当二十不得意,一心愁谢如枯兰。衣如飞鹑马如狗,临歧击剑生铜吼。旗亭下马解秋衣,请贳宜阳一壶酒。壶中唤天云不开,白昼万里闲凄迷。主人劝我养心骨,莫受俗物相填豗。
>
> ——《开愁歌》

这里的风格仍是李贺特有的风格。用"枯兰"来形容心的愁苦,用"铜吼"来描写击剑的声音,而且最后用了"填豗"这种怪的字眼(有人说"豗"就是"㧾"字,"填豗"大概就是烦扰、排挤的意思)。在这种比较奇特的风格之中表现出来的内容和精神,不是同李白和杜甫因为受到压抑而表现出的愤懑和傲岸不驯的气概很相近吗?正是因为有这种精神和气概,他才能够写出"天若有情天亦老"(《金铜仙人辞汉歌》)、"酒酣喝月使倒行"(《秦王饮酒》)这种惊人的诗句来。不能把这仅仅看作警句,仅仅看作奇特的想象。这是要有思想有反抗精神的诗人才能写得出来的。

稍后于李贺的李商隐,他曾为李贺作过小传,称李贺为"才而奇者"。他接受了一些李贺的诗的影响,然而他的诗却又有自己的特色,有很鲜明的独创性,和李贺的诗并不相同。他最流传的诗是一些《无题》诗和绝句。

> 昨夜星辰昨夜风,画楼西畔桂堂东。身无彩凤双飞翼,心有灵犀一点通。隔座送钩春酒暖,分曹射覆蜡灯红。嗟余听鼓应官去,走马兰台类转蓬。

相见时难别亦难，东风无力百花残。春蚕到死丝方尽，蜡炬成灰泪始干。晓镜但愁云鬓改，夜吟应觉月光寒。蓬山此去无多路，青鸟殷勤为探看。

凤尾香罗薄几重，碧文圆顶夜深缝。扇裁月魄羞难掩，车走雷声语未通。曾是寂寥金烬暗，断无消息石榴红。斑骓只系垂杨岸，何处西南待好风？

李商隐用七言律诗写的《无题》诗有好几首，这里只举三首。这些《无题》诗很多都是爱情诗，都是写他和他所爱慕的人不容易接近，都是写他的怀念。这里举的第一首好像是写他和他所爱慕的人曾有一度接近，却又隔绝了。开头两句应该是写的见面的时间和地点。"身无彩凤双飞翼，心有灵犀一点通"，这是被传诵的名句。恨身无翅膀，不能奋飞，这是很早就有诗人写过的了；李商隐在这里加上"彩凤"二字，就表现得华丽一些。犀牛角中间有一条白线通两头，用这来比喻互相爱恋者的心灵的契合，却是出于他的巧思。第二首似乎写得更完整更动人。"春蚕到死丝方尽，蜡炬成灰泪始干"，这也是被传诵的名句，写出了一种终身不变的爱情。"晓镜但愁云鬓改，夜吟应觉月光寒"，这是对于所爱者的温柔的关怀，关心到她的容颜的改变和月下独吟的寒冷。第三首描写他所爱慕的人坐着车子走过，用团扇掩面，相见不得通一语。以后就是寂寥的日子和得不到消息的怀念。在灯花暗淡的夜晚特别感到寂寥，这是自然的；得不到消息而接着写到石榴花红，却是奇句。这好像没有什么道理而又仍然可以有这种情景。过去注释说"石榴"是指石榴酒，好像不如这样解释更有诗意：这是写人在沉思的时候，举头忽见石榴花，自然就觉得它红得耀眼并感到流光易逝了。最后大概是叹息没有好风把他所爱慕的人吹来的意思。

　　李商隐喜欢用比较华丽的词藻，但《无题》诗和其他的好诗里面，华丽的词藻是为了构成生动和优美的形象而用的，因此并不显得过分雕琢和堆砌。他这些七言律诗很讲求对句工整，但在工整之中却又表现出来了生活、想象和感情，而且是真挚动人的感情，因此并不显得过分纤巧或呆板。他的这些抒情诗的风格是词句美丽而又意味深远。这是一些经得住反复吟诵的精心结构之作。

　　当然，就是从这几首《无题》诗也可以看出李商隐的诗的艺术上的弱点。第一首的"隔座送钩春酒暖，分曹射覆蜡灯红"，送钩射覆都是古代的酒令，这是写酒宴上的场面。但这个场面到底和他所爱慕的人有什么关系呢？难道是回忆他和他所爱的女子见面的场所吗？这首诗开头又像是说见面的时候是在有星辰有风的夜晚，是秘密相会。难道是写另一次的见面吗？这样的解释比较可通，但写在"身无彩凤双飞翼，心有灵犀一点通"之后，好像又有些颠倒。总之，不大明白。第三首的"凤尾香罗薄几重，碧文圆顶夜深缝"，是写帐子还是写车上的帷幕？如果是车上的帷幕，不可能是他所爱的女子亲自在"深夜缝"的。说是描写帐子比较可通，可以解释为是回忆他和他所爱的女子相会时所见。但怎样突然又接上"扇裁月魄羞难掩，车走雷声语未通"呢？中间未免省略过多了。总之，也不大明白。这种不大明白和李商隐当时的恋爱是不合法的、不能写得很明显有关系。另外，和古代的律诗的限制也可能有关系。只能写那样八句，句句要讲究平仄，中间四句又还要是对偶的句子，这样就难免要有一些写法上的颠倒和省略。但别的诗人也有把律诗写得明白易晓的。比较隐晦，这是李商隐的诗的一种特点，也是一种缺点。他还有不少的诗，差不多每句都用典故。不熟悉那些典故很难读懂。看注解把典故都弄清楚了，仍是觉得这些诗写得呆板，累赘。《无题》诗还是典故用得最少的。虽说也有个别费解的句子，但并不妨害我们了解这些诗的主要内容，并不妨害那些生动优美的形象和真挚动人的感情能够构成一种艺术魅力。李商隐的这种过分喜欢用典故而且比较隐晦的缺点，或许也可以说是一种形式主义的倾向吧。然而整个说来，也不能说他只是唯美主义或者形式主义的诗人。李商隐在唐朝也是一个很不得志的文学家，可以说是潦倒终身。他活了四十六岁，比李贺的生活经历多一些，因而他的诗的内容比李贺的诗方面多一些。他也写过一些社会意义比较明显和表现个人牢骚不平的诗。就是他写的这些爱情诗，一直被传诵，也不能说是没有内容的作品。

　　李贺和李商隐历来被推崇，是有原因的。在任何一个国家的文学史上，有较大的独创性的作家都并不很多。这样的作家的作品对于文学的宝库是一种丰富和贡献。我们应该用今天的观点来重新估价我们的文学遗产，应该用科学的评价来代替过去那些不适当的盲目的赞美。然而我们并不能否定李贺和李商隐这样一些作家的贡献。在我国的文学史上他们不是伟大的诗人。但在一般有名的诗人当中，他们仍是比较杰出的。我们应该把他们的成功的作品和不大成功的作品加以区别，应该把他们艺术上的长处和弱点加以区别。听说毛泽东同志喜欢三李的诗，就是李白、李贺和李商隐的诗。从他的诗词也可以看出他吸收了这三位诗人的某些特点和优点。这是值得我们深思的。我想毛泽东同志绝不会不看到李贺和李商隐的作品的弱点，不看到他们的某些不好的艺术倾向，然而他仍然喜欢他们的诗，这就说明他们到底还是写了一些难得的好诗，到底还是有他们艺术上的特别吸引人之处。对于爱好诗歌而又还不熟悉我国古典诗歌的人，白居易的诗是比较容易理解的，李白和杜甫的诗或许也不难接受，要欣赏李贺和李商隐的诗却可能阻碍较多。但为了使我们的眼界扩大一些，为了使我们的艺术爱好广泛一些，我们应该能够欣赏各种各样的好诗，包括比较难于欣赏的好诗。

四月二十四日晨六时。